Gustave Flaubert

Écrire *Madame Bovary*

Lettres, pages manuscrites, extraits

Dossier réalisé par
Geneviève Winter

Lecture d'image par
Bertrand Leclair

folioplus
classiques

Geneviève Winter, agrégée de lettres classiques, professeur en classes préparatoires, puis inspectrice pédagogique régionale, a publié plusieurs ouvrages sur les programmes de classes préparatoires et dirigé une collection de manuels de littérature pour les classes de français au lycée. Dans la collection « Folioplus classiques », elle a rédigé le dossier pédagogique accompagnant *Le Menteur* de Corneille ainsi que *Mémoires d'outre-tombe* (livres IX à XII) de François René de Chateaubriand.

Bertrand Leclair est romancier, essayiste et critique littéraire. Il est également l'auteur de fictions radiophoniques. Derniers titres parus : *L'Amant Liesse* (Champ Vallon, 2007), *Une guerre sans fin* (Libella-Maren Sell, 2008).

Sommaire

Écrire Madame Bovary

Partie I

Du projet au scénario : la lente construction d'un art du roman

Lettres à Louise Colet
(Texte établi par Jean Bruneau, « Pléiade » n° 284)

Croisset, samedi soir, 20 septembre 1851.

Ma chère amie, je pars pour Londres jeudi prochain. Je porterai vos lettres et vous écrirai à mon retour ce que j'aurai fait pour vous. Je ne sais en vérité pourquoi j'irai voir Mazzini ; si vous avez une commission pour lui, je m'en acquitterai néanmoins avec plaisir.

J'ai commencé hier au soir mon roman. J'entrevois maintenant des difficultés de style qui m'épouvantent. Ce n'est pas une petite affaire que d'être simple. J'ai peur de tomber dans le Paul de Kock[1] ou de faire du Balzac chateaubrianisé.

J'ai eu mal à la gorge depuis mon retour. Ma vanité prétend que ce n'est pas de fatigue et je crois qu'elle a raison. Et vous ? Comment va ?

Je suis en ce moment très occupé dans une besogne passagère que je vous conterai plus tard.

Adieu, chère Louise, je vous embrasse sur votre col blanc. Un long baiser à vous.

Croisset, vendredi soir. 16 janvier 1852.

Il y a en moi, littérairement parlant, deux bonshommes distincts : un qui est épris de *gueulades*, de lyrisme, de grands vols d'aigle, de toutes les sonorités de la phrase et

1. Romancier à la mode.

des sommets de l'idée ; un autre qui fouille et creuse le vrai tant qu'il peut, qui aime à accuser le petit fait aussi puissamment que le grand, qui voudrait vous faire sentir presque *matériellement* les choses qu'il reproduit ; celui-là aime à rire et se plaît dans les animalités de l'homme. *L'Éducation sentimentale* a été, à mon insu, un effort de fusion entre ces deux tendances de mon esprit (il eût été plus facile de faire de l'humain dans un livre et du lyrisme dans un autre). J'ai échoué. Quelques retouches que l'on donne à cette œuvre (je les ferai peut-être), elle sera toujours défectueuse ; il y manque trop de choses et c'est toujours pour l'*absence* qu'un livre est faible. Une qualité n'est jamais un défaut, il n'y a pas d'excès. Mais si cette qualité en mange une autre, est-elle toujours une qualité ? En résumé, il faudrait pour l'*Éducation* [1] récrire ou du moins recaler l'ensemble, refaire deux ou trois chapitres et, ce qui me paraît le plus difficile de tout, écrire un chapitre qui manque, où l'on montrerait comment fatalement le même tronc a dû se bifurquer, c'est-à-dire pourquoi telle action a amené ce résultat dans ce personnage plutôt que telle autre. Les causes sont montrées, les résultats aussi ; mais l'enchaînement de la cause à l'effet ne l'est point. Voilà le vice du livre, et comment il ment à son titre.

Je t'ai dit que l'*Éducation* avait été un essai. *Saint Antoine* [2] en est un autre. Prenant un sujet où j'étais entièrement libre comme lyrisme, mouvements, désordonnements, je me trouvais alors bien dans ma nature et je n'avais qu'à aller. Jamais je ne retrouverai des éperduments de style

1. *L'Éducation sentimentale.* Il est question ici de l'œuvre de jeunesse de Flaubert, première version du roman éponyme publié en 1869.

2. *La Tentation de saint Antoine.* Il est question ici de l'œuvre de jeunesse de Flaubert, première version du roman éponyme, publié en 1875.

comme je m'en suis donné là pendant dix-huit grands mois. Comme je taillais avec cœur les perles de mon collier ! Je n'y ai oublié qu'une chose, c'est le fil. Seconde tentative et pis encore que la première. Maintenant j'en suis à ma troisième. Il est pourtant temps de réussir ou de se jeter par la fenêtre.

Ce qui me semble beau, ce que je voudrais faire, c'est un livre sur rien, un livre sans attache extérieure, qui se tiendrait de lui-même par la force interne de son style, comme la terre sans être soutenue se tient en l'air, un livre qui n'aurait presque pas de sujet ou du moins où le sujet serait presque invisible, si cela se peut. Les œuvres les plus belles sont celles où il y a le moins de matière ; plus l'expression se rapproche de la pensée, plus le mot colle dessus et disparaît, plus c'est beau. Je crois que l'avenir de l'Art est dans ces voies. Je le vois, à mesure qu'il grandit, s'éthérisant tant qu'il peut, depuis les pylônes égyptiens jusqu'aux lancettes gothiques, et depuis les poèmes de vingt mille vers des Indiens jusqu'aux jets de Byron. La forme, en devenant habile, s'atténue ; elle quitte toute liturgie, toute règle, toute mesure ; elle abandonne l'épique pour le roman, le vers pour la prose ; elle ne se connaît plus d'orthodoxie et est libre comme chaque volonté qui la produit. Cet affranchissement de la matérialité se retrouve en tout et les gouvernements l'ont suivi, depuis les despotismes orientaux jusqu'aux socialismes futurs.

C'est pour cela qu'il n'y a ni beaux ni vilains sujets et qu'on pourrait presque établir comme axiome, en se posant au point de vue de l'Art pur, qu'il n'y en a aucun, le style étant à lui tout seul une manière absolue de voir les choses.

Il me faudrait tout un livre pour développer ce que je veux dire. J'écrirai sur tout cela dans ma vieillesse, quand je n'aurai rien de mieux à barbouiller. En attendant, je travaille à mon roman avec cœur. Les beaux temps de *Saint Antoine* vont-ils revenir ? Que le résultat soit autre, Seigneur de Dieu ! Je vais lentement : en quatre jours j'ai fait cinq pages, mais jusqu'à présent je m'amuse. J'ai retrouvé ici de la sérénité. Il fait un temps affreux, la rivière a des allures d'océan, pas un chat ne passe sous mes fenêtres. Je fais grand feu.

Croisset, nuit de samedi.
31 janvier 1852.

J'ai écrit une lettre à Henriette Collier[1] où je l'engage à s'occuper vivement de l'Album et, si elle ne peut s'en défaire avantageusement, en totalité ou en partie, à me le renvoyer par la poste à Croisset. La lettre est partie.

Mauvaise semaine. Le travail n'a pas marché ; j'en étais arrivé à un point où je ne savais trop que dire. C'étaient toutes nuances et finesses où je n'y voyais goutte moi-même, et il est fort difficile de rendre clair par les mots ce qui est obscur encore dans votre pensée. J'ai esquissé, gâché, pataugé, tâtonné. Je m'y retrouverai peut-être maintenant. Oh ! quelle polissonne de chose que le style ! Tu n'as point, je crois, l'idée du genre de ce bouquin. Autant je suis débraillé dans mes autres livres, autant dans celui-ci je tâche d'être boutonné et de suivre une ligne droite géométrique. Nul lyrisme, pas de réflexions, personnalité de l'auteur absente. Ce sera triste à lire ; il y aura des choses atroces de misères et de fétidité. Bouilhet, qui est venu dimanche dernier à 3 heures comme je venais de t'écrire ma lettre, trouve que je suis dans le ton et espère que ce sera bon. Dieu l'entende ! Mais ça prend des proportions

1. Amie de jeunesse de Flaubert.

formidables comme temps. À coup sûr, je n'aurai point fini à l'entrée de l'hiver prochain. Je ne fais pas plus de cinq à six pages dans ma semaine.

Tu me prédis de l'avenir. Oh ! combien de fois ne suis-je pas retombé par terre, les ongles saignants, les côtes rompues, la tête bourdonnante, après avoir voulu monter à pic sur cette muraille de marbre ! Comme j'ai déployé mes petites ailes ! Mais l'air passait à travers au lieu de me soutenir et, dégringolant alors, je me voyais dans les fanges du découragement. Une fantaisie indomptable me pousse à recommencer. J'irai jusqu'au bout, jusqu'à la dernière goutte de mon cerveau pressé. Qui sait ? Le hasard a des bonnes fortunes. Avec un sens droit du métier que l'on fait et une volonté persévérante, on arrive à l'estimable. Il me semble qu'il y a des choses que je sens seul et que d'autres n'ont pas dites et que je peux dire. Ce côté douloureux de l'homme moderne, que tu remarques, est le fruit de ma jeunesse. J'en ai passé une bonne avec ce pauvre Alfred[1]. Nous vivions dans une serre idéale où la poésie nous chauffait l'embêtement de l'existence à 70 degrés Réaumur. C'était là un homme, celui-là ! Jamais je n'ai fait, à travers les espaces, de voyages pareils. Nous allions loin sans quitter le coin de notre feu. Nous montions haut quoique le plafond de ma chambre fût bas. Il y a des après-midi qui me sont restés dans la tête, des conversations de six heures consécutives, des promenades sur nos côtes et des ennuis à deux, des ennuis, des ennuis ! Tous souvenirs qui me semblent de couleur vermeille et flamber derrière moi comme des incendies.

Tu me dis que tu commences à comprendre ma vie. Il faudrait savoir ses origines. À quelque jour, je m'écrirai tout

1. Alfred Le Poittevin, ami très cher de Flaubert, oncle de Maupassant, est mort prématurément en 1848.

à mon aise. Mais dans ce temps-là je n'aurai plus la force nécessaire. Je n'ai par-devers moi aucun autre horizon que celui qui m'entoure immédiatement. Je me considère comme ayant quarante ans, comme ayant cinquante ans, comme ayant soixante ans. Ma vie est un rouage monté qui tourne régulièrement. Ce que je fais aujourd'hui, je le ferai demain, je l'ai fait hier. J'ai été le même homme il y a dix ans. Il s'est trouvé que mon organisation est un système ; le tout sans parti pris de soi-même, par la pente des choses qui fait que l'ours blanc habite les glaces et que le chameau marche sur le sable. Je suis un homme-plume. Je sens par elle, à cause d'elle, par rapport à elle et beaucoup plus avec elle. Tu verras à partir de l'hiver prochain un changement apparent. Je passerai trois hivers à user quelques escarpins[1]. Puis je rentrerai dans ma tanière où je crèverai obscur ou illustre, manuscrit ou imprimé. Il y a pourtant au fond quelque chose qui me tourmente, c'est la non-connaissance de ma mesure. Cet homme qui se dit si calme est plein de doutes sur lui-même. Il voudrait savoir jusqu'à quel cran il peut monter et la puissance exacte de ses muscles. Mais demander cela, c'est être bien ambitieux, car la connaissance précise de sa force n'est peut-être autre que le génie. Adieu, mille baisers depuis l'épaule jusqu'à l'oreille. Garde tous mes manuscrits. Je t'apporterai moi-même *La Bretagne*[2].

À toi.

1. Allusion au projet de passer l'hiver à Paris que Flaubert ne mettra à exécution que beaucoup plus tard.
2. Première version d'un récit de voyage non publié.

Croisset, 8 février 1852.

Tu es donc décidément enthousiaste de *Saint Antoine*, toi. Enfin ! j'en aurai toujours eu un ! C'est quelque chose. Quoique je n'accepte pas tout ce que tu m'en dis, je pense que les amis n'ont pas voulu voir tout ce qu'il y avait là : ç'a été légèrement jugé, je ne dis pas injustement, mais légèrement. — Quant à la correction que tu m'indiques, nous en causerons ; c'est *énorme*. Je rentre avec grand dégoût dans un cercle d'idées que j'ai abandonné, et c'est ce qu'il faut faire pour corriger dans le ton des autres parties circonvoisines. J'aurais bien du mal à refaire mon Saint. — Je devrais m'absorber bien longtemps pour pouvoir inventer quelque chose. Je ne dis point que je n'essayerai pas. Mais ce ne sera pas de sitôt. Je suis dans un tout autre monde maintenant, celui de l'observation attentive des détails les plus plats. — J'ai le regard penché sur les mousses de moisissure de l'âme. Il y a loin de là aux flamboiements mythologiques et théologiques de *Saint Antoine*. Et de même que le sujet est différent, j'écris dans un tout autre procédé. Je veux qu'il n'y ait pas dans mon livre *un seul* mouvement, ni *une seule* réflexion de l'auteur. — Je crois que ce sera moins élevé que *Saint Antoine* comme *idées* (chose dont je fais peu de cas), mais ce sera peut-être plus raide et plus rare, sans qu'il y paraisse. — Du reste, ne causons plus de *Saint Antoine*. — Ça me trouble, ça m'y fait resonger et perdre un temps inutile. — Si la chose est bonne, tant mieux ; si mauvaise, tant pis. Dans le premier cas, qu'importe le moment de sa publication ? Dans le second, puisqu'elle doit périr, à quoi bon ?

J'ai un peu mieux travaillé cette semaine. J'irai à Paris d'ici à un mois ou cinq semaines, car je vois bien que ma première partie ne sera pas faite avant la fin d'avril. — J'en ai bien encore pour une grande année, à 8 heures de travail par jour. Le reste du temps est employé à du grec et à de l'anglais. Dans un mois je lirai Shakespeare tout couramment ou à peu de chose près.

Croisset, jeudi, 4 heures du soir.
15 avril 1852.

Je t'écris avec grand-peine, car j'ai depuis hier matin un rhumatisme dans l'épaule droite qui ne va qu'en empirant d'heure en heure. Ce sont les pluies de la Grèce, les neiges du Parnasse et toute l'eau qui m'a ruisselé sur le corps dans le sacré vallon, qui se font ainsi souvenir d'elles. — Je souffre raisonnablement et suis pas mal irrité.

Si Madame Roger trouve bonne ta comédie, tant pis pour elle (Mme Roger). Ou elle manque de goût, ou elle te trompe par politesse, à moins que je ne sois aveugle complètement. Moi, j'ai trouvé la chose ennuyeuse, démesurée, et surtout le personnage de la grand-mère des plus maladroits, toute considération littéraire mise à part. — Pendant deux hivers de suite, à Rouen, 1847 et 1848, tous les soirs trois fois *[sic]* par semaine, nous faisions à nous deux Bouilhet des scénarios, travail qui assommait, mais que nous nous étions juré d'accomplir. Nous avons ainsi une douzaine, et plus, de drames, comédies, opéras-comiques, etc., écrits acte par acte, scène par scène, et quoique je ne me croie nullement propre au théâtre, il me semble que la charpente de ta pièce est malhabile. Cette grand-mère écoutant sans bouger, est une ficelle trop cynique. Je crois être dans le vrai, ma pauvre chérie. — Tant mieux si mes coups d'étrivières t'excitent, tant pis (pour moi) s'ils sont donnés intempestivement.

Le travail remarche un peu. Me voilà à la fin revenu du dérangement que m'a causé mon petit voyage à Paris. — Ma vie est si plate qu'un grain de sable la trouble. — Il faut que je sois dans une immobilité complète d'existence pour pouvoir écrire. Je pense mieux couché sur le dos et les yeux fermés. Le moindre bruit se répète en moi avec des échos prolongés, qui sont longtemps avant de mourir. Et plus je vais, plus cette infirmité se développe. Quelque chose de plus en plus s'épaissit en moi, qui a peine à couler. — Quand mon roman sera fini, dans un an, je t'apporterai mon *ms.* complet, par curiosité. Tu verras par quelle mécanique compliquée j'arrive à faire une phrase.

Croisset, samedi soir, minuit.
8 mai 1852.

Le sonnet sera excellent avec deux ou trois petites corrections :

Quel odorant bien-être !
Son chant me berce et me pénètre, etc.

Du reste l'inspiration est bonne. J'ai reçu la boîte. Bouilhet a le drame. Merci de l'eau Taburel. — Tu as dû recevoir des confitures et du sucre de pomme pour Henriette.

Je suis bien aise que tu sois de mon avis relativement aux corrections. Change les terminaisons en IN et en AVE, crois-moi. À propos de d'Herbin, ton mariage avec lui a été annoncé mercredi dernier dans *Le Nouvelliste*, journal de Rouen. — Sais-tu cela ?

Cette rectitude de cœur dont tu parles n'est que la même justesse d'esprit que je porte, je crois, dans les questions d'art. Je n'adopte pas, quant à moi, toutes ces distinctions de cœur, d'esprit, de forme, de fond, d'âme ou de corps. Tout est lié dans l'homme. — Il fut un temps où tu me regardais comme un égoïsme *[sic]* jaloux qui se plaisait dans la rumination perpétuelle de sa propre personnalité. C'est là ce que croient ceux qui voient la surface. — Il en est de même de cet orgueil qui révolte tant les autres et que payent pourtant de si grandes misères. — Personne plus que moi n'a au contraire aspiré les autres. J'ai été humer des fumiers inconnus, j'ai eu compassion de bien des choses où ne s'attendrissaient pas les gens sensibles. — Si la *Bovary* vaut quelque chose, ce livre ne manquera pas de cœur. L'ironie pourtant me semble dominer la vie. — D'où vient que, quand je pleurais, j'ai été souvent me regarder dans la glace pour me voir ? — Cette disposition à planer sur soi-même est peut-être la source de toute vertu. Elle vous enlève à la personnalité, loin de vous y retenir.

Le comique arrivé à l'extrême, le comique qui ne fait pas rire, le lyrisme dans la blague, est pour moi tout ce qui me fait le plus envie comme écrivain. — Les deux éléments humains sont là. *Le Malade imaginaire* descend plus loin dans les mondes intérieurs que tous les *Agamemnon*. Le « N'y aurait-il pas du danger à parler de toutes ces maladies ? » vaut le « Qu'il mourût ! ». Mais que l'on fasse jamais comprendre cela aux pédants ! — C'est une chose drôle, du reste, comme je sens bien le comique en tant qu'homme, et comme ma plume s'y refuse ! — J'y converge de plus en plus à mesure que je deviens moins gai. Car c'est là la dernière des tristesses. — J'ai des idées de théâtre depuis quelque temps, et l'esquisse incertaine d'un grand roman métaphysique, fantastique et gueulard, qui m'est tombé dans la tête il y a une quinzaine de jours. Si je m'y mets dans cinq ou six ans, que se passera-t-il depuis cette minute où je t'écris jusqu'à celle où l'encre se séchera sur la dernière rature ? — Du train dont je vais, je n'aurai fini la *Bovary* dans un an. Peu m'importe six mois de plus ou de moins ! — Mais la vie est courte ! Ce qui m'écrase parfois, c'est quand je pense à tout ce que je voudrais faire avant de crever, qu'il y a déjà 15 ans que je travaille sans relâche d'une façon âpre et continue, et que je n'aurai jamais le temps de me donner à moi-même l'idée de ce que je voulais faire.

J'ai lu dernièrement tout l'*Enfer* de Dante (en français). Cela a de grandes allures. Mais que c'est loin des poètes universels qui n'ont pas chanté, eux, leur haine de village, de caste, ou de famille ! — Pas de plan ! Que de répétitions ! Un souffle immense par moments. — Mais Dante, je crois, est comme beaucoup de belles choses consacrées, Saint-Pierre de Rome entre autres, qui ne lui ressemble guère, par parenthèse, on n'ose pas dire que ça vous embête. Cette œuvre a été faite pour un temps et non pour tous les temps. — Elle en porte le cachet. Tant pis pour nous qui l'entendons moins, tant pis pour elle qui ne se fait pas comprendre !

Je viens de lire quatre volumes des *Mémoires d'outre-tombe*. — Cela dépasse sa réputation. — Personne n'a été impartial pour Chateaubriand. Tous les partis lui en ont voulu. — Il y aurait une belle critique à faire sur ses œuvres. — Quel homme c'eût été sans sa poétique ! Comme elle l'a rétréci ! Que de mensonges, de petitesses ! Dans Goethe il ne voit que *Werther*, qui n'est qu'une des mansardes de cet immense génie. Chateaubriand est comme Voltaire. Ils ont fait (artistiquement) tout ce qu'ils ont pu pour gâter les plus admirables facultés que le bon Dieu leur avait données. — Sans Racine, Voltaire eût été un grand poète, et sans Fénelon, qu'eût fait l'homme qui a écrit *Velléda* et *René* ! Napoléon était comme eux. Sans Louis XIV, sans ce fantôme de monarchie qui l'obsédait, nous n'aurions pas eu le galvanisme d'une société déjà cadavre. — Ce qui fait les figures de l'antiquité si belles, c'est qu'elles étaient originales. Tout est là, tirer de soi. Maintenant par combien d'étude il faut passer pour se dégager des livres ! et qu'il en faut lire ! Il faut boire des océans et les repisser.

Croisset, dimanche, 3 heures.
23 mai 1852.

Je suis aussi découragé que toi pour le moment. Mon roman m'ennuie ; je suis stérile comme un caillou. Cette première partie qui devait être finie d'abord à la fin de février, puis en avril, puis en mai, ira jusqu'à la fin de juillet. À chaque pas je découvre dix obstacles. Le commencement de la deuxième partie m'inquiète beaucoup. Je me donne un mal de chien pour des misères ; les phrases les plus simples me torturent. Je ne veux pas aller à Paris (n'aie pas peur) avant d'être quitte de cette première partie. Mais comme je t'ai promis de te voir à la fin de ce mois et que, d'autre part, j'en ai bien besoin aussi, moi, voici ce que je te propose : un des jours de la fin de la semaine prochaine, vers le 3 ou le 4 juin, je t'écrirai pour te donner rendez-vous à Mantes, si tu veux, dans notre ancien hôtel, et nous y passerons 24 heures seuls, loin de tous. Une bonne journée à deux vaudra bien cinq ou six visites que je te ferais à Paris, chez toi et avec de l'entourage, et ne me coupera pas mon travail comme un arrêt d'une semaine, à un moment où j'ai besoin de ne pas perdre *le fil de mes pensées*. Dis-moi si ce plan te sourit.

Moi aussi je passerai plus tard par des journées comme tu en as eu une hier. Quand j'aurai fini ma *Bovary* et mon conte égyptien[1] (dans deux ans), j'ai deux ou trois idées de théâtre que je mettrai à exécution, mais bien décidé d'avance à ne faire aucune concession, à n'être jamais joué ou sifflé. Si j'arrive jamais à une *position*, comme on dit, ce sera à travers tout, et malgré toute considération de réussite. Je serai écrasé ou j'écraserai. Si j'ai en moi quelque valeur, ce parti pris (que je n'ai jamais pris, mais qui est venu de lui-même) doit l'augmenter. Si je n'en ai aucune, c'est au moins quelque chose que cet entêtement. Mais j'éprouve, en revanche, de belles lassitudes, de fiers ennuis, et des saouleurs de moi, à me vomir moi-même si je pouvais.

Ça me fera bien de te voir, de m'appuyer la tête sur ton pauvre cœur plein de moi, de causer en regardant tes yeux.

Adieu, chère amour, à bientôt, un long baiser sur tes lèvres.

À toi.

Croisset, samedi.
19 juin 1852.

Il n'y a qu'aujourd'hui de toute la semaine que j'aie un peu bien travaillé. Un paragraphe qui me manquait depuis cinq jours m'est enfin, je crois, arrivé avec sa tournure. Quelle difficulté qu'une narration psychologique, pour ne pas toujours rabâcher les mêmes choses !

Du Camp m'a envoyé ses photographies. Je viens de lui écrire un mot pour le remercier. Si la *Revue de Paris* commence à décliner, voilà mes prédictions qui commencent à

1. On sait peu de chose de ce projet. Il s'agit sans doute d'*Anubis* que Flaubert a abandonné pour écrire *Madame Bovary* et qu'il ne reprendra jamais.

se vérifier. Il sera peut-être complètement coulé que je ne serai pas encore à flot. — Lui qui devait me prendre à son bord, je lui tendrai peut-être la perche. — Non, je ne regrette pas d'être resté si tard en arrière. Ma vie du moins n'a jamais bronché. — Depuis le temps où j'écrivais en demandant à ma bonne les lettres qu'il fallait employer pour faire les mots des phrases que j'inventais, jusqu'à ce soir où l'encre sèche sur les ratures de mes pages, j'ai suivi une ligne droite incessamment prolongée, et tirée au cordeau à travers tout. J'ai toujours vu le but se reculer devant moi, d'années en années, de progrès en progrès. Que de fois je suis tombé à plat ventre, au moment où il me semblait le toucher ! Je sens pourtant que je ne dois pas mourir sans avoir fait rugir quelque part un style comme je l'entends dans ma tête et qui pourra bien dominer la voix des perroquets et des cigales. Si jamais ce jour que tu attends, où l'approbation de la foule viendra derrière la tienne, arrive, les trois quarts et demi du plaisir que j'en aurai seront à cause de toi, pauvre chère femme qui m'as tant aimé. — Mon cœur n'est pas ingrat, il n'oubliera jamais que ma première couronne, c'est toi qui l'as tressée et qui me l'as posée sur le front avec tes meilleurs baisers. — Eh bien, il y a des choses plus voisines que j'envie davantage que ce tapage, que l'on partage avec tant de monde. Sait-on, quelque connu que l'on soit, sa juste valeur ? Les incertitudes de soi que l'on a dans l'obscurité, on les porte dans la célébrité. — Que de gens parmi les plus forts en sont morts rongés, à commencer par Virgile qui voulait brûler son œuvre ! — Sais-tu ce que j'attends ? C'est le moment, l'heure, la minute, où j'écrirai la dernière ligne de quelque longue œuvre mienne comme *Bovary* ou autres, et que, ramassant de suite toutes les feuilles, j'irai te les porter, te les lire de cette voix spéciale avec quoi je me berce, et que tu m'écouteras, que je te verrai t'attendrir, palpiter, ouvrir les yeux. Je tiendrai là ma jouissance de toutes les manières. — Tu sais que je dois prendre au commencement de l'autre hiver un logement à Paris. — Nous l'inaugurerons, si tu veux, par la lecture de *Bovary*. Ce sera une fête. —

L'Arménien *t'a fait de l'effet*. Que serait-ce si tu avais vu des gens de La Mecque en costume, ou des jeunes gens grecs de la campagne ! Les Arméniens ne sont généralement pas beaux ; ils ont un nez d'oiseau de proie et des dents bombées. — Race de gens d'affaires, drogmans, scribes et politiques de tout l'Orient. — Je crois que celui-ci en question désire conquérir des femmes illustres. Il se doit cela en sa qualité d'homme civilisé. S'il te proposait quelque affaire d'argent, rappelle-toi l'avertissement. Je crois à la *race* plus qu'à l'éducation. — On emporte, quoi qu'en ait dit Danton, la patrie à la semelle de ses talons et l'on porte au cœur, sans le savoir, la poussière de ses ancêtres morts. — Quant à moi, je ferais là-dessus personnellement une démonstration par A + B. — Il en est de même en littérature. Je retrouve toutes mes origines dans le livre que je savais par cœur avant de savoir lire, *Don Quichotte*, et il y a de plus, par-dessus, l'écume agitée des mers normandes, la maladie anglaise, le brouillard puant.

Adieu, mille et mille baisers. Je suis éreinté et vais me coucher. À toi.

Croisset, samedi soir. 26 juin 1852.

Je suis harassé. J'ai depuis ce matin un pincement à l'occiput et la tête lourde comme si je portais dedans un quintal de plomb. *Bovary* m'assomme. J'ai écrit de toute ma semaine trois pages, et encore dont je ne suis pas enchanté. Ce qui est atroce de difficulté c'est l'enchaînement des idées et qu'elles dérivent bien naturellement les unes des autres.

Tu me parais, toi, dans une veine excellente ; mais médite davantage. Tu te fies trop à l'inspiration et vas trop vite. Ce qui fait, moi, que je suis si long, c'est que je ne peux penser le style que la plume à la main et je patauge dans un gâchis continuel que je déblaye à mesure qu'il s'augmente. Mais pour des vers c'est plus net, la forme est toute *voulue*. La bonne prose pourtant doit être aussi précise que les vers, et sonore comme lui.

Je lis dans ce moment une charmante et fort belle chose, à savoir *Les États de la Lune*, de Cyrano de Bergerac. C'est énorme de fantaisie et souvent de style.

Peux-tu me dire l'époque à peu près précise de la lecture de ton prix ? Je pense avoir fini ma première partie à la fin du mois prochain. Nous irons à Trouville 15 jours au mois d'août. Si mon voyage à Paris se trouvait entre ces deux époques, ça m'arrangerait.

Adieu, chère femme bien-aimée, je t'embrasse sur le cœur. À toi, à toi.

Ton G.

Sais-tu que ton récit de la visite de Musset est crânement bien écrit, sans que tu t'en sois doutée peut-être ; ça empoigne !

Croisset, nuit de samedi, 1 heure du matin.
3 juillet 1852.

J'ai beaucoup songé à Musset. Eh bien le fonds de tout cela c'est la Pose ! Pour la Pose tout sert, soi, les autres, le soleil, les tombeaux, etc., on fait du sentiment sur tout, et les pauvres femmes les trois quarts du temps y sont prises. C'est pour donner *une bonne idée de lui* qu'il te disait: « Essayez, j'ai échigné des Italiennes » (laquelle idée d'Italiennes s'associe à celle de volcan; on voit toujours le Vésuve sous leur jupon. Erreur! l'Italienne se rapproche de l'Orientale et est molle à la fesse, « Folle à la messe », comme eût dit ce vieux Rabelais; mais n'importe, c'est une idée reçue), tandis que le pauvre garçon ne peut seulement peut-être pas satisfaire sa blanchisseuse. C'est pour paraître un homme à passions ardentes qu'il disait: « Moi, je suis jaloux, je tuerais une femme, etc. » On ne tue pas les femmes, on a peur de la cour d'assises. Il n'a pas tué George Sand. C'est pour paraître un luron qu'il disait: « Hier j'ai failli assommer un journaliste. » Oui, failli, car *on* l'a retenu. C'est peut-être l'autre qui l'eût assommé. C'est pour paraître un savant qu'il disait: « Je lis Homère comme Racine. » Il n'y a pas, à Paris, vingt personnes qui en soient capables, et de ceux qui en font leur métier. Mais quand on s'adresse à des gens qui n'ont jamais étudié le susdit grec, on vous croit. Cela me rappelle ce bon Gautier me disant: « Moi, je sais le latin comme on le savait au moyen âge », et le lendemain je trouve sur sa table une traduction de Spinoza. « Pourquoi ne les lisez-vous pas dans l'original? — Ah! c'est trop difficile. » Comme on ment! Comme on ment en ce bas monde! Bref, les bras tendus aux arbres et les regrets dithyrambiques de sa jeunesse perdue me semblent partir du même sac: elle sera émue, elle voudra (se dira-t-elle) me sauver, me relever, elle y mettra son orgueil. Les femmes à prétentions justes se laissent prendre à ces sophismes, et l'on blague, l'on blague les larmes aux yeux. Enfin, comme bouquet du feu d'artifice, éblouissement de la débauche, les démons de feu (pour dire les garces), etc., etc. Mais j'ai donné dans tout cela aussi moi! à 18 ans! J'ai cru également que l'alcool et le bordel *inspiraient*. J'ai quelquefois, comme ce grand homme, mangé en un seul coup beaucoup d'argent à des processions mythologiques, mais j'ai trouvé tout cela aussi bête que le reste et aussi vide. Il faut être un piètre homme pour s'y tenir ; on en est bien vite rebattu. Si je suis, sous le rapport vénérien, un homme si sage, c'est que j'ai passé de bonne heure par une débauche supérieure à mon âge et intentionnellement, afin de savoir. Il y a peu de femmes que, de tête au moins, je n'ai déshabillées jusqu'au talon. J'ai travaillé la chair en artiste et je la connais. Je me charge de faire des livres à en mettre en rut les plus froids. Quant à l'amour, ç'a été le grand sujet de réflexion de toute ma vie. Ce que je n'ai pas donné à l'art pur, au métier en soi, a été là ; et le cœur que j'étudiais, c'était le mien. Que de fois j'ai senti à mes meilleurs moments le froid du scalpel qui m'entrait dans la chair ! *Bovary* (dans une certaine mesure, dans la mesure bourgeoise, autant que je l'ai pu, afin que ce fût plus général et humain) sera sous ce rapport, la somme de ma science psychologique et n'aura une valeur originale que par ce côté. En aura-t-il ? Dieu le veuille !

Croisset, jeudi 4 heures du soir.
22 juillet 1852.

Je suis en train de recopier, de corriger et raturer toute ma première partie de *Bovary*. Les yeux m'en piquent. Je voudrais d'un seul coup d'œil lire ces cent cinquante-huit pages et les saisir avec tous leurs détails dans une seule pensée. Ce sera de dimanche en huit que je relirai tout à Bouilhet et le lendemain, ou le surlendemain, tu me verras. Quelle chienne de chose que la prose ! Ça n'est jamais fini ; il y a toujours à refaire. Je crois pourtant qu'on peut lui donner la consistance du vers. Une bonne phrase de prose doit être comme un bon vers, *inchangeable*, aussi rythmée, aussi sonore. Voilà du moins mon ambition (il y a une chose dont je suis sûr, c'est que personne n'a jamais eu en tête un type de prose plus parfait que moi ; mais quant à l'exécution, que de faiblesses, que de faiblesses mon Dieu !). Il ne me paraît pas non plus impossible de donner à l'analyse psychologique la rapidité, la netteté, l'emportement d'une narration purement dramatique. Cela n'a jamais été tenté et serait beau. Y ai-je réussi un peu ? Je n'en sais rien. À l'heure qu'il est je n'ai aucune opinion nette sur mon travail.

Croisset, lundi soir, 1 heure de nuit.
26 juillet 1852.

J'en aurais encore pour quinze grandes journées de travail à revoir toute ma première partie. J'y découvre de monstrueuses négligences. Mais je t'ai promis pour la semaine prochaine de venir ; je ne manquerai pas à ma promesse. Ce ne sera pas lundi, mais mercredi ; je resterai une huitaine. Nous devons aller à Trouville (où ma mère a besoin) vers le 15. Si je ne reviens pas exprès pour ton prix[1], chose que je ne puis te promettre, je viendrai te faire une petite visite dans les premiers jours de septembre, quand je ne serai pas encore bien en train et que le scénario de ma seconde partie sera bien retravaillé. Voilà sept à huit jours que je suis à ces corrections, j'en ai les nerfs fort agacés. Je me dépêche et il faudrait faire cela lentement. Découvrir à toutes les phrases des mots à changer, des consonances à enlever, etc. ! est un travail aride, long et

1. Louise Colet vient de recevoir le prix de poésie de l'Académie française : Flaubert se déplacera pour assister à la remise officielle de cette récompense.

très humiliant au fond. C'est là que les bonnes petites mortifications intérieures vous arrivent. J'ai lu mes vingt dernières pages hier à Bouilhet qui en a été content; pourtant, dimanche prochain je lui relis tout. Je ne t'apporterai rien; avec toi j'ai de la coquetterie, et je ne te montrerai pas une ligne avant que je n'aie complètement fini, quelque envie que j'aie de faire le contraire. Mais c'est plus raisonnable; tu n'en jugeras que mieux et n'en auras que plus de plaisir si c'est bon. Encore une longue année!

J'ai reçu l'eau Taburel, l'article et la poudre. Pourquoi la poudre? Je me sers depuis des années d'odontine de Lepelletier, qui est une très bonne chose. Enfin je vais user de cette poudre en ton honneur.

Les vers du *Pays* sont parus. (Merci pour nous deux, ma pauvre chérie.) Un journal de Rouen les a reproduits le lendemain. Hier j'ai été voir à Rouen une ascension aérostatique de Poitevin; c'est fort beau. J'ai été dans une vraie admiration. — De tes deux pièces de vers, il n'y a de vraiment *bon* que le milieu de *La Place Royale*; la fin est bien molle. Pourquoi donc ne donnes-tu pas plus cours à ton talent pittoresque? Tu es plus pittoresque et dramatique que sentimentale, retiens cela; ne crois pas que la plume ait les mêmes instincts que le cœur. Ce n'est pas dans le vers de sentiment que tu réussis, mais dans le vers *violent* ou imagé, comme toutes les natures méridionales. Va donc dans cette voie franchement; il y a, dans cette pièce de *La Place Royale*, de charmantes choses, comme rareté et compréhension plastique, et qui sont à toi, au moins qui sont neuves. Dans quatorze à seize mois, quand j'aurai un logement à Paris, je te rendrai la vie dure, va, et je te traiterai virilement comme tu le mérites.

Oui, c'est une étrange chose que la plume d'un côté et l'individu de l'autre. Y a-t-il quelqu'un qui aime mieux l'antiquité que moi, qui l'ait plus rêvée, et fait tout ce qu'il a pu pour la connaître ? Et je suis pourtant un des hommes (en mes livres) les moins antiques qu'il y ait. À me voir d'aspect, on croirait que je dois faire de l'épique, du drame, de la brutalité de faits, et je ne me plais au contraire que dans les sujets d'analyse, d'anatomie, si je peux dire. Au fond, je suis l'homme des brouillards, et c'est à force de patience et d'étude que je me suis débarrassé de toute la graisse blanchâtre qui noyait mes muscles. Les livres que j'ambitionne le plus de faire sont justement ceux pour lesquels j'ai le moins de moyens. *Bovary*, en ce sens, aura été un tour de force inouï et dont moi seul jamais aurai conscience : sujet, personnage, effet, etc., tout est hors de moi. Cela devra me faire faire un grand pas par la suite. Je suis, en écrivant ce livre, comme un homme qui jouerait du piano avec des balles de plomb sur chaque phalange. Mais quand je saurai bien mon doigté, s'il me tombe sous la main un air de mon goût et que je puisse jouer les bras retroussés, ce sera peut-être bon. Je crois, du reste, qu'en cela je suis dans la ligne. Ce que vous faites n'est pas pour vous, mais pour les autres. L'Art n'a rien à démêler avec l'artiste. Tant pis s'il n'aime pas le rouge, le vert ou le jaune ; toutes les couleurs sont belles, il s'agit de les peindre. Lis-tu *L'Âne d'or* [1] ? Tâche donc de l'avoir lu avant que je n'arrive, que nous en causions un peu. Je t'apporterai Cyrano. Voilà un fantaisiste, ce gaillard-là, et un vrai encore ! ce qui n'est pas commun. J'ai lu le volume de Gautier : piteux ! Par-ci par-là une belle strophe, mais pas une pièce. C'est éreinté, recherché ; toutes les ficelles sont en jeu. On sent un cerveau qui a pris des cantharides. Érection de mauvaise nature, comme celle des gens qui ont les reins cassés. Ah ! ils sont vieux tous ces grands hommes, ils sont vieux, ils bavachent sur leur linge. Ils ont fait tout ce qu'il faut pour cela, du reste.

1. Œuvre du poète latin Apulée.

Sois tranquille, le jeune homme aura son paquet, non pas par moi (ça pourrait être jugé partial), mais par Bouilhet qui s'en charge.

J'irai après-demain à Rouen pour toi et huit jours après nous nous verrons donc ! Comme je te serrerai dans mes bras avec plaisir, comme je t'embrasserai ! Adieu, chère Louise bien-aimée, mille baisers sur les yeux et sous le col. À toi.

Ton Gustave.

Je te rapporterai tous tes livres et journaux. Je t'écrirai samedi ou dimanche pour te dire le jour précis de mon arrivée.

Croisset, dimanche soir, 11 heures.
19 septembre 1852.

Que ma *Bovary* m'embête ! Je commence à m'y débrouiller pourtant un peu. Je n'ai jamais de ma vie rien écrit de plus difficile que ce que je fais maintenant, du dialogue trivial ! Cette scène d'auberge va peut-être me demander trois mois, je n'en sais rien. J'en ai envie de pleurer par moments, tant je sens mon impuissance. Mais je crèverai plutôt dessus que de l'escamoter. J'ai à poser à la fois dans la même conversation cinq ou six personnages (qui parlent), plusieurs autres (dont on parle), le lieu où l'on est, tout le pays en faisant des descriptions physiques de gens et d'objets, et à montrer au milieu de tout cela un monsieur et une dame qui commencent (par une sympathie de goûts) à s'éprendre un peu l'un de l'autre. Si j'avais de la place encore ! Mais il faut que tout cela soit rapide sans être sec, et développé sans être épaté, tout en me ménageant, pour la suite, d'autres détails qui là seraient plus frappants. Je m'en vais faire tout rapidement et procéder par grandes esquisses d'ensemble successives ; à force de revenir dessus, cela se serrera peut-être. La phrase en elle-même m'est fort pénible. Il me faut faire parler, en style écrit, des gens du dernier commun, et la politesse du langage enlève tant de pittoresque à l'expression !

Tu me parles encore, pauvre chère Louise, de gloire, d'avenir, d'acclamations. Ce vieux rêve ne me tient plus, parce qu'il m'a trop tenu. Je ne fais point ici de fausse modestie ; non, je ne crois à rien. Je doute de tout, et qu'importe ? Je suis bien résigné à travailler toute ma vie comme un nègre sans l'espoir d'une récompense quelconque. C'est un ulcère que je gratte, voilà tout. J'ai plus de livres en tête que je n'aurai le temps d'en écrire d'ici à ma mort, au train que je prends surtout. L'occupation ne me manquera pas (c'est l'important). Pourvu que la Providence me laisse toujours du feu et de l'huile ! Au siècle dernier, quelques gens de lettres, révoltés des exactions des comédiens à leur égard, voulurent y porter remède. On prêcha Piron d'attacher le grelot : « car enfin vous n'êtes pas riche, mon pauvre Piron », dit Voltaire. « C'est possible, répondit-il, mais je m'en fous comme si je l'étais. » Belle parole et qu'il faut suivre en bien des choses de ce monde, quand on n'est pas décidé à se faire sauter la cervelle. Et puis l'hypothèse même du succès admise, quelle certitude en tire-t-on ? À moins d'être un crétin, on meurt toujours dans l'incertitude de sa propre valeur et de celle de ses œuvres. Virgile même voulait en mourant qu'on brûlât *L'Énéide*. Il aurait peut-être bien fait pour sa gloire. Quand on se compare à ce qui vous entoure, on s'admire ; mais quand on lève les yeux plus haut, vers les maîtres, vers l'absolu, vers le rêve, comme on se méprise ! J'ai lu ces jours derniers une belle chose, à savoir la vie de Carême le cuisinier. Je ne sais par quelle transition d'idées j'en étais venu à songer à cet illustre inventeur de sauces et j'ai pris son nom dans la *Biographie universelle*. C'est magnifique comme existence d'artiste enthousiaste ; elle ferait envie à plus d'un poète. Voilà de ses phrases : comme on lui disait de ménager sa santé et de travailler moins : « Le charbon nous tue, disait-il ; mais qu'importe ? Moins de jours et plus de gloire. » Et dans un de ses livres où il avoue qu'il était gourmand : « ... mais je sentais si bien ma vocation que je ne me suis pas arrêté à manger. » Ce *arrêté à manger* est énorme dans un homme dont c'était l'art.

Quand tu reverras Nefftzer, *ne lui parle plus* de l'article. Nous donnerions au contraire beaucoup maintenant pour qu'il ne paraisse pas (et je crois que notre désir sera accompli). Il vaut bien mieux avoir par-devers nous quelque chose à leur reprocher, à ces braves messieurs nos amis, et au besoin à leur jeter à la figure ; donc n'en dis plus mot.

Je crois que les journaux de Rouen vont parler de toi ; du moins il y a promesse. Mais quel compte faire sur de semblables mannequins !

La publication, les gens de lettres, Paris, tout cela me donne des nausées quand j'y pense. Il se pourrait bien que je ne fasse *gémir* jamais aucune presse. À quoi bon se donner tant de mal ? Et le but n'est pas là d'ailleurs. Quoi qu'il en soit, si je mets un jour les pieds dans cette fange, ce sera comme je faisais dans les rues du Caire pendant qu'il pleuvait, avec des bottes en cuir de Russie qui me monteront jusqu'au ventre.

Croisset, mardi soir. 26 octobre 1852.

Je m'attendais à avoir un mot de toi ce matin pour me dire que ta fièvre était passée. Comment vas-tu ? Sans prendre tout de suite, comme toi, des inquiétudes exagérées, je voudrais bien savoir si tu n'es pas malade.

Ce ne sera pas au commencement de la semaine prochaine que nous nous verrons, mais vers la fin ou le commencement de l'autre. Je suis si long à me remettre à la besogne, après chaque temps d'arrêt, que je veux m'être taillé un peu de besogne pour mon retour et ne pas perdre ensuite un temps considérable à rechercher les idées que j'ai maintenant. J'écris maintenant d'esquisse en esquisse ; c'est le moyen de ne pas perdre tout à fait le fil, dans une machine si compliquée sous son apparence simple. J'ai lu à Bouilhet, dimanche, les vingt-sept pages (à peu près finies) qui sont l'ouvrage de deux grands mois. Il n'en a point été mécontent et c'est beaucoup, car je craignais que ce ne fût exécrable. Je n'y comprenais presque plus rien moi-même, et puis la matière était tellement ingrate pour les effets de style ! C'est peut-être s'en être bien tiré que de l'avoir rendue passable. Je vais entrer maintenant dans des choses plus amusantes à faire. Il me faut encore quarante à cinquante pages avant d'être en plein adultère. Alors on s'en donnera, et elle s'en donnera, ma petite femme !

J'ai fait redemander mes notes sur la Grèce ainsi qu'un excellent itinéraire que j'avais prêtés à Chéruel (professeur à l'École normale). Je t'apporterai cela, ça pourra te servir pour *L'Acropole*. Il y a moyen, sur ce sujet, de faire de beaux vers.

Quel temps ! Quelle pluie ! Et quel vent ! Les feuilles jaunes passent sous mes fenêtres avec furie. Mais, chose étrange, toutes les nuits sont plus calmes. Entre moi et le paysage qui m'entoure, il y a concordance de tempérament. La sérénité, à tous deux, nous revient avec la nuit. Dès que le jour tombe, il me semble que je me réveille. Je suis loin d'être l'homme de la nature, qui se lève au soleil, s'endort comme les poules, boit l'eau des torrents, etc. Il me faut une vie factice et des milieux en tout extraordinaires. Ce n'est point un vice d'esprit, mais toute une constitution de l'homme. Reste à savoir, après tout, si ce que l'on appelle le factice n'est pas une autre nature. L'anormalité est aussi légitime que la règle.

Croisset, lundi soir. 22 novembre 1852.

Je ne travaille pas mal, c'est-à-dire avec assez de cœur ; mais c'est difficile d'exprimer bien ce qu'on n'a jamais senti : il faut de longues préparations et se creuser la cervelle diablement afin de ne pas dépasser la limite et de l'atteindre tout en même temps. L'enchaînement des sentiments me donne un mal de chien, et tout dépend de là dans ce roman ; car je maintiens qu'on peut tout aussi bien amuser avec des idées qu'avec des faits, mais il faut pour ça qu'elles découlent l'une de l'autre comme de cascade en cascade, et qu'elles entraînent ainsi le lecteur au milieu du frémissement des phrases et du bouillonnement des métaphores. Quand nous nous reverrons, j'aurai fait un grand pas, je serai en plein amour, en plein sujet, et le sort du bouquin sera décidé ; mais je crois que je passe maintenant un défilé dangereux. J'ai ainsi, parmi les haltes de mon travail, ta belle et bonne figure au bout, comme des temps de repos. Notre amour, par là, est une espèce de signet que je place d'avance entre les pages, et je rêve d'y être arrivé de toutes façons.

Pourquoi ai-je sur ce livre des inquiétudes comme je n'en ai jamais eu sur d'autres ? Est-ce parce qu'il n'est pas dans ma voie naturelle et pour moi, au contraire, tout en art, en ruses ? Ce m'aura toujours été une gymnastique furieuse et longue. Un jour, ensuite, que j'aurai un sujet à moi, un plan de mes entrailles, tu verras, tu verras ! J'ai fini aujourd'hui

Perse ; je vais de suite le relire et prendre des notes. Tu dois être à *L'Âne d'or*, maintenant ; j'attends tes impressions.

Croisset, jeudi 1 heure d'après-midi.
9 décembre 1852.

C'est pourquoi l'*Oncle Tom* [1] me paraît un livre étroit. Il est fait à un point de vue moral et religieux. Il fallait le faire à un point de vue *humain*. Je n'ai pas besoin pour m'attendrir sur un esclave que l'on torture, que cet esclave soit brave homme, bon père, bon époux et chante des hymnes et lise l'Évangile, et pardonne à ses bourreaux, ce qui devient du sublime, de l'exception, et dès lors une chose spéciale, fausse. Les qualités de sentiment, et il y en a de grandes dans ce livre, eussent été mieux employées si le but eût été moins restreint. Quand il n'y aura plus d'esclaves en Amérique, ce roman ne sera pas plus vrai que toutes les anciennes histoires où l'on représentait invariablement les Mahométans comme des monstres. — Pas de haine ! pas de haine ! Et c'est là du reste ce qui fait le succès de ce livre, il est *actuel*. La vérité seule, l'éternel, le Beau pur ne passionne pas les masses à ce degré-là. — Le parti pris de donner aux noirs le bon côté moral arrive à l'absurde dans le personnage de Georges par exemple, lequel panse son meurtrier, tandis qu'il devrait piétiner dessus, etc., et qui rêve une civilisation nègre, un empire africain, etc. La mort de la jeune Saint-Clair est celle d'une sainte. Pourquoi cela ? Je pleurerais plus si c'était un enfant ordinaire. Le caractère de sa

1. Allusion à un énorme succès de librairie d'alors, traduit de l'anglais : *La Case de l'oncle Tom*. Ce premier réquisitoire romanesque contre l'esclavage usait de toutes les ressources du pathétique, en opposition absolue avec les idées de Flaubert.

mère est forcé, malgré l'apparente demi-teinte que l'auteur y a mise. Au moment de la mort de sa fille, elle ne doit plus penser à ses migraines. Mais il fallait faire rire le parterre, comme dit Rousseau. — Il y a du reste de jolies choses dans ce livre : le caractère de Haley, la scène entre le sénateur et sa femme, Miss Ophelia, l'intérieur de la maison Legree, une tirade de miss Cassy, tout cela est bien fait. — Puisque Tom est un mystique, je lui aurais voulu plus de lyrisme (il eût été peut-être moins vrai comme nature). Les répétitions de mères avec leurs enfants sont archirépétées, c'est comme le journal du sieur Saint-Clair qui revient à toute minute. — Les réflexions de l'auteur m'ont irrité tout le temps. Est-ce qu'on a besoin de faire des réflexions sur l'esclavage ? Montrez-le, voilà tout. — C'est là ce qui m'a toujours semblé fort dans *Le Dernier Jour d'un condamné*, pas une réflexion sur la peine de mort (il est vrai que la préface échigne[1] le livre, si le livre pouvait être échigné). — Regarde dans *Le Marchand de Venise*, si l'on déclame contre l'usure. Mais la forme dramatique a cela de bon, elle annule l'auteur. — Balzac n'a pas échappé à ce défaut, il est légitimiste, catholique, aristocrate. — L'auteur, dans son œuvre, doit être comme Dieu dans l'univers, présent partout, et visible nulle part. L'art étant une seconde nature, le créateur de cette nature-là doit agir par des procédés analogues : que l'on sente dans tous les atomes, à tous les aspects, une impassibilité cachée et infinie. L'effet, pour le spectateur, doit être une espèce d'ébahissement. Comment tout cela s'est-il fait ! doit-on dire ! et qu'on se sente écrasé sans savoir pourquoi. — L'art grec était dans ce principe-là et, pour y arriver plus vite, il choisissait ses personnages dans des conditions sociales exceptionnelles, rois, dieux, demi-

1. De « échigner », altération du verbe échiner en usage depuis le XVIIe siècle, et qui signifie « briser l'échine », « mettre à mal ».

dieux. — On ne vous intéressait pas avec vous-mêmes. — Le Divin était le but. —

Adieu, il est tard. C'est dommage, je suis bien en train de causer. Je t'embrasse mille et mille fois et fais que *ça* arrive, mon Dieu !

À toi, ton G.

Croisset, mardi soir, 1 heure après minuit.
26 avril 1853.

Il est bien tard. — Je suis très las. J'ai la gorge éraillée d'avoir crié tout ce soir en écrivant, selon ma coutume exagérée. — Qu'on ne dise pas que je ne fais point d'exercice, je me démène tellement dans certains moments que ça me vaut bien, quand je me couche, deux ou trois lieues faites à pied. — Quelle singulière mécanique que l'homme ! Quoique je n'aie rien à te dire, je voudrais bien pourtant t'emplir ces quatre pages, pauvre Muse, bonne et belle amie. — Ah ! si ! J'ai quelque chose à te dire, c'est que ma *Bovary* n'avançant qu'à pas de tortue, je renonce à remettre à la fin du mouvement qui m'occupe, notre entrevue à Mantes. Nous nous verrons dans quinze jours au plus tard. Je veux seulement écrire encore trois pages, au plus, en finir cinq que j'écris depuis l'autre semaine, et trouver quatre ou cinq phrases que je cherche depuis bientôt un mois. — Mais quant à attendre que j'en sois à la fin de cette 1re partie de la 2e, j'en aurais, en travaillant bien, pour jusqu'à la fin du mois de mai. C'est trop long.

Croisset, nuit de samedi, 1 heure.
25 juin 1853.

Enfin, je viens de finir ma première partie (de la seconde). J'en suis au point que je m'étais fixé pour notre dernière entrevue à Mantes. Tu vois quels retards ! Je passerai la semaine encore à relire tout cela et à le recopier et, de demain en huit, je dégueulerai tout au sieur Bouilhet. Si ça marche, ce sera une grande inquiétude de moins et une bonne chose, j'en réponds, car le fonds était bien *ténu*. Mais je pense pourtant que ce livre aura un grand défaut, à savoir : le défaut de proportion *matérielle*. J'ai déjà deux cent soixante pages et qui ne contiennent que des préparations d'action, des expositions plus ou moins déguisées de caractère (il est vrai qu'elles sont graduées), de paysages, de lieux. Ma conclusion, qui sera le récit de la mort de ma petite femme, son enterrement et les tristesses du mari qui suivent, aura soixante pages au moins. Restent donc, pour le corps même de l'action, cent vingt à cent soixante pages tout au plus. N'est-ce pas une grande défectuosité ? Ce qui me rassure (médiocrement cependant), c'est que ce livre est une biographie plutôt qu'une péripétie développée. Le drame y a peu de part et, si cet élément dramatique est bien noyé dans le ton général du livre, peut-être ne s'apercevra-t-on pas de ce manque d'harmonie entre les différentes phases, quant à leur développement. Et puis il me semble que la vie en elle-même est un peu ça. Un coup dure une minute et a été souhaité pendant des mois ! Nos passions sont comme les volcans : elles grondent toujours, mais l'éruption n'est qu'intermittente.

Malheureusement l'esprit françois a une telle rage *d'amusement* ! il lui faut si bien des choses voyantes ! Il se plaît si peu à ce qui est pour moi la poésie même, à savoir l'*exposition*, soit qu'on la fasse pittoresquement par le tableau, ou moralement par l'analyse psychologique, qu'il se pourrait fort bien que je sois dans la blouse ou que j'aie l'air d'y être. Ce n'est pas d'aujourd'hui que je souffre d'écrire en ce langage et d'y penser ! Au fond, je suis Allemand ! C'est à force d'étude que je me suis décrassé de toutes mes brumes septentrionales. Je voudrais faire des livres où il n'y eût qu'à *écrire* des phrases (si l'on peut dire cela), comme pour vivre il n'y a qu'à respirer de l'air. Ce qui m'embête, ce sont les malices de plan, les combinaisons d'effets, tous les calculs du dessous et qui sont de l'Art pourtant, car l'effet du style en dépend, et exclusivement. Et toi, bonne Muse, chère collègue en tout (collègue vient de *colligere*, lier ensemble), as-tu bien travaillé cette semaine ? Je suis curieux de voir ce second récit[1]. Je n'ai qu'à te faire deux recommandations : 1° observe de suivre les métaphores, et 2° pas de détails en dehors du sujet, la ligne droite. Parbleu, nous ferons bien des arabesques quand nous voudrons, et mieux que personne. Il faut montrer aux classiques qu'on est plus classique qu'eux, et faire pâlir les romantiques de rage en dépassant leurs intentions. Je crois la chose faisable, car c'est tout un. Quand un vers est bon, il perd son école. Un bon vers de Boileau est un bon vers d'Hugo. La perfection a partout le même caractère, qui est la précision, la justesse.

Si le livre que j'écris avec tant de mal arrive à bien, j'aurai établi par le fait seul de son exécution ces deux vérités, qui sont pour moi des axiomes, à savoir : d'abord que la poésie est purement subjective, qu'il n'y a pas en littérature de beaux sujets d'art, et qu'Yvetot donc vaut Constantinople ; et qu'en conséquence l'on peut écrire n'importe quoi aussi bien que quoi que ce soit. *L'Artiste doit tout élever* ;

1. Il s'agit du second récit de Louise Colet intitulé « La Servante » qui s'intégrera à un ensemble devenu *Poème de la femme.*

il est comme une pompe, il a en lui un grand tuyau qui descend aux entrailles des choses, dans les couches profondes. Il aspire et fait jaillir au soleil en gerbes géantes ce qui était plat sous terre et ce qu'on ne voyait pas.

Trouville, dimanche 14, 4 heures.
14 août 1853.

La pluie tombe, les voiles des barques sous mes fenêtres sont noires, des paysannes en parapluie passent, des marins crient, je m'ennuie ! Il me semble qu'il y a dix ans que je t'ai quittée. Mon existence, comme un marais dormant, est si tranquille que le moindre événement y tombant y cause des cercles innombrables, et la surface ainsi que le fond est longtemps avant de reprendre sa sérénité ! Les souvenirs que je rencontre ici à chaque pas sont comme des cailloux qui déboulent, par une pente douce, vers un grand gouffre d'amertume que je porte en moi. La vase est remuée ; toutes sortes de mélancolies, comme des crapauds interrompus dans leur sommeil, passent la tête hors de l'eau et forment une étrange musique ; j'écoute. Ah ! comme je suis vieux, comme je suis vieux, pauvre chère Louise !

Je retrouve ici les bonnes gens que j'ai connues il y a dix ans. Ils portent les mêmes habits, les mêmes mines ; les femmes seulement sont engraissées et les hommes un peu blanchis. Cela me stupéfiait, l'immobilité de tous ces êtres ! D'autre part, on a bâti des maisons, élargi le quai, fait des rues, etc. Je viens de rentrer par une pluie battante et un ciel gris, au son de la cloche qui sonnait les vêpres. Nous avions été à Deauville (une ferme de ma mère). Comme les paysans m'embêtent, et que je suis peu fait pour être propriétaire ! Au bout de trois minutes la société de ces sauvages m'assomme. Je sens un ennui idiot m'envahir comme une marée. La chape de plomb que le Dante promet aux hypocrites n'est rien en comparaison de la lourdeur qui me pèse alors sur le crâne. Mon frère, sa femme et sa fille sont venus passer le dimanche avec nous ! Ils ramassent maintenant beaucoup. Moi aussi je m'amuse beaucoup, à l'heure des repas, car je mange énormément de matelote. Je dors une douzaine d'heures assez régulièrement toutes les nuits et dans le jour je fume passablement. Le peu de travail que je fais est de préparer le programme du cours d'histoire que je commencerai à ma nièce, une fois rentré à Croisset. Quant à la *Bovary*, impossible même d'y songer. Il faut que je sois *chez moi* pour écrire. Ma liberté d'esprit tient à mille circonstances accessoires, fort misérables, mais fort importantes. Je suis bien content de te savoir en train pour *La Servante*. Qu'il me tarde de voir cela !

J'ai passé hier une grande heure à regarder se *baigner les dames*. Quel tableau ! Quel hideux tableau ! Jadis, on se baignait ici sans distinction de sexes. Mais maintenant il y a des séparations, des poteaux, des filets pour empêcher, un inspecteur en livrée (quelle atroce chose lugubre que le grotesque !). Donc hier, de la place où j'étais, debout, lorgnon sur le nez, et par un grand soleil, j'ai longuement considéré les baigneuses. Il faut que le genre humain soit devenu complètement imbécile pour perdre jusqu'à ce point toute notion d'élégance. Rien n'est plus pitoyable que ces sacs où les femmes se fourrent le corps, que ces serre-tête en toile cirée ! Quelle mines ! quelles démarches ! Et les pieds ! rouges, maigres, avec des oignons, des durillons, déformés par la bottine, longs comme des navettes ou larges comme des battoirs. Et au milieu de tout cela des moutards à humeurs froides, pleurant, criant. Plus loin, des grand-mamans tricotant et des *môsieurs* à lunettes d'or, lisant le journal et, de temps à autre, entre deux lignes, savourant l'immensité avec un air d'approbation. Cela m'a donné envie tout le soir de m'enfuir de l'Europe et d'aller vivre aux îles Sandwich ou dans les forêts du Brésil. Là, du moins, les plages ne sont pas souillées par des pieds si mal faits, par des individualités aussi fétides.

Avant-hier, dans la forêt de Touques, à un charmant endroit près d'une fontaine, j'ai trouvé des bouts de cigares éteints avec des bribes de pâtés. On avait été là *en partie* ! J'ai écrit cela dans *Novembre* il y a onze ans ! C'était alors purement imaginé, et l'autre jour ç'a été éprouvé. Tout ce qu'on invente est vrai, sois-en sûre. La poésie est une chose aussi précise que la géométrie. L'induction vaut la déduction, et puis, arrivé à un certain point, on ne se trompe plus quant à tout ce qui est de l'âme. Ma pauvre *Bovary*, sans doute, souffre et pleure dans vingt villages de France à la fois, à cette heure même.

Trouville, vendredi soir, 11 heures.
26 août 1853.

Ceci est probablement ma dernière lettre de Trouville. Nous serons dans huit jours au Havre et le samedi à Croisset. Au milieu de la semaine prochaine je t'enverrai un petit mot. Le samedi soir, à Croisset, si Bouilhet n'y est pas, je t'écrirai. Tâche que j'aie une lettre de toi en rentrant pour le samedi, ou le dimanche matin plutôt. Cela me fera un bon retour. Quelle *bosse* de travail je vais me donner une fois rentré ! Cette vacance ne m'aura pas été inutile ; elle m'a rafraîchi. Depuis deux ans je n'avais guère pris l'air ; j'en avais besoin. Et puis je me suis un peu retrempé dans la contemplation des flots, de l'herbe et du feuillage. Écrivains que nous sommes et toujours courbés sur l'Art, nous n'avons guère avec la nature que des communications imaginatives.

Il faut quelquefois regarder la lune ou le soleil en face. La sève des arbres vous entre au cœur par les longs regards stupides que l'on tient sur eux. Comme les moutons qui broutent du thym parmi les prés ont ensuite la chair plus savoureuse, quelque chose des saveurs de la nature doit pénétrer notre esprit s'il s'est bien roulé sur elle. Voilà seulement huit jours, tout au plus, que je commence à être tranquille et à savourer avec simplicité les spectacles que je vois. Au commencement j'étais ahuri ; puis j'ai été triste, je m'ennuyais. À peine si je m'y fais qu'il faut partir. Je marche beaucoup, je m'éreinte avec délices. Moi qui ne peux souffrir la pluie, j'ai été tantôt trempé jusqu'aux os, sans presque m'en apercevoir. Et quand je m'en irai d'ici, je serai chagrin. C'est toujours la même histoire ! Oui, je commence à être débarrassé de moi et de mes souvenirs. Les joncs qui, le soir, fouettent mes souliers en passant sur la dune, m'amusent plus que mes songeries (je suis aussi loin de la *Bovary* que si je n'en avais écrit de ma vie une ligne).

Je me suis ici beaucoup *résumé* et voilà la conclusion de ces quatre semaines fainéantes : adieu, c'est-à-dire adieu et pour toujours au *personnel*, à l'intime, au relatif. Le vieux projet que j'avais d'écrire plus tard mes mémoires m'a quitté. Rien de ce qui est de ma personne ne me tente. Les attachements de la jeunesse (si beaux que puisse les faire la perspective du souvenir, et entrevus même d'avance sous les feux de Bengale du style) ne me semblent plus beaux. Que tout cela soit mort et que rien n'en ressuscite ! À quoi bon ? Un homme n'est pas plus qu'une puce. Nos joies, comme nos douleurs, doivent s'absorber dans notre œuvre. On ne reconnaît pas dans les nuages les gouttes d'eau de la rosée que le soleil y a fait monter ! Évaporez-vous, pluie terrestre, larmes des jours anciens, et formez dans les cieux de gigantesques volutes, toutes pénétrées de soleil.

Je suis dévoré maintenant par un besoin de métamorphoses. Je voudrais écrire tout ce que je vois, non tel qu'il est, mais transfiguré. La narration exacte du fait réel le plus magnifique me serait impossible. Il me faudrait le *broder* encore.

Les choses que j'ai le mieux senties s'offrent à moi transposées dans d'autres pays et éprouvées par d'autres personnes. Je change ainsi les maisons, les costumes, le ciel, etc. Ah ! qu'il me tarde d'être débarrassé de la *Bovary*, d'*Anubis* et de mes trois préfaces (c'est-à-dire des trois seules fois, qui n'en feront qu'une, où j'écrirai de la critique) ! Que j'ai hâte donc d'avoir fini tout cela pour me lancer à corps perdu dans un sujet *vaste et propre*. J'ai des prurits d'épopée. Je voudrais de grandes histoires à pic, et peintes du haut en bas. Mon conte oriental me revient par bouffées ; j'en ai des odeurs vagues qui m'arrivent et qui me mettent l'âme en dilatation.

Ne rien écrire et rêver de belles œuvres (comme je fais maintenant) est une charmante chose. Mais comme on paie cher plus tard ces voluptueuses ambitions-là ! *Quels renfoncements !* Je devrais être sage (mais rien ne me corrigera). La *Bovary*, qui aura été pour moi un exercice excellent, me sera peut-être funeste ensuite comme *réaction*, car j'en aurai pris (ceci est faible et imbécile) un dégoût extrême des sujets à milieu commun. C'est pour cela que j'ai tant de mal à l'écrire, ce livre. Il me faut de grands efforts pour m'imaginer mes personnages et puis pour les faire parler, car ils me répugnent profondément. Mais quand j'écris quelque chose de mes *entrailles*, ça va vite. Cependant voilà le péril. Lorsqu'on écrit quelque chose de *soi*, la phrase peut être bonne par *jets* (et les esprits lyriques arrivent à l'effet facilement et en suivant leur pente naturelle), mais l'*ensemble manque*, les répétitions abondent, les redites, les lieux communs, les locutions banales. Quand on écrit au contraire une chose *imaginée*, comme tout doit alors découler de la conception et que la moindre virgule dépend du plan général, l'attention se bifurque. Il faut à la fois ne pas perdre l'horizon de vue et regarder à ses pieds. Le détail est atroce, surtout lorsqu'on aime le détail comme moi. Les perles composent le collier, mais c'est le fil qui fait le collier. Or, enfiler les perles sans en perdre une seule et toujours tenir son fil de l'autre main, voilà la malice.

Croisset, lundi soir, minuit et demi.
12 septembre 1853.

La tête me tourne d'embêtement, de découragement, de fatigue ! J'ai passé quatre heures sans pouvoir faire *une* phrase. Je n'ai pas aujourd'hui écrit une ligne, ou plutôt j'en ai bien griffonné cent ! Quel atroce travail ! Quel ennui ! Oh ! l'Art ! l'Art ! Qu'est-ce donc que cette chimère enragée qui nous mord le cœur, et pourquoi ? Cela est fou de se donner tant de mal ! Ah ! la *Bovary*, il m'en souviendra ! J'éprouve maintenant comme si j'avais des lames de canif sous les ongles, et j'ai envie de grincer des dents. Est-ce bête ! Voilà donc où mène ce doux passe-temps de la littérature, cette crème fouettée. Ce à quoi je me heurte, c'est à des situations communes et un dialogue trivial. Bien écrire *le médiocre* et faire qu'il garde en même temps son aspect, sa coupe, ses mots même, cela est vraiment diabolique, et je vois se défiler maintenant devant moi de ces gentillesses en perspective pendant trente pages au moins. Ça s'achète cher, le style ! Je recommence ce que j'ai fait l'autre semaine. Deux ou trois effets ont été jugés hier par Bouilhet ratés, et avec raison. Il faut que je redémolisse presque toutes mes phrases.

Lettre à mademoiselle Leroy de Chantepie
(Texte établi par Jean Bruneau, « Pléiade » n° 284)

Paris, lundi. 30 mars 1857.

Mademoiselle et cher Confrère,

Votre lettre est si honnête, si vraie et *si intense* ; elle m'a enfin tellement ému, que je ne puis me retenir d'y répondre immédiatement. Je vous remercie d'abord de m'avoir dit votre âge. Cela me met plus à l'aise. Nous causerons ensemble comme *deux* hommes. La confiance que vous me témoignez m'honore ; je ne crois pas en être indigne ; — mais ne me raillez point, ne m'appelez plus *un savant* ! moi que mon ignorance confond.

Et puis ne vous comparez pas à la Bovary. Vous n'y ressemblez guère ! Elle valait moins que vous comme tête et comme cœur ; car c'est une nature quelque peu perverse, une femme de fausse poésie et de faux sentiments. Mais l'idée première que j'avais eue était d'en faire une vierge, vivant au milieu de la province, vieillissant dans le chagrin et arrivant ainsi aux derniers états du mysticisme et de la passion *rêvée*. J'ai gardé de ce premier plan tout l'entourage (paysages et personnages assez noirs), la couleur enfin. Seulement, pour rendre l'histoire plus compréhensible et plus amusante, au bon sens du mot, j'ai inventé une héroïne plus humaine, une femme comme on en voit davantage. J'entrevoyais d'ailleurs dans l'exécution de ce premier plan de telles difficultés que je n'ai pas osé.

Écrivez-moi tout ce que vous voudrez, longuement et souvent, quand même je serais quelque temps sans vous répondre, car, à partir d'hier, nous sommes de vieux amis. Je vous connais maintenant et je vous aime. Ce que vous avez éprouvé, je l'ai senti personnellement. Moi aussi, je me suis volontairement refusé à l'amour, au bonheur... Pourquoi ? je n'en sais rien. C'était peut-être par orgueil, — ou par épouvante ? Moi aussi, j'ai considérablement aimé, en silence, — et puis à vingt et un ans, j'ai manqué mourir d'une maladie nerveuse, amenée par une série d'irritations et de chagrins, à force de veilles et de colères. Cette maladie m'a duré dix ans. (Tout ce qu'il y a dans sainte Thérèse, dans Hoffmann et dans Edgar Poe, je l'ai senti, je l'ai *vu*, les hallucinés me sont fort compréhensibles.) Mais j'en suis sorti *bronzé* et très expérimenté tout à coup sur un tas de choses que j'avais à peine effleurées dans la vie. Je m'y suis cependant mêlé quelquefois ; mais par fougue, par *crises*, — et bien vite je suis revenu (et je reviens) à ma nature réelle qui est contemplative. Ce qui m'a gardé de la débauche, ce n'est pas la vertu, mais *l'ironie*. La bêtise du vice me fait encore plus rire de pitié que la turpitude ne me dégoûte.

Je suis né à l'hôpital (de Rouen — dont mon père était le chirurgien en chef ; il a laissé un nom illustre dans son art) et j'ai grandi au milieu de toutes les misères humaines — dont un mur me séparait. Tout enfant, j'ai joué dans un amphithéâtre. Voilà pourquoi, peut-être, j'ai les allures à la fois funèbres et cyniques. Je n'aime point la vie et je n'ai point peur de la mort. L'hypothèse du néant absolu n'a même rien qui me terrifie. Je suis prêt à me jeter dans le grand trou noir avec placidité.

Et cependant, ce qui m'attire par-dessus tout, c'est la religion. Je veux dire toutes les religions, pas plus l'une que l'autre. Chaque dogme en particulier m'est répulsif mais je considère le sentiment qui les a inventés comme le plus naturel et le plus poétique de l'humanité, je n'aime point les philosophes qui n'ont vu là que jonglerie et sottise. J'y découvre, moi, nécessité et instinct ; aussi je respecte le nègre baisant son fétiche autant que le catholique aux pieds du Sacré-Cœur.

Continuons les confidences ; je n'ai de sympathie pour aucun parti politique ou pour mieux dire je les exècre tous, parce qu'ils me semblent également bornés, faux, puérils, s'attaquant à l'éphémère, sans vues d'ensemble et ne s'élevant jamais au-dessus de l'*utile*. J'ai en haine tout despotisme. Je suis un libéral enragé. C'est pourquoi le socialisme me semble une horreur pédantesque qui sera la mort de tout art et de toute moralité. J'ai assisté, en spectateur, à presque toutes les émeutes de mon temps.

Vous voyez bien que je suis plus vieux que vous — par l'âme — et que malgré vos vingt ans de plus, vous êtes ma cadette.

Mais il m'est resté de ce que j'ai vu — senti — et lui, une inextinguible soif de vérité. Goethe s'écriait en mourant : « De la lumière ! de la lumière ! » Oh ! oui, de la lumière ! dût-elle nous brûler jusqu'aux entrailles. C'est une grande volupté que d'apprendre, que de s'assimiler le Vrai par l'intermédiaire du Beau. *L'état idéal* résultant de cette joie me semble une espèce de sainteté, qui est peut-être plus haute que l'autre, parce qu'elle est plus désintéressée.

J'arrive à vous — et à l'étrange obsession sur laquelle vous me consultez. Voici ce que j'ai pensé : il faut tâcher d'être plus catholique ou plus philosophe. Vous avez trop de lecture pour croire sincèrement. Ne vous récriez point ! vous voudriez bien croire. Voilà tout. La maigre pitance que l'on sert aux autres ne peut vous rassasier, vous qui avez bu à des coupes trop larges et trop savoureuses. Les prêtres ne vous ont pas répondu. Je le crois sans peine. La vie moderne les déborde, notre âme leur est un livre clos. Soyez donc franche avec vous-même. Faites un effort suprême, un effort qui vous sauvera. C'est tout l'*un* ou tout l'*autre* qu'il faut prendre. Au nom du Christ, ne restez pas dans le sacrilège par peur de l'irréligion ! Au nom de la philosophie, ne vous dégradez point au nom de cette lâcheté qu'on appelle l'habitude. Jetez tout à la mer, puisque le navire sombre.

Mais au milieu de cette douleur, ou plutôt quand elle commence, n'éprouvez-vous pas une sorte de plaisir ?... un plaisir trouble et effrayant. Vous n'avez jamais péché ; mais alors quelque chose dit en vous : « Si j'avais péché... » et le rêve du péché commence, ne fût-ce que dans la durée d'un éclair, il passe. — Et puis l'hallucination vient, et la conviction, la certitude et le remords — avec le besoin de crier : « J'ai fait. »

C'est parce que vous avez vécu en dehors des *conditions de la femme*, que vous souffrez plus qu'une femme et pour elles toutes. L'imagination poétique s'en mêle et vous roulez dans les abîmes de douleur. Ah ! comme je vous aime pour tout cela !

Jetez-vous à corps perdu, ou plutôt à âme perdue, dans les lettres. Prenez un *long travail* et jurez-vous de l'accomplir. Lisez les maîtres profondément, non pour vous amuser, mais pour vous en pénétrer, et peu à peu vous sentirez tous les nuages qui sont en vous se dissoudre. Vous vous aimerez davantage, parce que vous contiendrez en votre esprit plus de choses.

Votre médecin a raison, il faut voyager, voir beaucoup de ciel et beaucoup de mer. La musique est une excellente chose, elle vous apaisera. Quant à Paris, vous pouvez en faire l'essai. Mais je doute que vous y trouviez la paix. C'est le pays le plus irritant du monde pour les honnêtes natures, et il faut avoir une fière constitution et bien robuste pour y vivre sans y devenir un crétin ou un filou.

Je vous remercie mille fois de votre aimable invitation ; mais d'ici à longtemps, je ne puis bouger. Je ne pourrai même cet été faire un tour sur la côte d'Afrique (à Tunis), que j'aurais besoin de visiter pour le travail dont je m'occupe. Je veux me débarrasser au plus vite de plusieurs vieilles idées et je n'ai pas une minute à moi. Ajoutez à cela le sot tourbillon de la vie ordinaire.

Vous recevez mon volume dans la semaine de Pâques (je suis maintenant au milieu de mes épreuves et je n'ai pas eu le temps de lire vos livres). Vers la fin du mois prochain, je m'en retourne à la campagne avec votre portrait. Je ne puis malheureusement vous faire connaître ma figure par les mêmes moyens, et jamais on ne m'a peint ni dessiné. Mais acceptez, ce qui vaut mieux, l'hommage bien cordial de toute ma sympathie.

À vous.

Je viens de relire votre lettre que je sais maintenant par cœur. Est-il besoin de vous dire que je suis flatté jusqu'au plus profond de l'âme d'être estimé par un être tel que vous. Vous me semblez la plus excellente et belle nature du monde, et je vous baise les mains avec attendrissement.

Lettre à Amélie Bosquet
(Texte établi par Jean Bruneau, « Pléiade » n° 374)

Croisset, mercredi matin novembre 1859.

Vous vous êtes trompée sur le *sens* de ma dernière lettre. Et j'ai été sans doute trop loin dans mes reproches puisque vous me faites des excuses. Ce qu'il y a de sûr, c'est que la réparation m'a fait plus que (*sic*) de plaisir que l'offense ne m'avait fait de mal. Il n'y a que les femmes pour blesser et caresser ! Que nous avons la main lourde à côté d'elles !

Ma liaison avec Mme Colet ne m'a pas laissé aucune « blessure », dans l'acception sentimentale et profonde du mot. C'est plutôt le souvenir (et encore maintenant la sensation) d'une irritation très longue. Son livre [1] a été le bouquet final de la chose. Joignez à cela les commentaires, questions, plaisanteries, allusions, dont je suis l'objet depuis la publication de ladite œuvre. Quand j'ai vu que *vous aussi*, vous vous en mêliez, j'ai un peu perdu patience, je l'avoue, parce qu'en public je fais bonne figure. Comprenez-vous ? N'allez pas croire que je vous en veuille. — Non, je vous embrasse très tendrement pour les gentilles choses que vous me dites. Voilà le vrai.

Pourquoi aussi *plaisantiez-vous* ? pourquoi faisiez-vous comme les autres, car *on* a sur moi une opinion toute faite et que rien ne déracinera (je ne cherche pas, il est vrai, à détromper le monde), à savoir : que je n'ai aucune espèce de sentiment, que je suis un farceur, un coureur de filles (une sorte de Paul de Kock romantique ?), quelque chose entre le bohème et le pédant. Quelques-uns prétendent même que j'ai l'air d'un ivrogne, etc., etc.

Je ne crois être, cependant, ni un hypocrite ni un poseur. N'importe ! on se méprend toujours sur moi. À qui la faute ? à moi sans doute ? Je suis plus élégiaque qu'on ne croit ! Mais je porte la pénitence de mes cinq pieds huit pouces et de ma figure rougeaude. —

Je suis encore timide comme un adolescent et capable de conserver dans des tiroirs des bouquets fanés. — J'ai dans ma jeunesse démesurément aimé, aimé sans retour, pro-

1. En 1859, cinq ans après sa rupture avec Flaubert, Louise Colet raconte sa liaison avec l'écrivain dans *Lui*, roman à clefs en forme de règlement de comptes.

fondément, silencieusement. Nuits passées à regarder la lumière, projets d'enlèvement et de voyages en Italie, rêves de gloire pour *elle*, tortures du corps et de l'âme, spasmes à l'odeur d'une épaule, et pâleurs subites sous son regard, j'ai connu tout cela, et très bien connu. Chacun de nous a dans le cœur une chambre royale. *Je l'ai murée*, mais elle n'est pas détruite.

On a parlé à satiété de la prostitution des femmes. On n'a pas dit un mot sur celle des hommes. — J'ai connu le supplice des filles de joie. — Et tout homme qui a aimé longtemps et qui voulait ne plus aimer l'a connu, etc. !

Et puis il arrive un âge *où l'on a peur.* — Peur de tout, d'une liaison, d'une entrave, d'un dérangement ; on a tout à la fois soif et épouvante du bonheur. Est-ce vrai ?

Il serait pourtant si facile de passer la vie d'une manière tolérable ! mais on cherche les sentiments tranchés, excessifs, exclusifs, tandis que le complexe, le grisâtre est seul praticable. — Nos grands-pères, et surtout nos grand-mères, avaient plus de sens que nous, n'est-ce pas ?

Il me semble que notre petite *dissension* nous a faits encore meilleurs amis qu'auparavant. Est-ce une illusion ? non ! vous avez compris que j'étais plus sérieux que je n'en ai l'air, et je vous ai trouvée très bonne. Ainsi je vous serre les mains très longuement.

À vous.

Parlez-moi de vous, quand vous n'aurez rien de mieux à faire. Travaillez le plus possible, c'est encore le meilleur ! La morale de *Candide* « il faut cultiver notre jardin » doit être celle des gens comme nous, de ceux *qui n'ont pas trouvé*. Trouve-t-on jamais d'ailleurs ? et quand on a trouvé, on cherche autre chose.

Plans et scénarios de Madame Bovary
(Édition d'Yvan Leclerc, CNRS/Zulma, 1995)

Les deux pages manuscrites présentées ci-dessous reproduisent le premier scénario général de Madame Bovary *: elles donnent un premier exemple de la méthode flaubertienne. D'autres reproductions de ces manuscrits figurent aux quatre passages du roman — les lectures d'Emma Rouault, la visite à la nourrice avec Léon, les comices, la mort d'Emma — dont on suivra la genèse à travers une sélection des lettres de Flaubert. Elles permettent de comparer l'ébauche de ces épisodes au cours de la phase préparatoire des scénarios à la version définitive qu'en donne le chapitre correspondant du roman publié. Ces documents de travail sont de nature diverse : leur statut est défini en pages 218 et 219 du dossier.*

En effet, du scénario général au scénario partiel ou au scénario d'ensemble, du plan au résumé en passant par les notes, on pourra observer la façon dont Flaubert, dans un souci d'unité, programme la structure générale de l'œuvre dans ses trois grandes parties puis détaille, à l'intérieur des chapitres de son roman, le déroulement des scènes et des différents épisodes reliés par les passages de « narration psychologique ».

On peut repérer trois niveaux de travail dans ces pages surchargées : d'abord le premier jet, puis les précisions en interligne, qui servent à radicaliser ou à nuancer, et les observations en marge, généralement très importantes. La méthode n'est pas figée et le romancier, par associations successives, regroupe souvent sur une même page des remarques portant sur des passages très différents de l'action.

Les pages suivantes reproduisent donc le premier scénario général. Malgré sa brièveté, il traduit fidèlement l'action, à quelques exceptions près, et caractérise fortement les personnages en dehors de leurs noms encore provisoires. Fait remarquable, les notations en marge caractérisent surtout le climat du roman, la lenteur et l'ennui. C'est en marge aussi qu'apparaît l'idée de l'incipit.

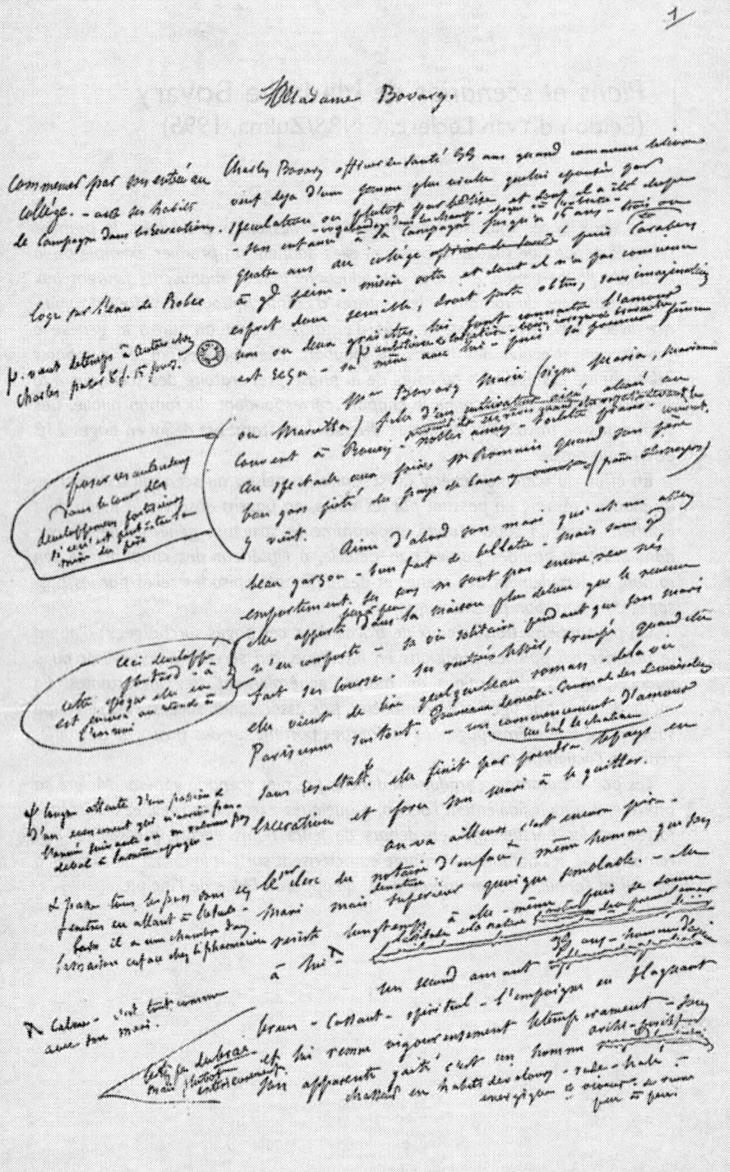
1
Madame Bovary.

primitif lâché sensuel — il la démoralise en lui faisant
voir un peu la vie. elle grandit —
un voyage à Paris.
retour chez elle — le monde est vide — ça va lentement
il s'est établi [illegible] à Rouen
le fond matérialiste revient — voyage à Rouen. jeudis
l'hôtel d'Angleterre — plein — flambant —
les désespoirs de la sensualité du confortable non assouvie
le besoin d'un bien-être d'argent et développé par
l'amour heureux — le désintéressement de la matière n'est
que au commencement des passions) auquel devient [illegible]
le besoin poétique de luxe — vie [illegible] de la sentimentalité [illegible]
lecture — de romans qui font [illegible]
déjeuner — les mémoires [illegible] ! —
vile de son amant à mesure que les [illegible] se développent
elle ne peut pourtant aimer son mari
vertige. — elle [illegible]
liaison avec le capitaine qui l'aurait promenée — elle l'adore et s'y jette dans l'abîme
elle tâche de revenir à son mari — elle [illegible] — puis relation
[illegible] banale avec Léopold
maladie —
sa mort
veillée de la morte — après-midi pleureurs de la jeunesse qui
passe sous la fenêtre ouverte
enterrement —
vie solitaire de Charles avec sa petite fille — le soir
il s'apprête devant un feu des lettres de sa femme
la [illegible] chère de Marie —
un jour que Charles se promenait dans son jardin il
meurt tout à coup. sa petite fille aux écoles gratuites

[illegible] dont son mari — [illegible] elle revient à Léopold. [illegible] — 1re infatuation rétablit et se régularise — elle s'y apporte tout entière

Partie 2

Des lectures de la pensionnaire Emma Rouault aux rêves déçus d'Emma Bovary : anatomie d'une page majeure

Lettres à Louise Colet
(Texte établi par Jean Bruneau, « Pléiade » n° 284)

Croisset, mercredi, 1 heure de nuit.
3 mars 1852.

Laisse donc là toutes tes corrections. La chose est risquée : qu'elle le soit ! Merci, merci, pauvre chère femme, de tout ce que tu m'envoies de tendre. Je suis content de moi, de te voir heureuse à mon endroit ; comme je t'embrasserai la semaine prochaine !

Je viens de relire pour mon roman plusieurs livres d'enfant. Je suis à moitié fou, ce soir, de tout ce qui a passé aujourd'hui devant mes yeux, depuis de vieux keepsakes[1] jusqu'à des récits de naufrages et de flibustiers. J'ai retrouvé des vieilles gravures que j'avais coloriées à sept et huit ans et que je n'avais pas revues depuis. Il y a des rochers peints en bleu et des arbres en vert. J'ai reéprouvé devant quelques-unes (un hibernage dans les glaces entre autres) des terreurs que j'avais eues étant petit. Je voudrais je ne sais quoi pour me distraire ; j'ai presque peur de me coucher. Il y a une histoire de matelots hollandais dans la mer glaciale, avec des ours qui les assaillent dans leur cabane (cette image m'empêchait de dormir autrefois), et des pirates chinois qui pillent un temple à idoles d'or. Mes voyages, mes souvenirs d'enfant, tout se colore l'un de l'autre, se met bout à bout, danse avec de prodigieux flamboiements et monte en spirale.

---

1. Terme qui signifie en anglais conserver ou se souvenir ; album orné de gravures, de dessins, d'aquarelles qu'on offrait en cadeau aux jeunes filles à l'époque romantique.

J'ai lu aujourd'hui deux volumes de Bouilly[1] : pauvre humanité ! Que de bêtises lui sont passées par la cervelle depuis qu'elle existe !

Voilà deux jours que je tâche d'entrer dans des *rêves de jeunes filles* et que je navigue pour cela dans les océans laiteux de la littérature à castels, troubadours à toques de velours à plumes blanches. Fais-moi penser à te parler de cela. Tu peux me donner là-dessus des détails précis qui me manquent. Adieu, à bientôt donc. Si lundi à 10 heures je ne suis pas chez toi, ce sera pour mardi. Mille baisers.

Croisset, nuit de samedi, 1 heure.
20 mars 1852.

J'ai été d'abord deux jours sans rien faire, fort ennuyé, fort désœuvré, très endormi. — Puis j'ai remonté mon horloge à tour de bras et ma vie maintenant a repris le tic tac de son balancier. J'ai rempoigné cet éternel grec, dont je viendrai à bout dans quelques mois, car je me le suis juré, et mon roman qui sera fini Dieu sait quand. — Il n'y a rien d'effrayant et de consolant à la fois comme une œuvre longue devant soi. — On a tant de blocs à remuer, et de si bonnes heures à passer ! — Pour le moment je suis dans les rêves de jeune fille jusqu'au cou. Je suis presque fâché que tu m'aies conseillé de lire les mémoires de Mme Lafarge[2], car je vais probablement suivre ton avis, et j'ai peur d'être entraîné plus loin que je ne veux. — Toute la valeur de mon livre, s'il en a une, sera d'avoir su marcher droit sur un

1. Jean-Nicolas Bouilly (1763-1842), écrivain auteur de romans pour le jeune public.
2. Héroïne d'un fait divers célèbre, accusée d'avoir empoisonné son mari, elle écrit des mémoires pour se justifier.

cheveu, suspendu entre le double abîme du lyrisme et du vulgaire (que je veux fondre dans une analyse narrative). Quand je pense à ce que ça peut être, j'en ai des éblouissements. Mais lorsque je songe ensuite que tant de beauté m'est confiée — à moi — j'ai des coliques d'épouvante à fuir me cacher n'importe où. Je travaille comme un mulet depuis quinze longues années. J'ai vécu toute ma vie dans cet entêtement de maniaque, à l'exclusion de mes autres passions que j'enfermais dans des cages, et que j'allais voir quelquefois seulement, pour me distraire. — Oh ! si je fais jamais une bonne œuvre, je l'aurai bien gagnée. Plût à Dieu que le mot impie de Buffon fût vrai, je serais sûr d'être un des premiers.

Il y a aujourd'hui huit jours à cette heure, je m'en allais de toi, *gluant* d'amour. Comme le temps passe !

Oui, nous avons été heureux, pauvre chère femme, et je t'aime de toutes sortes de façons. Tu as fait vis-à-vis de Bouilhet quelque chose qui m'a été au cœur. C'était bien bon (et bien habile ?). Ç'aura été son premier succès, à ce pauvre Bouilhet. Il se rappellera cette petite soirée toute sa vie. Ma muse intérieure t'en bénit et envoie à ton âme son plus tendre baiser. — Non, je ne t'oublierai pas, quoi qu'il advienne, et je reviendrai à ton affection à travers toutes les autres. — Tu seras un carrefour, un point d'intersection de plusieurs entrecroisements (je tombe dans le Sainte-Beuve ; sautons).

Et d'ailleurs, est-ce qu'on oublie quelque chose, est-ce que rien se passe, est-ce qu'on peut se détacher de quoi que ce soit ? Les natures les plus légères elles-mêmes, si elles pouvaient réfléchir un moment, seraient étonnées de tout ce qu'elles ont conservé de leur passé. — Il y a des constructions souterraines à tout. — Ce n'est qu'une question de surface et de profondeur. Sondez et vous trouverez. — Pourquoi a-t-on cette manie de nier, de conspuer son passé, de rougir d'hier, et de vouloir toujours que la religion nouvelle efface les anciennes ? — Quant à moi, je jure devant toi que j'aime, que j'aime encore tout ce que j'ai aimé, et que, quand j'en aimerai une autre, je t'aimerai toujours. Le cœur dans ses affections, comme l'humanité dans ses idées, s'étend sans cesse en cercles plus élargis. — De même que je regardais, il y a quelques jours, mes petits livres d'enfant dont je me rappelais nettement toutes les images, quand je regarde mes années disparues, j'y retrouve tout. Je n'ai rien arraché, rien perdu. On m'a quitté, je n'ai rien délaissé. — Successivement j'ai eu des amitiés vivaces qui se sont dénouées les unes après les autres. — Ils ne se souviennent plus de moi, je me souviens toujours. C'est la complexion de mon esprit dont l'écorce est dure. J'ai les nerfs enthousiastes avec le cœur lent ; mais peu à peu la vibration descend et elle reste au fond.

Avant-hier au soir, on m'a remis un petit paquet enveloppé dans de la toile cirée et qui avait été adressé chez mon frère. — C'était un carré de filet de coton pour servir de housse à un fauteuil. — J'ai cru reconnaître l'écriture d'Henriette Collier sur l'adresse ; mais pas de lettre, pas d'avis, rien, et aucune nouvelle.

Il paraît donc que les femmes s'occupent de moi. Je vais devenir fat. Mme Didier elle-même trouve que j'ai l'air distingué. Est-ce que je serais digne par hasard de figurer dans les *brillantes sociétés* où va Du Camp ?

Caroline de Lichtfield [1] est très pénible à lire. — J'ai vu ce que c'était et m'arrête avant la fin du 1er volume.

---

1. *Caroline de Lichtfield ou Mémoires d'une famille prussienne*, roman d'Isabelle de Montolieu, paru en 1786, qui se veut l'étude psychologique d'une jeune fille mariée sans amour.

J'ai lu la moitié de celui du sieur d'Arpentigny. C'est curieux et fort spirituel en certaines parties. Veux-tu que je t'écrive pour nous amuser une lettre *officielle* sur son bouquin, où je ferai des remarques ? J'ai envie de m'en faire un ami, de ce pauvre père d'Arpentigny. Je ne sais pourquoi, mais je crois qu'il se divertit intérieurement sur notre compte et qu'il m'envie ma place. Par égard pour son âge tu devrais bien la lui céder un peu, quitte à la reprendre, quoique cette idée de fourrager après lui m'excite peu. — À propos d'excitations, Bouilhet l'est tout à fait (excité) par Mme Roger. Demain je verrai le fameux sonnet. Nous causerons aussi de l'article et de tout ce qu'il y a à faire. N'oublie pas de nous écrire distinctement les noms des deux particuliers de *La Presse* à qui il faut envoyer des *Melaenis* [1].

Quant à *La Bretagne*, je ne serais pas fâché que Gautier la lût maintenant. Mais si tu es tout entière à ta comédie, restes-y ; c'est plus important. Pioche ferme. Si je t'avais seulement sous mes yeux pendant quatre mois de suite, bien libre de toute autre chose, tu verrais comme je te ferais travailler et comme il faut peu de chose pour changer le médiocre en bon et le bon en excellent. En tous cas n'envoie *La Bretagne* à Gautier (et non Gau*th*ier) que quand tu l'auras lue, et avertis-moi, je t'enverrai un petit mot à mettre dans le paquet. —

Adieu, je vais me coucher ; à demain.

Ô ! dieu des Songes, fais-moi rêver ma Dulcinée ! As-tu remarqué quelquefois le peu d'empire de la volonté sur les rêves ? comme il est libre, l'esprit, dans le sommeil, et où il va !

1. Œuvre de Louis Bouilhet qui tire son titre du personnage éponyme.

Croisset, samedi soir, minuit et demi.
27 mars 1852.

Tu aurais pu, chère Louise, te dispenser de te piquer pour ma malheureuse plaisanterie sur d'Arpentigny[1]. Je n'étais pas convaincu qu'elle fût spirituelle, mais je ne me doutais guère qu'elle fût blessante et *atroce* surtout. — Est-ce là ce qui avait rendu ta lettre si triste ? Tu n'as guère *le mot pour rire*, si de semblables sottises t'importent. — Moi je ris de tout, même de ce que j'aime le mieux. — Il n'est pas de choses, faits, sentiments ou gens, sur lesquels je n'aie passé naïvement ma bouffonnerie, comme un rouleau de fer à lustrer les pièces d'étoffes. — C'est une bonne méthode. — On voit ensuite ce qui en reste. Il est trois fois enraciné dans vous, le sentiment que vous y laissez, en plein vent, sans tuteur, ni fil de fer, et débarrassé de toutes ces convenances si utiles pour faire tenir debout les pourritures. Est-ce que la parodie même siffle jamais ? Il est bon et il peut même être beau de rire de la vie, pourvu qu'on vive. — Il faut se placer au-dessus de tout, et placer son esprit au-dessus de soi-même, j'entends la liberté de l'idée, dont je déclare impie toute limite.

Si cette longue glose pédantesque ne te satisfait pas, je te demande pardon de ma maladresse et t'embrasse sur tes deux yeux que j'ai peut-être fait pleurer. — Pauvre cœur, pourquoi me troubles-tu une si bonne tête ? Et, c'est pourtant ce voisin envahissant qui m'a reçu, qui me garde et qui m'admire. — N'importe, tu m'as dit, il y a aujourd'hui

1. Personnage pittoresque de sous-officier, féru de chiromancie et auteur d'un ouvrage qui prétendait expliquer l'individu à partir de la morphologie de sa main. Louis Bouilhet voulait en faire un personnage de comédie.

quinze jours, sur le Pont-Royal, en allant dîner, un mot qui m'a fait bien plaisir. À savoir que tu t'apercevais qu'il n'y avait rien de plus faible que de mettre en art ses sentiments personnels. — Suis cet axiome pas à pas, ligne par ligne, qu'il soit toujours inébranlable en ta conviction, en disséquant chaque fibre humaine, et en cherchant chaque synonyme de mot et tu verras ! tu verras ! comme ton horizon s'agrandira, comme ton instrument ronflera, et quelle sérénité t'emplira ! Refoulé à l'horizon, ton cœur l'éclairera du fond, au lieu de t'éblouir sur le premier plan. Toi disséminée en tous, tes personnages vivront, et au lieu d'une éternelle personnalité déclamatoire, qui ne peut même se constituer nettement, faute des détails précis qui lui manquent toujours à cause des travestissements qui la déguisent, on verra dans tes œuvres des foules humaines.

Si tu savais combien de fois j'ai souffert de cela en toi. Combien de fois j'ai été blessé de la poétisation de choses que j'aimais mieux à leur état simple ! Quand je t'ai vue pleurer à la lecture des *Lettres d'amour*, faite par Mme Roger, toutes mes pudeurs ont rougi. Nous valions mieux l'un et l'autre, et nous sommes là maigrement idéalisés. — Qu'est-ce que ça intéressera ? À qui ressemble cet homme ? Pourquoi prendre l'éternelle figure insipide du poète qui, plus elle sera ressemblante au type, plus elle se rapprochera d'une abstraction, c'est-à-dire de quelque chose d'anti-artistique, d'antiplastique, d'antihumain, d'antipoétique par conséquent, quelque talent de mots d'ailleurs que l'on y mette. — Il y aurait un beau livre à faire sur la littérature probante. — Du moment que vous prouvez, vous mentez. Dieu sait le commencement et la fin ; l'homme, le milieu. — L'art, comme lui dans l'espace, doit rester suspendu dans l'infini, complet en lui-même, indépendant de son producteur. Et puis on se prépare par là dans la vie et dans l'art de terribles mécomptes. Vouloir se chauffer les pieds au soleil, c'est vouloir tomber par terre. Respectons la lyre, elle n'est pas faite pour un homme, mais pour l'homme.

Me voilà bien humanitaire ce soir, moi que tu accuses de tant de personnalité. Je veux dire que tu t'apercevras bientôt, si tu suis cette voie nouvelle, que tu as acquis tout à coup des siècles de maturité et que tu prendras en pitié l'usage de se chanter soi-même. Cela réussit une fois dans un cri, mais quelque lyrisme qu'ait Byron par exemple, comme Shakespeare l'écrase à côté, avec son impersonnalité surhumaine. — Est-ce qu'on sait seulement s'il était triste ou gai ? L'artiste doit s'arranger de façon à faire croire à la postérité qu'il n'a pas vécu. Moins je m'en fais une idée et plus il me semble grand. Je ne peux rien me figurer sur la personne d'Homère, de Rabelais, et quand je pense à Michel-Ange, je vois, de dos seulement, un vieillard de stature colossale sculptant la nuit aux flambeaux.

Tu as en toi deux facultés auxquelles il faut donner jeu. — Une raillerie aiguë, non, une manière déliée de voir, je veux dire, et une ardeur méridionale de passion vitale, quelque chose de tes épaules dans l'esprit. — Tu t'es gâté le reste avec tes lectures et tes sentiments qui sont venus encombrer de leurs phrases incidentes cette bonne compagnie qui parlait clair.

J'espère beaucoup de ton *Institutrice*, sans savoir pourquoi, c'est un pressentiment. Et quand tu l'auras faite, fais-en deux ou trois autres et avant la demi-douzaine, tu auras attrapé le filon d'or.

Ce que je disais des sentiments qui ne passent pas, tu l'as pris pour une allusion au petit présent d'Henriette que j'avais reçu, et cela t'a attristée. — J'ai deviné, avoue-le. Eh bien non, je n'ai pas été ému en le recevant, et nullement ému même. — C'est que je ne m'émeus pas facilement maintenant, et de moins en moins. — Elle a tant sonné, ma sensibilité, que j'ai mis du mastic aux fêlures, c'est ce qui fait qu'elle vibre moins clair.

Sitôt que tu sauras une solution définitive pour le prix, écris-moi.

J'ai fini ce soir de barbouiller la première idée de mes rêves de jeune fille. J'en ai pour quinze jours encore à naviguer sur ces lacs bleus, après quoi j'irai au Bal, et passerai ensuite un hiver pluvieux, que je clorai par une grossesse et le tiers de mon livre à peu près sera fait.

À propos de bal, j'ai fait une débauche mercredi dernier. J'ai été à Rouen, au concert, entendre Alard le violoniste, et j'en ai vu là, des balles ! C'était la haute société. Quelles têtes que celles de mes compatriotes ! — J'ai retrouvé là des visages oubliés depuis douze ans et que je voyais quand j'allais au spectacle, en rhétorique. J'ai reconnu du monde que je n'ai pas salué, lequel a fait de même. C'était très fort de part et d'autre. Le plaisir d'entendre de fort belle musique très bien jouée a été compensé par la vue des gens qui le partageaient avec moi.

Lis-tu *La Bretagne* ? Les deux premiers chapitres sont faibles.

Adieu, demain je clorai ma lettre quand Bouilhet sera venu. Mille baisers, chère épouse.

À toi.

Tu n'as pas besoin de m'envoyer les mémoires de Lafarge. Je les demanderai ici. Bouilhet t'a écrit hier, et te réembrasse.

Encore adieu, mille caresses.

Plans et scénarios de Madame Bovary

(Édition d'Yvan Leclerc, CNRS/Zulma, 1995)

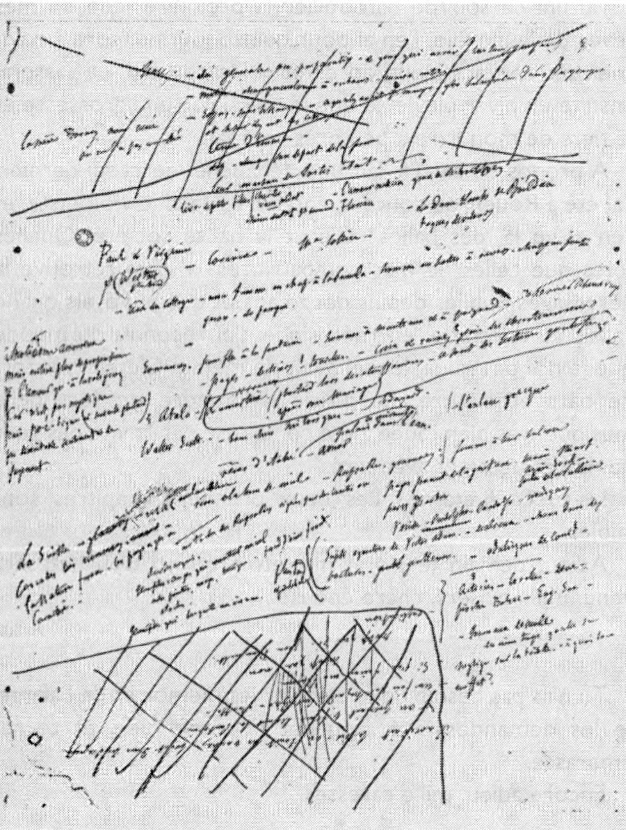

Page caractéristique du travail de Flaubert comprenant au centre des notes sur les thèmes romanesques récurrents dans les lectures d'Emma pour le chapitre I, 6 du roman. Quelques précisions apparaissent déjà comme le nom de Lamartine, sans que l'ordre de lecture soit déjà défini. Il est écrit : « Lamartine. (plutôt lors des étouffements. Ce sont des lectures qu'elle fait après son mariage) ». En haut et en bas, les passages barrés concernent deux autres épisodes, la noce et la demande en mariage.

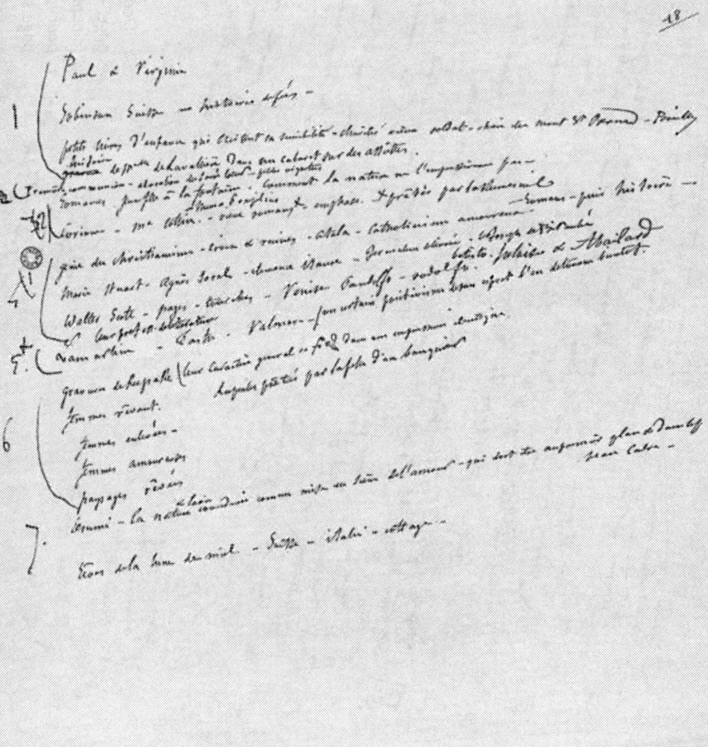

À côté des thèmes, on voit ici apparaître les titres des œuvres lues, dans un plan partiel qui établit le lien entre les livres, le rôle du couvent et la névrose de l'héroïne. Les lectures sont progressivement ordonnées chronologiquement, comme en attestent les numéros ajoutés en marge.

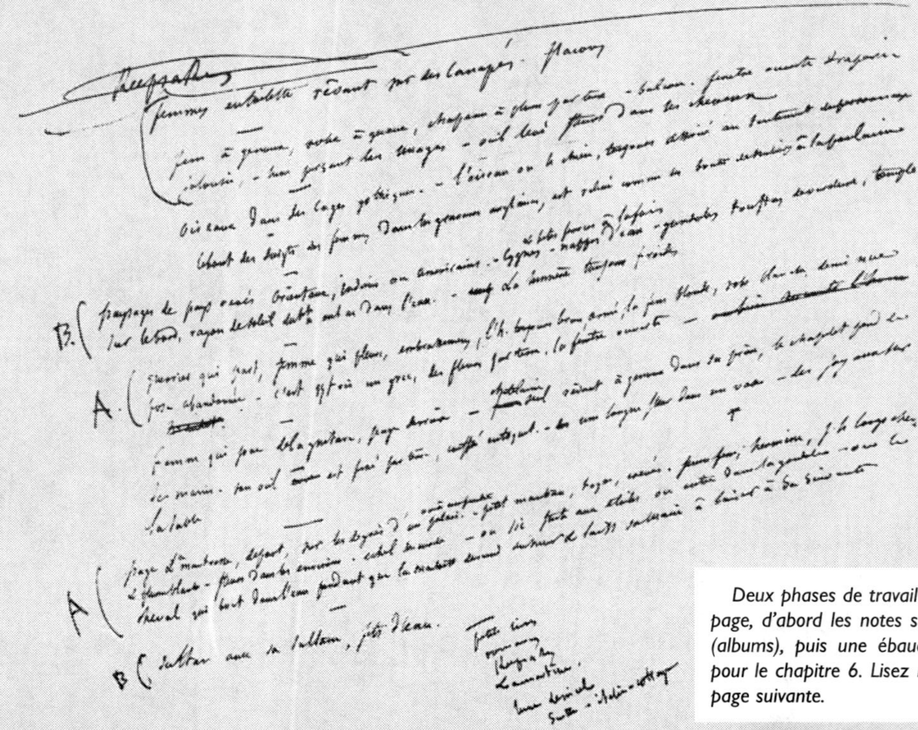

Deux phases de travail se suivent sur cette page, d'abord les notes sur les « keepsakes » (albums), puis une ébauche de plan partiel pour le chapitre 6. Lisez la retranscription en page suivante.

Keepsakes

femmes en toilette rêvant sur des canapés — flacons

———

fem à genoux, robe à queue, chapeau à plume par terre — balcon, fenêtre ouverte draperie
jalousie, — lune perçant les nuages — œil levé fleurs dans les cheveux

———

oiseaux dans des cages gothiques. — l'oiseau ou le chien, toujours associé au sentiment du personnage

le bout des doigts des femmes dans les gravures anglaises, est relevé comme les bouts de souliers à la poulaine

———

B. (paysages de pays rêvés orientaux, indiens ou américains. — Cygnes — nappes d'eau — gondoles touffues de verdure, temples [& bêtes féroces à la fois]
sur le bord, rayon de soleil du h[t] en bas dans l'eau. — ~~imp~~ La lumière toujours froide

———

A. (guerrier qui part, femme qui pleure, embrassemens, l'h. toujours brun, armé, la fem blonde, robe blanche, demi-nue
pose abandonnée — c'est qqfois un grec, des fleurs par terre, la fenêtre ouverte — ~~ou bien au contr l'homme maudit~~

femme qui joue de la guitare, page derrière — ~~fem~~ [châtelaine] seul rêvant à genoux dans sa prière, le chapelet pend de
ses mains, son œil ~~erre~~ est fixé par terre, coiffée en toquet. — ~~des~~ une longue fleur dans un vase — des joyaux sur
la table

———

A ([sa] page & maîtresse, départ, sur les degrés d'un palais. [ou à une fenêtre] — petit manteau, toque, crevés, jeune fem, hermine, j. h longs cheveux
& plume blanche — fleurs dans les environs, échel de corde — ou sie fuite aux étoiles on entre dans la gondole — ou le
cheval qui boit dans l'eau pendant que la maîtress descend du mur & laisse sa main à baiser à sa suivante

B (sultan avec sa sultane, jets d'eau

———

petits livres
romances
Keepsakes
Lamartine.
lune de miel
Suisse - Italie - cottage

Madame Bovary

Première partie, chapitres 6 et 7
(Texte établi par Albert Thibaudet et René Dumesnil, « Pléiade » n° 36)

Elle avait lu *Paul et Virginie* et elle avait rêvé la maisonnette de bambous, le nègre Domingo, le chien Fidèle, mais surtout l'amitié douce de quelque bon petit frère, qui va chercher pour vous des fruits rouges dans des grands arbres plus hauts que des clochers, ou qui court pieds nus sur le sable, vous apportant un nid d'oiseau.

Lorsqu'elle eut treize ans, son père l'amena lui-même à la ville, pour la mettre au couvent. Ils descendirent dans une auberge du quartier Saint-Gervais, où ils eurent à leur souper des assiettes peintes qui représentaient l'histoire de Mademoiselle de La Vallière. Les explications légendaires, coupées çà et là par l'égratignure des couteaux, glorifiaient toutes la religion, les délicatesses de cœur et les pompes de la Cour.

Loin de s'ennuyer au couvent les premiers temps, elle se plut dans la société des bonnes sœurs, qui, pour l'amuser, la conduisaient dans la chapelle, où l'on pénétrait du réfectoire par un long corridor. Elle jouait fort peu durant les récréations, comprenait bien le catéchisme, et c'est elle qui répondait toujours à M. le vicaire, dans les questions difficiles. Vivant donc sans jamais sortir de la tiède atmosphère des classes et parmi ces femmes au teint blanc portant des chapelets à croix de cuivre, elle s'assoupit doucement à la langueur mystique qui s'exhale des parfums de l'autel, de la fraîcheur des bénitiers et du rayonnement des cierges. Au lieu de suivre la messe, elle regardait dans son livre les vignettes pieuses bordées d'azur, et elle aimait la brebis malade, le sacré cœur percé de flèches aiguës, ou le pauvre Jésus qui tombe en marchant sur sa croix. Elle essaya, par mortification, de rester tout un jour sans manger. Elle cherchait dans sa tête quelque vœu à accomplir.

Quand elle allait à confesse, elle inventait de petits péchés, afin de rester là plus longtemps, à genoux dans l'ombre, les mains jointes, le visage à la grille sous le chuchotement du prêtre. Les comparaisons de fiancé, d'époux, d'amant céleste et de mariage éternel qui reviennent dans les sermons lui soulevaient au fond de l'âme des douceurs inattendues.

Le soir, avant la prière, on faisait dans l'étude une lecture religieuse. C'était, pendant la semaine, quelque résumé d'Histoire sainte ou les *Conférences* de l'abbé Frayssinous, et, le dimanche, des passages du *Génie du Christianisme*, par récréation. Comme elle écouta, les premières fois, la lamentation sonore des mélancolies romantiques se répétant à tous les échos de la terre et de l'éternité ! Si son enfance se fût écoulée dans l'arrière-boutique d'un quartier marchand, elle se serait peut-être ouverte alors aux envahissements lyriques de la nature, qui, d'ordinaire, ne nous arrivent que par la traduction des écrivains. Mais elle connaissait trop la campagne ; elle savait le bêlement des troupeaux, les laitages, les charrues. Habituée aux aspects calmes, elle se tournait au contraire vers les accidentés. Elle n'aimait la mer qu'à cause de ses tempêtes, et la verdure seulement lorsqu'elle était clairsemée parmi les ruines. Il fallait qu'elle pût retirer des choses une sorte de profit personnel ; et elle rejetait comme inutile tout ce qui ne contribuait pas à la consommation immédiate de son cœur, — étant de tempérament plus sentimentale qu'artiste, cherchant des émotions et non des paysages.

Il y avait au couvent une vieille fille qui venait tous les mois, pendant huit jours, travailler à la lingerie. Protégée par l'archevêché comme appartenant à une ancienne famille de gentilshommes ruinés sous la Révolution, elle mangeait au réfectoire à la table des bonnes sœurs, et faisait avec elles, après le repas, un petit bout de causette avant de remonter à son ouvrage. Souvent les pensionnaires s'échappaient de l'étude pour l'aller voir. Elle savait par cœur des chansons galantes du siècle passé, qu'elle chantait à demi-voix, tout en poussant son aiguille. Elle contait des histoires, vous apprenait des nouvelles, faisait en ville vos commissions, et prêtait aux grandes, en cachette, quelque roman qu'elle avait toujours dans les poches de son tablier, et dont la bonne demoiselle elle-même avalait de longs chapitres, dans les intervalles de sa besogne. Ce n'étaient qu'amours, amants, amantes, dames persécutées s'évanouissant dans des pavillons solitaires, postillons qu'on tue à tous les relais, chevaux qu'on crève à toutes les pages, forêts sombres, troubles du cœur, serments, sanglots, larmes et baisers, nacelles au clair de lune, rossignols dans les bosquets, *messieurs* braves comme des lions, doux comme des agneaux, vertueux comme on ne l'est pas, toujours bien mis, et qui pleurent comme des urnes. Pendant six mois, à quinze ans, Emma se graissa donc les mains à cette poussière des vieux cabinets de lecture. Avec Walter Scott, plus tard, elle s'éprit de choses historiques, rêva bahuts, salle des gardes et ménestrels. Elle aurait voulu vivre dans quelque vieux manoir, comme ces châtelaines au long corsage qui, sous le trèfle des ogives, passaient leurs jours, le coude sur la pierre et le menton dans la main, à regarder venir du fond de la campagne un cavalier à plume blanche qui galope sur un cheval noir. Elle eut dans ce temps-là le culte de Marie Stuart et des vénérations enthousiastes à l'endroit des femmes illustres ou infortunées. Jeanne Darc, Héloïse, Agnès Sorel, la belle Ferronnière et Clémence Isaure, pour elle, se détachaient comme des comètes sur l'immensité ténébreuse de l'histoire, où saillissaient encore çà et là, mais plus perdus dans l'ombre et sans aucun rapport entre eux, saint Louis avec son chêne, Bayard mourant, quelques férocités de Louis XI, un peu de Saint-Barthélemy, le panache du Béarnais, et toujours le souvenir des assiettes peintes où Louis XIV était vanté.

À la classe de musique, dans les romances qu'elle chantait, il n'était question que de petits anges aux ailes d'or, de madones, de lagunes, de gondoliers, pacifiques compositions qui lui laissaient entrevoir, à travers la niaiserie du style et les imprudences de la note, l'attirante fantasmagorie des réalités sentimentales. Quelques-unes de ses camarades apportaient au couvent les keepsakes qu'elles avaient reçus en étrennes. Il les fallait cacher, c'était une affaire ; on les lisait au dortoir. Maniant délicatement leurs belles reliures de satin, Emma fixait ses regards éblouis sur le nom des auteurs inconnus qui avaient signé, le plus souvent, comtes ou vicomtes, au bas de leurs pièces.

Elle frémissait, en soulevant de son haleine le papier de soie des gravures, qui se levait à demi plié et retombait doucement contre la page. C'était, derrière la balustrade d'un balcon, un jeune homme en court manteau qui serrait dans ses bras une jeune fille en robe blanche, portant une aumônière à sa ceinture ; ou bien les portraits anonymes des ladies anglaises à boucles blondes qui, sous leur chapeau de paille rond, vous regardent avec leurs grands yeux clairs. On en voyait d'étalées dans des voitures, glissant au milieu des parcs, où un lévrier sautait devant l'attelage que conduisaient au trot deux petits postillons en culotte blanche. D'autres, rêvant sur des sofas près d'un billet décacheté, contemplaient la lune, par la fenêtre entr'ouverte, à demi drapée d'un rideau noir. Les naïves, une larme sur la joue, becquetaient une tourterelle à travers les barreaux d'une cage gothique, ou, souriant la tête sur l'épaule, effeuillaient une marguerite de leurs doigts pointus, retroussés comme des souliers à la poulaine. Et vous y étiez aussi, sultans à longues pipes, pâmés sous des tonnelles aux bras des bayadères, djiaours, sabres turcs, bonnets grecs, et vous surtout, paysages blafards des contrées dithyrambiques, qui souvent nous montrez à la fois des palmiers, des sapins, des tigres à droite, un lion à gauche, des minarets tartares à l'horizon, au premier plan des ruines romaines, puis des chameaux accroupis ; — le tout encadré d'une forêt vierge bien nettoyée, et avec un grand rayon de soleil perpendiculaire tremblotant dans l'eau, où se détachent en écorchures blanches, sur un fond d'acier gris de loin en loin, des cygnes qui nagent.

Et l'abat-jour du quinquet, accroché dans la muraille au-dessus de la tête d'Emma, éclairait tous ces tableaux du monde, qui passaient devant elle les uns après les autres dans le silence du dortoir et au bruit lointain de quelque fiacre attardé qui roulait encore sur les boulevards.

Quand sa mère mourut, elle pleura beaucoup les premiers jours. Elle se fit faire un tableau funèbre avec les cheveux de la défunte, et, dans une lettre qu'elle envoyait aux Bertaux, toute pleine de réflexions tristes sur la vie, elle demandait qu'on l'ensevelît plus tard dans le même tombeau. Le bonhomme la crut malade et vint la voir. Emma fut intérieurement satisfaite de se sentir arrivée du premier coup à ce rare idéal des existences pâles, où ne parviennent jamais les cœurs médiocres. Elle se laissa donc glisser dans les méandres lamartiniens, écouta les harpes sur les lacs, tous les chants de cygnes mourants, toutes les chutes de feuilles, les vierges pures qui montent au ciel, et la voix de l'Éternel discourant dans les vallons. Elle s'en ennuya, n'en voulut point convenir, continua par habitude, ensuite par vanité et fut enfin surprise de se sentir apaisée, et sans plus de tristesse au cœur que de rides sur son front.

Les bonnes religieuses, qui avaient si bien présumé de sa vocation, s'aperçurent avec de grands étonnements que Mademoiselle Rouault semblait échapper à leur soin. Elles lui avaient, en effet, tant prodigué les offices, les retraites, les neuvaines, les sermons, si bien prêché le respect que l'on doit aux saints et aux martyrs, et donné tant de bons conseils, pour la modestie du corps et le salut de son âme, qu'elle fit comme les chevaux que l'on tire par la bride : elle s'arrêta court et le mors lui sortit des dents. Cet esprit, positif au milieu de ses enthousiasmes, qui avait aimé l'église pour ses fleurs, la musique pour les paroles des romances, et la littérature pour ses excitations passionnelles, s'insurgeait devant les mystères de la foi, de même qu'elle s'irritait davantage contre la discipline, qui était quelque chose d'antipathique à sa constitution. Quand son père la retira de pension, on ne fut point fâché de la voir partir. La supérieure trouvait même qu'elle était devenue, dans les derniers temps, peu révérencieuse envers la communauté.

Emma, rentrée chez elle, se plut d'abord au commandement des domestiques, prit ensuite la campagne en dégoût et regretta son couvent. Quand Charles vint aux Bertaux pour la première fois, elle se considérait comme fort désillusionnée, n'ayant plus rien à apprendre, ne devant plus rien sentir.

Mais l'anxiété d'un état nouveau, ou peut-être l'irritation causée par la présence de cet homme, avait suffi à lui faire croire qu'elle possédait enfin cette passion merveilleuse qui jusqu'alors s'était tenue comme un grand oiseau au plumage rose planant dans la splendeur des ciels poétiques ; — et elle ne pouvait s'imaginer à présent que ce calme où elle vivait fût le bonheur qu'elle avait rêvé.

7

Elle songeait quelquefois que c'étaient là pourtant les plus beaux jours de sa vie, la lune de miel, comme on disait. Pour en goûter la douceur, il eût fallu, sans doute, s'en aller vers ces pays à noms sonores où les lendemains de mariage ont de plus suaves paresses ! Dans des chaises de poste, sous des stores de soie bleue, on monte au pas des routes escarpées, écoutant la chanson du postillon, qui se répète dans la montagne avec les clochettes de chèvres et le bruit sourd de la cascade. Quand le soleil se couche, on respire au bord des golfes le parfum des citronniers ; puis, le soir, sur la terrasse des villas, seuls et les doigts confondus, on regarde les étoiles en faisant des projets. Il lui semblait que certains lieux sur la terre devaient produire du bonheur, comme une plante particulière au sol et qui pousse mal tout autre part. Que ne pouvait-elle s'accouder sur le balcon des chalets suisses ou enfermer sa tristesse dans son cottage écossais, avec un mari vêtu d'un habit de velours noir à longues basques, et qui porte des bottes molles, un chapeau pointu et des manchettes !

Peut-être aurait-elle souhaité faire à quelqu'un la confidence de toutes ces choses. Mais comment dire un insaisissable malaise, qui change d'aspect comme les nuées, qui tourbillonne comme le vent ? Les mots lui manquaient donc, l'occasion, la hardiesse.

Madame Bovary

Deuxième partie, chapitre 12
(Texte établi par Albert Thibaudet et René Dumesnil, « Pléiade » n° 36)

Au galop de quatre chevaux, elle était emportée depuis huit jours vers un pays nouveau, d'où ils ne reviendraient plus. Ils allaient, ils allaient, les bras enlacés, sans parler. Souvent, du haut d'une montagne, ils apercevaient tout à coup quelque cité splendide avec des dômes, des ponts, des navires, des forêts de citronniers et des cathédrales de marbre blanc, dont les clochers aigus portaient des nids de cigognes. On marchait au pas à cause des grandes dalles, et il y avait par terre des bouquets de fleurs, que vous offraient des femmes habillées en corset rouge. On entendait sonner des cloches, hennir des mulets, avec le murmure des guitares et le bruit des fontaines, dont la vapeur s'envolant rafraîchissait des tas de fruits, disposés en pyramides au pied des statues pâles, qui souriaient sous les jets d'eau. Et puis ils arrivaient, un soir, dans un village de pêcheurs, où des filets bruns séchaient au vent, le long de la falaise et des cabanes. C'est là qu'ils s'arrêteraient pour vivre : ils habiteraient une maison basse à toit plat, ombragée d'un palmier, au fond d'un golfe, au bord de la mer. Ils se promèneraient en gondole, ils se balanceraient en hamac ; et leur existence serait facile et large comme leurs vêtements de soie, toute chaude et étoilée comme les nuits douces qu'ils contempleraient. Cependant, sur l'immensité de cet avenir qu'elle se faisait apparaître, rien de particulier ne surgissait : les jours, tous magnifiques, se ressemblaient comme des flots ; et cela se balançait à l'horizon infini, harmonieux, bleuâtre et couvert de soleil. Mais l'enfant se mettait à tousser dans son berceau, ou bien Bovary ronflait plus fort, et Emma ne s'endormait que le matin, quand l'aube blanchissait les carreaux et que déjà le petit Justin, sur la place, ouvrait les auvents de la pharmacie.

Partie 3

La visite à la nourrice et le retour par la Rieulle : métamorphose d'un épisode imprévu

Lettres à Louise Colet
(Texte établi par Jean Bruneau, « Pléiade » n° 284)

Croisset, nuit de jeudi, 1 heure.
16 décembre 1852.

Qu'as-tu donc, pauvre chérie, avec ta santé ?

Qu'est-ce que tous ces vomissements, maux de ventre, etc. Je suis sûr que tu as été tout près de faire quelque sottise. Je voudrais bien te savoir remise, complètement. Mais n'importe, je ne te cache pas que l'arrivée des *Anglais* [1] m'a été une grande joie. Fasse le dieu des coïts que jamais je ne repasse par de pareilles angoisses. Je ne sais pas comment je n'en suis pas *tombé malade*, comme on dit. Je *me mangeais le sang*, en souhaitant le tien. Mais la joie que j'ai eue ensuite m'a été, je crois, profitable.

Depuis samedi j'ai travaillé de grand cœur et d'une façon débordante, lyrique. C'est peut-être une atroce ratatouille. Tant pis, ça m'amuse pour le moment, dussé-je plus tard tout effacer, comme cela m'est arrivé maintes fois. Je suis en train d'écrire une visite à une nourrice. On va par un petit sentier et on revient par un autre. Je marche, comme tu le vois, sur les brisées du *Livre posthume* [2] ; mais je crois que le parallèle ne m'écrasera pas. Cela sent un peu mieux la campagne, le fumier et les couchettes que la page de

1. Malgré la crudité de langage qui caractérise sa correspondance, Flaubert utilise cette métaphore en forme d'euphémisme qui perdurera jusque vers la moitié du XXe siècle pour désigner l'arrivée des règles féminines. À noter que la peur de se reproduire est obsessionnelle chez lui.

2. Ouvrage de maxime Du Camp paru dans la *Revue de Paris* et que Flaubert juge pitoyable.

notre ami. Tous les Parisiens voient la nature d'une façon élégiaque et proprette, sans baugée de vaches et sans orties. Ils l'aiment, comme les prisonniers, d'un amour niais et enfantin. Cela se gagne tout jeune sous les arbres des Tuileries. Je me rappelle, à ce propos, une cousine de mon père qui, venant une fois (la seule que je l'aie vue) nous faire visite à Déville, humait, s'extasiait, admirait. « Oh ! mon cousin, me dit-elle, faites-moi donc le plaisir de me mettre un peu de fumier dans mon mouchoir de poche ; j'adore cette odeur-là. » Mais nous que la campagne a toujours embêtés et qui l'avons toujours vue, comme nous en connaissons d'une façon plus rassise toutes les saveurs et toutes les mélancolies !

C'est bien bon, ce que tu me dis de l'histoire Roger de Beauvoir, l'écharpe passant de la voiture, etc. Oh ! les *sujets*, comme il y en a !

T'aperçois-tu que je deviens moraliste ! Est-ce un signe de vieillesse ? Mais je tourne certainement à la haute comédie. J'ai quelquefois des prurits atroces d'engueuler les humains et je le ferai à quelque jour, dans dix ans d'ici, dans quelque long roman à cadre large ; en attendant, une vieille idée m'est revenue, à savoir celle de mon *Dictionnaire des idées reçues* (sais-tu ce que c'est ?). La préface surtout m'excite fort, et de la manière dont je la conçois (ce serait tout un livre), aucune loi ne pourrait me mordre quoique j'y attaquerais tout. Ce serait la glorification historique de tout ce qu'on approuve. J'y démontrerais que les majorités ont toujours eu raison, les minorités toujours tort. J'immolerais les grands hommes à tous les imbéciles, les martyrs à tous les bourreaux, et cela dans un style poussé à outrance, à fusées. Ainsi, pour la littérature, j'établirais, ce qui serait facile, que le médiocre, étant à la portée de tous, est le seul légitime et qu'il faut donc honnir toute espèce d'originalité comme dangereuse, sotte, etc. Cette apologie de la canaillerie humaine sur toutes ses faces, ironique et hurlante d'un bout à l'autre, pleine de citations, de preuves (qui prouveraient le contraire) et de textes effrayants (ce serait facile), est dans le but, dirais-je, d'en finir une fois pour toutes avec les excentricités, quelles qu'elles soient. Je rentrerais par là dans l'idée démocratique moderne d'égalité, dans le mot de Fourier que les grands hommes deviendront inutiles ; et c'est dans ce but, dirais-je, que ce livre est fait. On y trouverait donc, par ordre alphabétique, sur tous les sujets possibles, *tout ce qu'il faut dire en société pour être son homme convenable et aimable*.

Ainsi on trouverait :

ARTISTES : sont tous désintéressés.

LANGOUSTE : femelle du homard.

FRANCE : veut un bras de fer pour être régie.

BOSSUET : est l'aigle de Meaux.

FÉNELON : est le cygne de Cambrai.

NÉGRESSES : sont plus chaudes que les blanches.

ÉRECTION : ne se dit qu'en parlant des monuments, etc.

Je crois que l'ensemble serait formidable comme *plomb*. Il faudrait que, dans tout le cours du livre, il n'y eût pas un mot de mon cru, et qu'une fois qu'on l'aurait lu on n'osât plus parler, de peur de dire naturellement une des phrases qui s'y trouvent. Quelques articles, du reste, pourraient prêter à des développements splendides, comme ceux de HOMME, FEMME, AMI, POLITIQUE, MŒURS, MAGISTRAT. On pourrait d'ailleurs, en quelques lignes, faire des types et montrer non seulement ce qu'il faut *dire*, mais ce qu'il faut *paraître*.

J'ai lu ces jours-ci les contes de fées de Perrault ; c'est charmant, charmant. Que dis-tu de cette phrase : « La chambre était si petite que la queue de cette belle robe ne pouvait s'étendre. » Est-ce énorme d'effet, hein ? Et celle-ci : « Il vint des rois de tous les pays ; les uns en chaises à porteurs, d'autres en cabriolets et les plus éloignés montés sur des éléphants, sur des tigres, sur des aigles. » Et dire que, tant que les Français vivront, Boileau passera pour être un plus grand poète que cet homme-là. Il faut *déguiser la poésie* en France ; on la déteste et, de tous ses écrivains, il n'y a peut-être que Ronsard qui ait été tout simplement un poète, comme on l'était dans l'antiquité et comme on l'est dans les autres pays.

Peut-être les formes plastiques ont-elles été toutes décrites, redites ; c'était la part des premiers. Ce qui nous reste, c'est l'extérieur *[sic]* de l'homme, plus complexe, mais qui échappe bien davantage aux conditions de la *forme*. Aussi je crois que le roman ne fait que de naître, il attend son Homère. Quel homme eût été Balzac, s'il eût su écrire ! Mais il ne lui a manqué que cela. Un artiste, après tout, n'aurait pas tant fait, n'aurait pas eu cette ampleur.

Ah ! ce qui manque à la société moderne, ce n'est pas un Christ, ni un Washington, ni un Socrate, ni un Voltaire même ; c'est un Aristophane, mais il serait lapidé par le public ; et puis à quoi bon nous inquiéter de tout cela, toujours raisonner, bavarder ? Peignons, peignons, sans faire de théorie, sans nous inquiéter de la composition des couleurs, ni de la dimension de nos toiles, ni de la durée de nos œuvres.

Il fait maintenant un épouvantable vent, les arbres et la rivière mugissent. J'étais en train, ce soir, d'écrire une scène d'été avec des moucherons, des herbes au soleil, etc. Plus je suis dans un milieu contraire et mieux je vois l'autre. Ce grand vent m'a charmé toute la soirée ; cela berce et étourdit tout ensemble. J'avais les nerfs si vibrants que ma mère, qui est entrée à dix heures dans mon cabinet pour me dire adieu, m'a fait pousser un cri de terreur épouvantable, qui l'a effrayée elle-même. Le cœur m'en a longtemps battu et il m'a fallu un quart d'heure à me remettre. Voilà de mes absorptions, quand je travaille. J'ai senti là, à cette surprise, comme la sensation aiguë d'un coup de poignard qui m'aurait traversé l'âme. Quelle pauvre machine que la nôtre ! Et tout cela parce que le petit bonhomme était à tourner une phrase ! Edma et Bouilhet s'écrivent toujours ; les lettres sont superbes de *pose* et de *pôhësie*. Lui, ça l'amuse comme tableau ; mais au fond, il aurait fort envie de faire avec elle un tronçon de chière-lie [1], comme dit maître Rabelays. Là-dessus pas un mot : nous croyons qu'elle se méfie de toi, quoiqu'elle n'ait rien articulé à cet égard. Leur première entrevue sera farce.

Pioche bien *La Paysanne* [2] ; passes-y encore une semaine, ne te dépêche pas, revois tout, épluche-toi ; apprends à te critiquer toi-même, ma chère sauvage. Adieu, il est bien tard, mille baisers, porte-toi mieux. À toi, cher amour.

Croisset, lundi, 5 heures.
27 décembre 1852.

Je suis, dans ce moment, comme tout épouvanté, et si je t'écris c'est peut-être pour ne pas rester seul avec moi, comme on allume sa lampe la nuit quand on a peur. Je ne sais si tu vas me comprendre, mais c'est bien drôle. As-tu lu un livre de Balzac qui s'appelle *Louis Lambert* ? Je viens de l'achever il y a cinq minutes ; il me foudroie. C'est l'histoire d'un homme qui devient fou à force de penser aux choses intangibles. Cela s'est cramponné à moi par mille hameçons. Ce Lambert, à peu de choses près, est mon pauvre Alfred. J'ai trouvé là de *nos* phrases (dans le temps) presque tex-

---

1. Allusion à une image employée par Rabelais dans *Pantagruel*, synonyme de « chienlit ».
2. Long poème de Louise Colet en cours de rédaction : Flaubert relit et donne des conseils.

tuelles : les causeries des deux camarades au collège sont celles que nous avions, ou analogues. Il y a une histoire de manuscrit dérobé par les camarades et avec des réflexions du maître d'études *qui m'est arrivée*, etc., etc. Te rappelles-tu que je t'ai parlé d'un roman métaphysique (en plan), où un homme, à force de penser, arrive à avoir des hallucinations au bout desquelles le fantôme de son ami lui apparaît, pour tirer la conclusion (idéale, absolue) des prémisses (mondaines, tangibles) ? Eh bien, cette idée est là indiquée, et tout ce roman de *Louis Lambert* en est la préface. À la fin le héros veut se châtrer, par une espèce de manie mystique. J'ai eu, au milieu de mes ennuis de Paris, à dix-neuf ans, cette envie (je te montrerai dans la rue Vivienne une boutique devant laquelle je me suis arrêté un soir, pris par cette idée avec une intensité impérieuse), alors que je suis resté deux ans entiers sans voir de femme. (L'année dernière, lorsque je vous parlais de l'idée d'entrer dans un couvent, c'était mon vieux levain qui me remontait.) Il arrive un moment où *l'on a besoin de se faire souffrir*, de haïr sa chair, de lui jeter de la boue au visage, tant elle vous semble hideuse. Sans l'amour de la forme, j'eusse été peut-être un grand mystique. Ajoute à cela mes attaques de nerfs, lesquelles ne sont que des déclivités involontaires d'idées, d'images. L'élément psychique alors saute par-dessus moi, et la conscience disparaît avec le sentiment de la vie. Je suis sûr que je sais ce que c'est que mourir. J'ai souvent senti nettement mon âme qui m'échappait, comme on sent le sang qui coule par l'ouverture d'une saignée. Ce diable de livre m'a fait rêver Alfred toute la nuit. À neuf heures je me suis réveillé et rendormi. Alors j'ai rêvé le château de La Roche-Guyon ; il se trouvait situé derrière Croisset, et je m'étonnais de m'en apercevoir pour la première fois. On m'a réveillé en m'apportant ta lettre. Est-ce cette lettre, cheminant dans la boîte du facteur sur la route, qui m'envoyait de loin l'idée de La Roche-Guyon ? Tu venais à moi sur elle. Est-ce *Louis Lambert* qui a appelé Alfred cette nuit (il y a huit mois j'ai rêvé des lions et, au moment où je les rêvais, un bateau portant une ménagerie passait sous mes fenêtres). Oh ! comme on se sent près de la folie quelquefois, moi surtout ! Tu sais mon influence sur les fous et comme ils m'aiment ! Je t'assure que j'ai peur maintenant. Pourtant, en me mettant à ma table pour t'écrire, la vue du papier blanc m'a calmé. Depuis un mois, du reste, depuis le jour du débarquement, je suis dans un singulier état d'exaltation ou plutôt de vibration. À la moindre idée qui va me venir, j'éprouve quelque chose de cet effet singulier que l'on ressent aux ongles en passant auprès d'une harpe.

Quel sacré livre ! Il me fait mal ; comme je le sens !

Autre rapprochement : ma mère m'a montré (elle l'a découvert hier) dans *Le Médecin de campagne* de Balzac, une *même scène* de ma *Bovary* : une visite chez une nourrice (je n'avais jamais lu ce livre, pas plus que *Louis Lambert*). Ce sont *mêmes détails*, mêmes effets, même intention, à croire que j'ai copié, si ma page n'était infiniment mieux écrite, sans me vanter. Si Du Camp savait tout cela, il dirait que je me compare à Balzac, comme à Goethe. Autrefois, j'étais ennuyé des gens qui trouvaient que je ressemblais à M. un tel, à M. un tel, etc. ; maintenant c'est pis, c'est mon âme. Je la retrouve partout, tout me la renvoie. Pourquoi donc ?

Louis Lambert commence, comme *Bovary*, par une entrée au collège, et il y a une phrase qui *est la même* : c'est là que sont contés des ennuis de collège surpassant ceux du *Livre posthume* !

Bouilhet n'est pas venu hier. Il est resté couché avec un clou et m'a envoyé à ce sujet une pièce de vers latins charmante ; à quoi j'ai répondu par une lettre en langage du XVIe siècle, dont je suis assez content.

Il m'est égal que Hugo m'envoie tes lettres, si elles viennent de Londres ; mais de Jersey ce serait peut-être trop clair. Je te recommande encore une fois de ne pas envoyer de note écrite. Je garde ta lettre pour la montrer à Bouilhet dimanche, si tu le permets. Lis-tu enfin *L'Âne d'or ?* À la fin de cette semaine je t'écrirai en te donnant la réponse des variantes que tu me soumets pour *La Paysanne*. Bon courage, pauvre chère muse. Je crois que ma *Bovary* va aller ; mais je suis gêné par le sens métaphorique qui décidément me domine trop. Je suis dévoré de comparaisons, comme on l'est de poux, et je ne passe mon temps qu'à les écraser ; mes phrases en grouillent. Adieu, je t'embrasse bien tendrement. À toi, mille bons baisers.

Plans et scénarios de Madame Bovary
(Édition d'Yvan Leclerc, CNRS/Zulma, 1995)

L'extrait qui suit, tiré d'un scénario d'ensemble, est présenté avec sa restranscription (p. 92-93). Il détaille les trois étapes de la vie amoureuse d'Emma, développe l'idée de « résistance à elle-même » esquissée dans le premier scénario. Le flegmatique Léon devient « l'amant de cœur » s'opposant par avance au séducteur Rodolphe. Il convient de remarquer que la visite à la nourrice n'y est pas évoquée.

Les pages 94-95 proposent un extrait d'un scénario d'ensemble qui porte sur une partie plus réduite que le précédent. C'est là qu'apparaît, pour la première fois, la scène de la visite à la nourrice, comme une totale nouveauté, dans une marge que nous présentons sous une forme plus lisible. Signe du statut particulier de l'épisode.

II.

Léopold (L.) – pr résister à son premier amant elle se force ou à vis d'elle-même une sorte de femme forte & fidèle
outre que d'ailleurs il n'est pas fort pr l'attaquer
et se dressant sur cet idéal elle résiste charnellement – sans qu'il dise rien. elle a vu l'abîme, et
comme elle a mis un garde-fou d'abord elle s'appuie dessus et se regarde tourbillonner avec plaisir – puis
elle a sa fille, (très mêlé à cette première passion) et quand Léopold aime – Dans son amour
avec Rodolphe, l'enfant disparaît et est négligé – avec Léopold c'est un commerce doux
loueur, venu peu à peu. – d'abord il passe sous ses fenêtres, habitude – puis visites, puis
toutes visites en passant – font ouvrages, en tapisseries – jardinage
dîners une fois la semaine, – puis tous les jours ~~enfin il est [illegible] d'amour~~
blagues à tabac etc. – Écriture – qu'on voit ces tendresses [illegible] le jardin du pharmacien que Léopold désigne
fleurs en commun. il va dans son jardin – elle vient dans le jardin du pharmacien et beaucoup plus grand
il lui rapporte les plantes grasses de Rouen. – Le jardin du Pharmacien. Le pharmacien a pr garçons un
plus droit, plus cultivé & plus fleuri que celui de Charles Bovary. [illegible] en même temps d'aide jardinier.
petit cousin de 13 à 15 ans, qui lui sert – ce qui fait que ça tombe c'est que ça dure trop longtemps – comme
– elle l'aime bien toujours, mais sans combat pr que
situation quand elle se prolonge est perdue
ça n'aille pas au delà

—

II

pr résister à son premier amant elle se pose vis-à-vis d'elle-même un type de femme forte & fidèle
outre que Léon n'est pas fort pr l'attaque
Léo~~pold~~/n (1) — et se dressant sur cet idéal elle résiste charnellement — sans gde difficulté, elle a vu l'abîme et
au bord
comme elle a mis un garde-fou elle s'appuie dessus et le regarde tourbillonner avec plaisir — puis elle a sa fille, (très mêlée à cette première passion) et que Léo~~pold~~/n aime — dans son amour avec Rodolphe, l'enfant disparaît et est négligé — avec Léo~~pold~~/n c'est un commerce de cœur, venu peu à peu. — d'abord il passe sous ses fenêtres, habitude — puis visites, puis dîners une fois la semaine, — puis tous les jours courtes visites en passant — pantoufles, en tapisseries
prendre garde de le faire trop haut
blague à tabac, etc. — lectures — gdes visites sérieuses ~~enfin état net d'amour avoué~~ — jardinage fleur en commun, il va dans son jardin — elle vient dans le jardin du pharmacien que Léo~~pold~~/n d~~iminue~~/énigre il lui rapporte des plantes grasses de Rouen.

— le jardin du Pharmacien est beaucoup plus gd plus droit, plus cultivé & plus fleuriste que celui de Charles Bovary — le pharmacien a pr garçon un petit cousin de 12 à 15 ans, qui lui sert en même temps d'aide-jardinier.

Ce qui fait que ça tombe c'est que ça dure trop longtemps — une situation quand elle se prolonge est perdue — elle l'aime bien toujours, mais sans combat pr que ça n'aille pas au-delà on l'employa à l'emménagement. . . . [illegible] ; [illegible] [illegible] fils [illegible], pauvre, élevé [illegible] [illegible]

zèle de Homais, prête [illegible], conduit des arrangements, le ménage, les libéraux [illegible] etc [illegible] [illegible] – [illegible] – [illegible] artiste – romantique – [illegible]

Emma donc ne s'ennuya pas les premiers temps – plaisir [illegible] [illegible] – petits articles. explication [illegible] [illegible] 19

il n'en fut pas de même de Charles. [illegible] – [illegible] chez Homais

[illegible] au mois de [illegible]

il avait été conçu au [illegible] mois de

d'octobre. un an après le bal [illegible] Vaubyessard.

Le lendemain

Léon – ce qu'il était. – réunion le soir au Lion d'or. – Binet.

ménage Homais – Mme Homais – ses enfants. – Justin

pourquoi ses politesses – il prête des meubles etc., conduit des marchés

Les premiers temps Emma se plaît – arrangements, les libéraux etc. [illegible] d'ailleurs. [illegible] [illegible]

il n'en est pas de même de Charles – clientèle à se faire. ([illegible] [illegible] – plaisir d'être [illegible]. [illegible] [illegible] [illegible] [illegible]

grossesse – curiosité plus qu'autre chose. peut-être l'impossibilité de [illegible] [illegible] [illegible] ?) Charles [illegible] [illegible]

désirance – toute son plaisir. – (de [illegible] d'ailleurs tout occupée de [illegible]) [illegible] [illegible] [illegible]

croit avoir un garçon – pourquoi ? haine des femmes. le sien fort. – si c'est une fille ? [illegible] [illegible] [illegible], [illegible] [illegible] [illegible]

Allonde. La mère Bovary à l'accouchement. – baptême. le père B. y vient – [illegible] à table. [illegible] B. et Homais [illegible] [illegible] [illegible]

L'enfant avait été mis [illegible] comment. Charles [illegible] [illegible] [illegible] [illegible] de la garde nationale [illegible] logis. L'enfant [illegible] – (plus loin à propos de Léon ?)

[illegible] Rolet nourricière, [illegible] [illegible] [illegible] [illegible] [illegible] [illegible] [illegible] [illegible]

Première visite chez la nourrice avec Léon – [illegible] lui prend le bras – [illegible] [illegible] [illegible]

solitude – par [illegible] [illegible] à voir à Yonville. La maison [illegible] – [illegible] [illegible] [illegible] – [illegible] [illegible] [illegible] [illegible] [illegible], [illegible] [illegible]

[illegible] fois par jour sous la fenêtre d'Emma – on la [illegible], – [illegible] [illegible] [illegible] [illegible] [illegible] [illegible] Romans, [illegible]

[illegible] [illegible] le pharmacien – [illegible] – commerce de livres, [illegible], plantes grasses, [illegible] [illegible] [illegible] [illegible] [illegible]

[illegible] [illegible] des familles regardées le soir, sous la lampe, [illegible] [illegible] [illegible] – [illegible] [illegible] [illegible] [illegible] [illegible]

[illegible] [illegible] petits faits. grand [illegible] [illegible]. [illegible] profond d'Emma. Charles [illegible] [illegible] [illegible] [illegible] [illegible] [illegible]

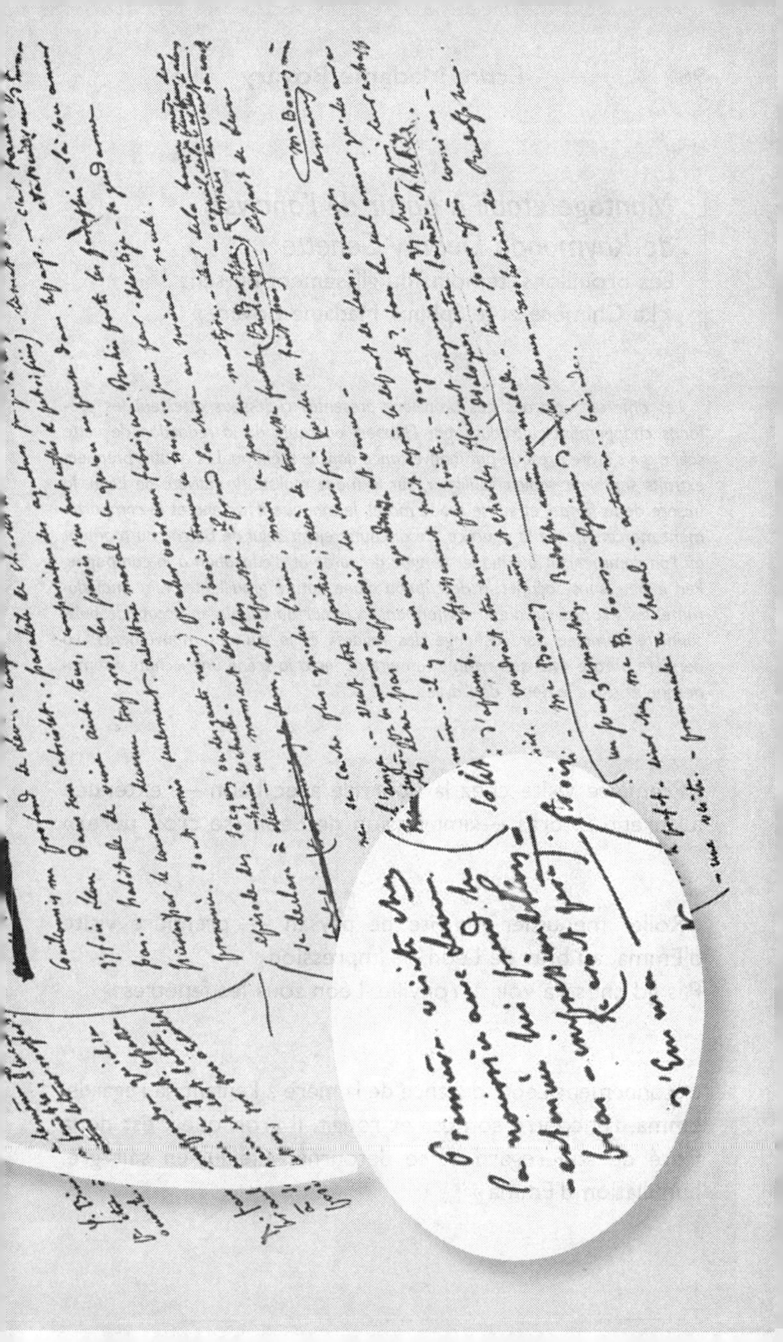

Montage établi à partir de l'analyse de Raymonde Debray-Genette

Les brouillons, témoins du glissement du sens « La Chimère et le Sphinx, Madame Bovary »

Les différents extraits des brouillons présentés ci-dessous attestent les profonds changements introduits par Flaubert au cours de la rédaction de cette scène qui s'invite presque par inadvertance dans le scénario. Les quatre premiers extraits semblent vouloir souligner, sur le mode réaliste, la naïveté de Léon, la misère de la ferme, et sur le mode moral, le manque d'hygiène et le comportement mercenaire de la nourrice. Ce discours rejoint celui de Balzac au moment où l'on commençait à critiquer ce type de garde et d'éducation à la campagne. Peu à peu, sans sacrifier la description d'une nature grouillante, voire malodorante, les extraits suivants transforment le retour du couple en escapade buissonnière dominée par l'échange des regards et le jeu des mouvements. La dernière phrase avec son rythme ternaire donne à la scène une « chute » romanesque et signe le début de l'idylle.

« Première visite chez la nourrice avec Léon — exténuée lui prend le bras — impression de Léon (se croit père) »

« Rollet menuisier — gîte de paysan — première visite d'Emma, au bras de Léon — Impression
Pas gd chose à voir à Yonville. Léon sous les fenêtres »

« étonnement Léon. distance de la mère à l'enfant. la regarde. Emma, rencontre son œil et rougit. il croit que c'est de la fixité de son regard et se détourne. elle lui en sait gré. humiliation d'Emma »

« réclamations de la nourrice (en dialogue) sucre, café, eau de vie etc.
retour. absorption d'Emma. Ses yeux tombent sur le collet de velours de Léon.
au bord de la Rieulle
après-midi de Léon. pense à la robe de nankin »

« un jour va le voir — rencontre Léon prend le frais intérieur de la maison. Rollet. saleté. rouge — impression de Léon. belle dame dans cette misère — amour pr l'enfant, se croit père.
par le bord de l'eau — margelle — gros têtards — endroits glissants — retour
donne la main. soleil. Léon ne fait rien de la journée »

« ils s'en revinrent par les derrières d'Yonville le long du bord de l'eau. entre les jardins et la rivière, en été quand elle n'était pas débordée chemin — têtards — une passerelle. bleu des yeux bleu de l'eau place de la boue trace des bestiaux marche sur les grosses pierres couvertes de mousses en riant. une brique qui retient la barrière au bout du jardin »

« La berge de l'autre bord était éboulée par crevasses, et avait mis à nu la racine tordue des têtards vieux gros saules ébranchés qui bordaient la rivière / ils étaient tous ébranchés comme des pieux. »

« C'était l'heure — tranquille du dîner dans les fermes. Ils n'entendaient *la jeune femme et son compagnon* n'entendaient autour d'eux que la cadence de leurs pas sur la poussière du sentier de temps à autre avec leurs les paroles qu'ils se disaient et le frôlement continu de la robe d'Emma qui bruissait un peu entre ses jambes. » •

« Cependant la terre cependant à un endroit se trouvait défoncée par le pas des animaux, et il fallut/fallait marcher, qq temps, sur de grosses pierres vertes espacées dans la boue. »

« enfin arrivés devant sa maison dont la tonnelle en dôme s'apercevait de loin dans la prairie, elle Mme Bovary encore une fois le remercia... Léon... elle poussa la petite barrière, monta les marches en courant et disparut. »

Madame Bovary

Deuxième partie, chapitre 3

(Texte établi par Albert Thibaudet et René Dumesnil, « Pléiade » n° 36)

Pour arriver chez la nourrice, il fallait, après la rue, tourner à gauche, comme pour gagner le cimetière, et suivre, entre des maisonnettes et des cours, un petit sentier que bordaient des troènes. Ils étaient en fleur et les véroniques aussi, les églantiers, les orties et les ronces légères qui s'élançaient des buissons. Par le trou des haies on apercevait, dans les *masures*, quelque pourceau sur un fumier, ou des vaches embricolées, frottant leurs cornes contre le tronc des arbres. Tous les deux, côte à côte, ils marchaient doucement, elle s'appuyant sur lui, et lui retenant son pas qu'il mesurait sur les siens ; devant eux un essaim de mouches voltigeait, en bourdonnant dans l'air chaud.

Ils reconnurent la maison à un vieux noyer qui l'ombrageait. Basse et couverte de tuiles brunes, elle avait en dehors, sous la lucarne de son grenier, un chapelet d'oignons suspendu. Des bourrées, debout contre la clôture d'épines, entouraient un carré de laitues, quelques pieds de lavande et des pois à fleurs montés sur des rames. De l'eau sale coulait en s'éparpillant sur l'herbe, et il y avait tout autour plusieurs guenilles indistinctes, des bas de tricot, une camisole d'indienne rouge et un grand drap de toile épaisse étalé en long sur la haie. Au bruit de la barrière, la nourrice parut, tenant sur son bras un enfant qui tétait. Elle tirait de l'autre main un pauvre marmot chétif, couvert de scrofules au visage, le fils d'un bonnetier de Rouen, que ses parents, trop occupés de leur négoce, laissaient à la campagne.

« Entrez, dit-elle ; votre petite est là qui dort. »

La chambre, au rez-de-chaussée, la seule du logis, avait au fond, contre la muraille, un large lit sans rideaux, tandis que le pétrin occupait le côté de la fenêtre, dont une vitre était raccommodée avec un soleil de papier bleu. Dans l'angle, derrière la porte, des brodequins à clous luisants étaient rangés sous la dalle du lavoir, près d'une bouteille pleine d'huile qui portait une plume à son goulot ; un *Mathieu Laensberg* traînait sur la cheminée poudreuse parmi des pierres à fusil, des bouts de chandelle et des morceaux d'amadou. Enfin, la dernière superfluité de cet appartement était une Renommée soufflant dans des trompettes, image découpée sans doute à même quelque prospectus de parfumerie et que six pointes à sabot clouaient au mur.

L'enfant d'Emma dormait à terre, dans un berceau d'osier. Elle la prit avec la couverture qui l'enveloppait, et se mit à chanter doucement en se dandinant.

Léon se promenait dans la chambre ; il lui semblait étrange de voir cette belle dame en robe de nankin tout au milieu de cette misère. Madame Bovary devint rouge ; il se détourna, croyant que ses yeux peut-être avaient eu quelque impertinence. Puis elle recoucha la petite qui venait de vomir sur sa collerette. La nourrice aussitôt vint l'essuyer, protestant qu'il n'y paraîtrait pas.

« Elle m'en fait bien d'autres, disait-elle, et je ne suis occupée qu'à la rincer continuellement ! Si vous aviez donc la complaisance de commander à Camus l'épicier qu'il me laisse prendre un peu de savon lorsqu'il m'en faut ? Ce serait même plus commode pour vous, que je ne dérangerais pas.

— C'est bien, c'est bien ! dit Emma. Au revoir, mère Rollet ! »

Et elle sortit en essuyant ses pieds sur le seuil.

La bonne femme l'accompagna jusqu'au bout de la cour, tout en parlant du mal qu'elle avait à se relever la nuit.

« J'en suis si rompue quelquefois que je m'endors sur ma chaise ; aussi, vous devriez pour le moins me donner une petite livre de café moulu qui me ferait un mois et que je prendrais le matin avec du lait. »

Après avoir subi ses remerciements, madame Bovary s'en alla ; et elle était quelque peu avancée dans le sentier, lorsqu'à un bruit de sabots elle tourna la tête : c'était la nourrice.

« Qu'y a-t-il ? »

Alors la paysanne, la tirant à l'écart derrière un orme, se mit à lui parler de son mari, qui, avec son métier et six francs par an que le capitaine…

« Achevez plus vite, dit Emma.

— Eh bien ! reprit la nourrice poussant des soupirs entre chaque mot, j'ai peur qu'il ne se fasse une tristesse de me voir prendre du café toute seule ; vous savez, les hommes…

— Puisque vous en aurez, répétait Emma, je vous en donnerai !… Vous m'ennuyez !

— Hélas ! ma pauvre chère dame, c'est qu'il a, par suite de ses blessures, des crampes terribles à la poitrine. Il dit même que le cidre l'affaiblit.

— Mais dépêchez-vous, mère Rollet !

— Donc, reprit celle-ci faisant une révérence, si ce n'était pas trop vous demander…, elle salua encore une fois — quand vous voudrez, — et son regard suppliait, — un cruchon d'eau-de-vie, dit-elle enfin, et j'en frotterai les pieds de votre petite, qui les a tendres comme la langue. »

Débarrassée de la nourrice, Emma reprit le bras de M. Léon. Elle marcha rapidement pendant quelque temps ; puis elle se ralentit, et son regard, qu'elle promenait devant elle, rencontra l'épaule du jeune homme, dont la redingote avait un collet de velours noir. Ses cheveux châtains tombaient dessus, plats et bien peignés. Elle remarqua ses ongles, qui étaient plus longs qu'on ne les portait à Yonville. C'était une des grandes occupations du clerc que de les entretenir ; et il gardait, à cet usage, un canif tout particulier dans son écritoire.

Ils s'en revinrent à Yonville en suivant le bord de l'eau. Dans la saison chaude, la berge plus élargie découvrait jusqu'à leur base les murs des jardins, qui avaient un escalier de quelques marches descendant à la rivière. Elle coulait sans bruit, rapide et froide à l'œil ; de grandes herbes minces s'y courbaient ensemble, selon le courant qui les poussait, et comme des chevelures vertes abandonnées s'étalaient dans sa limpidité. Quelquefois, à la pointe des joncs ou sur la feuille des nénufars, un insecte à pattes fines marchait ou se posait. Le soleil traversait d'un rayon les petits globules bleus des ondes qui se succédaient en se crevant ; les vieux saules ébranchés miraient dans l'eau leur écorce grise ; au delà, tout alentour, la prairie semblait vide. C'était l'heure du dîner dans les fermes, et la jeune femme et son compagnon n'entendaient en marchant que la cadence de leurs pas sur la terre du sentier, les paroles qu'ils se disaient, et le frôlement de la robe d'Emma qui bruissait tout autour d'elle.

Les murs des jardins, garnis à leur chaperon de morceaux de bouteilles, étaient chauds comme le vitrage d'une serre. Dans les briques, des ravenelles avaient poussé, et, du bord de son ombrelle déployée, madame Bovary, tout en passant, faisait s'égrener en poussière jaune un peu de leurs fleurs flétries, ou bien quelque branche des chèvrefeuilles et des clématites qui pendaient au dehors traînait un moment sur la soie, en s'accrochant aux effilés.

Ils causaient d'une troupe de danseurs espagnols, que l'on attendait bientôt sur le théâtre de Rouen.

« Vous irez ? demanda-t-elle.

— Si je le peux», répondit-il.

N'avaient-ils rien autre chose à se dire? Leurs yeux pourtant étaient pleins d'une causerie plus sérieuse; et, tandis qu'ils s'efforçaient à trouver des phrases banales, ils sentaient une même langueur les envahir tous les deux; c'était comme un murmure de l'âme, profond, continu, qui dominait celui des voix. Surpris d'étonnement à cette suavité nouvelle, ils ne songeaient pas à s'en raconter la sensation ou en découvrir la cause. Les bonheurs futurs, comme les rivages des tropiques, projettent sur l'immensité qui les précède leurs mollesses natales, une brise parfumée, et l'on s'assoupit dans cet enivrement, sans même s'inquiéter de l'horizon que l'on n'aperçoit pas.

La terre, à un endroit, se trouvait effondrée par le pas des bestiaux; il fallut marcher sur de grosses pierres vertes, espacées dans la boue. Souvent, elle s'arrêtait une minute à regarder où poser sa bottine, — et, chancelant sur le caillou qui tremblait, les coudes en l'air, la taille penchée, l'œil indécis, elle riait alors, de peur de tomber dans les flaques d'eau.

Quand ils furent arrivés devant son jardin, madame Bovary poussa la petite barrière, monta les marches en courant et disparut.

Partie 4

Les comices : du réalisme à la symphonie

Lettre à Louis Bouilhet
(Texte établi par Jean Bruneau, « Pléiade » n° 284)

Croisset, nuit du 17 au 18 juillet 1852.

Pour éviter tout malentendu, je te renvoie ce mot.

Tout bien réfléchi, il faut vraiment que je voie un comice agricole. (Sens-tu la beauté de ma rage ? — Cérès me poursuit. Quelle Proserpine !)

Donc je m'embarquerai par le bateau qui passe devant Croisset à 9 h 3/4. — Prends celui-là.

Si tu ne prends que celui de 11 heures, déjeune à Croisset, et viens-t'en me retrouver ensuite.

J'imagine qu'il doit y avoir de bonnes charges à voir.

Il est 1 heure du matin. Je ne sais pas comment je n'ai pas la poitrine défoncée, depuis 4 heures que je hurle sans interruption. Il faut que j'aie décidément les poumons entourés d'un triple airain plus que le premier navigateur [1].

Addio carissimo (petit chic italien et bien porté).

1. Pour illustrer ce que l'épreuve du gueuloir impose à sa voix, Flaubert emprunte une comparaison à Horace.

Lettres à Louise Colet
(Texte établi par Jean Bruneau, « Pléiade » n° 284)

Croisset, dimanche soir. 18 juillet 1852.

Ce sera ce soir une lettre bien courte. Voilà plusieurs nuits que je passe à peu près complètement et j'ai besoin d'en faire une bonne. Je t'écrirai plus longuement un des jours de cette semaine. Hier il a fallu se lever avant six heures pour aller à 3 lieues d'ici, à la campagne, à l'enterrement de Fauvel, ce cousin de ma mère dont je t'ai parlé, qui est mort en Afrique. J'ai avalé deux messes, une à la cathédrale de Rouen d'abord, puis là-bas à Pissy. Ce matin, j'ai été à un comice agricole, dont j'en *[sic]* suis revenu mort de fatigue et d'ennui. J'avais besoin de voir une de ces ineptes cérémonies rustiques pour ma *Bovary*, dans la deuxième partie. C'est pourtant là ce qu'on appelle le Progrès et où converge la société moderne. J'en suis physiquement malade. L'ennui qui m'arrive par les yeux me brise, nerveusement parlant, et puis le spectacle longtemps enduré de la foule me plonge toujours dans des vases de tristesse où j'étouffe ! Je ne suis pas sociable, définitivement. La vue de mes semblables m'alanguit. Cela est très exact et littéral.

Quelles bonnes journées j'ai passées jeudi et vendredi ! Jeudi soir, à deux heures du matin, je me suis couché si animé de mon travail qu'à trois heures je me suis relevé et j'ai travaillé jusqu'à midi. Le soir je me suis couché à une heure, et encore par raison. J'avais une rage de style au ventre à me faire aller ainsi le double de temps encore. Le vendredi matin, quand le jour a paru, j'ai été faire un tour de jardin. Il avait plu, les oiseaux commençaient à chanter et de grands nuages ardoise couraient dans le ciel. J'ai joui là de quelques instants de force et de sérénité immense dont on garde le souvenir et qui font passer par-dessus bien des misères. J'éprouve encore l'arrière-goût de ces trente-six heures olympiennes et j'en suis resté gai, comme d'un bonheur.

Croisset, vendredi soir, 1 heure.
15 juillet 1853.

Ce soir, je viens d'esquisser toute ma grande scène des Comices agricoles. Elle sera énorme; ça aura bien trente pages. Il faut que, dans le récit de cette fête rustico-municipale et parmi ses détails (où *tous* les personnages secondaires du livre paraissent parlent et agissent), je poursuive, et au premier plan, le dialogue continu d'un monsieur *chauffant* une dame. J'ai de plus, au milieu, le discours solennel d'un conseiller de préfecture, et à la fin (tout terminé) un article de journal fait par mon pharmacien, qui rend compte de la fête en bon style philosophique, poétique et progressif. Tu vois que ce n'est pas une petite besogne. Je suis sûr de ma couleur et de bien des effets; mais pour que tout cela ne soit pas trop long, c'est le diable! Et cependant ce sont de ces choses qui doivent être abondantes et pleines. Une fois ce pas-là franchi, j'arriverai vite à ma baisade dans les bois par un temps d'automne (avec leurs chevaux à côté qui broutent les feuilles), et alors je crois que j'y verrai clair, et que j'aurai passé du moins Charybde, si Scylla me reste. Quand je serai revenu de Paris, j'irai à Trouville. Ma mère veut y aller et je la suis. Au fond je n'en suis pas fâché: voir un peu d'eau salée me fera du bien. Voilà deux ans que je n'ai pris l'air et vu la campagne (si ce n'est avec toi, lors de notre promenade à Vétheuil). Je m'étendrai avec plaisir sur le sable, comme jadis. Depuis sept ans je n'ai été dans ce pays. J'en ai des souvenirs profonds : quelles mélancolies et quelles rêveries, et quels verres de rhum ! Je n'emporterai pas la *Bovary*, mais j'y penserai ; je ruminerai ces deux longs passages, dont je te parle, sans écrire. Je ne perdrai pas mon temps. Je monterai à cheval sur la plage ; j'en ai si souvent envie ! J'ai comme cela un tas de petits goûts dont je me prive ; mais il faut se priver de tout quand on veut faire quelque chose. Ah ! quels vices j'aurais si je n'écrivais ! La pipe et la plume sont les deux sauvegardes de ma moralité, vertu qui se résout en fumée par les deux tubes. Allons, adieu, encore au milieu de la semaine prochaine une lettre, puis à la fin un petit billet, et ensuite ! ! !

Croisset, mercredi soir, minuit.
7 septembre 1853.

J'ai repris la *Bovary*. Voilà depuis lundi cinq pages d'à peu près faites ; *à peu près* est le mot, il faut s'y remettre. Comme c'est difficile ! J'ai bien peur que mes *comices* ne soient trop longs. C'est un dur endroit. J'y ai *tous* mes personnages de mon livre en action et en dialogue, les uns mêlés aux autres, et par là-dessus un grand paysage qui les enveloppe. Mais, si je réussis, ce sera bien symphonique.

Croisset, mercredi, 1 heure du matin.
21 septembre 1853.

Non ! « tout mon bonheur n'est pas dans mon travail et je plane peu sur les ailes de l'inspiration ». Mon travail au contraire fait mon chagrin. La littérature est un vésicatoire qui me démange. Je me gratte par là, jusqu'au sang. Cette volonté qui m'emplit n'empêche pas les découragements, ni les lassitudes. — Ah ! tu crois que je vis en brahmane, dans une absorption suprême, et humant, les yeux clos, le parfum de mes songes. — Que ne le puis-je ! — Plus que toi j'ai envie de sortir de là, de cette œuvre, j'entends. Voilà deux ans que j'y suis ! C'est long. Deux ans ! toujours avec les mêmes personnages et à patauger dans un milieu aussi fétide ! — Ce qui m'assomme, ce n'est ni le mot, ni la composition, mais mon *objectif* ! je n'y ai rien qui soit excitant. Quand j'aborde une situation, elle me dégoûte d'avance par sa vulgarité. — Je ne fais autre chose que de doser de la merde. — À la fin de la semaine prochaine, j'espère être au milieu de mes comices. — Ce sera ou ignoble, ou fort beau. L'envergure surtout m'en plaît. Mais ce n'est point facile à décrocher. Voilà trois fois que Bouilhet me fait refaire un paragraphe (lequel n'est point encore venu. Il s'agit de décrire l'effet d'un homme qui allume des lampions[1]. — Il faut que ça fasse rire et jusqu'à présent c'est très froid). Tu vois, bonne chère Muse, que nous ne nous ménageons guère. — Et quand nous te traitons si durement pour les corrections, c'est que nous te traitons comme nous-mêmes.

Croisset, vendredi, minuit.
30 septembre 1853.

Me voilà à peu près au milieu de mes comices (j'ai fait quinze pages ce mois, mais non finies). Est-ce bon ou mauvais ? Je n'en sais rien. Quelle difficulté que le dialogue,

1. Cette page longuement préparée a été finalement écartée du texte définitif.

quand on veut surtout que le dialogue ait du *caractère* ! Peindre par le dialogue et qu'il n'en soit pas moins vif, précis et toujours distingué en restant même banal, cela est monstrueux et je ne sache personne qui l'ait fait dans un livre. Il faut écrire les dialogues dans le style de la comédie et les narrations avec le style de l'épopée.

Ce soir, j'ai encore recommencé sur un nouveau plan ma maudite page des lampions que j'ai déjà écrite quatre fois. Il y a de quoi se casser la tête contre le mur ! Il s'agit (en une page) de peindre les gradations d'enthousiasme d'une multitude à propos d'un bonhomme qui, sur la façade d'une mairie, place successivement plusieurs lampions. Il faut qu'on voie la foule gueuler d'étonnement et de joie ; et *cela sans charge* ni réflexions de l'auteur. Tu t'étonnes quelquefois de mes lettres, me dis-tu. Tu trouves qu'elles sont bien écrites. Belle malice ! Là, j'écris ce que je pense. Mais penser pour d'autres comme ils eussent pensé, et les faire parler, quelle différence ! Dans ce moment-ci, par exemple, je viens de montrer, dans un dialogue qui roule sur la pluie et le beau temps, un particulier qui doit être à la fois bon enfant, commun, un peu canaille et prétentieux ! Et à travers tout cela, il faut qu'on voie qu'il *pousse sa pointe*. Au reste, toutes les difficultés que l'on éprouve en écrivant viennent du *manque d'ordre*. C'est une conviction que j'ai maintenant. Si vous vous acharnez à une tournure ou à une expression qui n'arrive pas, *c'est que vous n'avez pas l'idée*. L'image, ou le sentiment bien net dans la tête, amène le mot sur le papier. L'un coule de l'autre. « Ce que l'on conçoit bien, etc. » Je le relis maintenant, ce vieux père Boileau, ou plutôt je l'ai relu en entier (je suis à présent à ses œuvres en prose). C'était un maître homme et un grand écrivain surtout, bien plus qu'un poète. Mais comme on l'a rendu bête ! Quels piètres explicateurs et prôneurs il a eus ! La race des professeurs de collège, pédants d'encre pâle, a vécu sur lui et l'a aminci, déchiqueté comme une horde de hannetons fait à un arbre. Il n'était déjà pas si touffu ! N'importe, il était solide de racine et bien piété, droit, campé.

Croisset, mercredi minuit.
12 octobre 1853.

J'ai *la tête en feu*, comme il me souvient de l'avoir eue après de longs jours passés à cheval. C'est que j'ai aujourd'hui rudement chevauché ma plume. J'écris depuis midi et demi sans désemparer (sauf de temps à autre pendant cinq minutes pour fumer une pipe, et une heure tantôt pour dîner). Mes comices m'embêtaient tellement que j'ai lâché là, pour jusqu'à ce qu'ils soient finis, grec et latin. Et je ne fais plus que ça à partir d'aujourd'hui. Ça dure trop ! Il y a de quoi crever, et puis je veux t'aller voir.

Bouilhet prétend que ce sera la plus belle scène du livre. Ce dont je suis sûr, c'est qu'elle sera neuve et que l'intention en est bonne. Si jamais les effets d'une symphonie ont été reportés dans un livre, ce sera là. *Il faut que ça hurle par l'ensemble*, qu'on entende à la fois des beuglements de taureaux, des soupirs d'amour et des phrases d'administrateurs. Il y a du soleil sur tout cela, et des coups de vent qui font remuer les grands bonnets. Mais les passages les plus difficiles de *Saint Antoine* étaient jeux d'enfant en comparaison. J'arrive au dramatique rien que par l'entrelacement du dialogue et les oppositions de caractère. Je suis maintenant en plein. Avant huit jours, j'aurai passé le nœud d'où tout dépend. Ma cervelle me semble petite pour embrasser d'un seul coup d'œil cette situation complexe. J'écris dix pages à la fois, sautant d'une phrase à l'autre. Il faut pourtant qu'un de ces jours j'écrive au Crocodile[1]. Il a perdu l'adresse de Mme Farmer et ne pourrait nous adresser de lettres que de Jersey directement, ce qui est à éviter autant que possible.

Croisset, 1 heure, nuit de lundi.
17 octobre 1853.

J'ai fait ce matin mes adieux à Bouilhet. Le voilà parti pour moi. Il reviendra samedi ; je le reverrai peut-être encore deux autres fois. Mais c'est fini, les vieux dimanches[2] sont rompus. Je vais être seul, maintenant, seul, seul. Je suis navré d'ennui et humilié d'impuissance. Le fond de mes *comices* est à refaire, c'est-à-dire tout mon dialogue d'amour dont je ne suis qu'à la moitié. Les idées me manquent. J'ai beau me creuser la tête, le cœur et les sens, il n'en jaillit rien. J'ai passé aujourd'hui toute la journée, et jusqu'à maintenant, à me vautrer à toutes les places de mon cabinet, sans pouvoir non seulement écrire *une* ligne, mais trouver une pensée, un mouvement ! Vide, vide complet.

Ce livre, au point où j'en suis, me torture tellement (et si je trouvais un mot plus fort, je l'emploierais) que j'en suis parfois malade *physiquement*. Voilà trois semaines que j'ai souvent des douleurs à défaillir. D'autres fois, ce sont des oppressions ou bien des envies de vomir à table. Tout me dégoûte. Je crois qu'aujourd'hui je me serais pendu avec délices, si l'orgueil ne m'en empêchait. Il est certain que je suis tenté parfois de foutre tout là, et la *Bovary* d'abord. Quelle sacrée maudite idée j'ai eue de prendre un sujet pareil ! Ah ! je les aurai connues, les *affres* de l'Art !

---

1. Sobriquet utilisé par Flaubert pour désigner Victor Hugo.
2. Pendant fort longtemps, Bouilhet et Flaubert se sont réunis tous les dimanches pour ébaucher des projets et se relire l'un l'autre.

Je me donne encore quinze jours pour en finir. Au bout de ce temps-là, si rien de bon n'est venu, je lâche le roman indéfiniment et jusqu'à ce que je ressente le besoin d'écrire. Je t'irais bien voir tout de suite, mais je suis tellement irrité, irritant, maussade, que ce serait un triste cadeau à te faire que ma visite. Sacré nom de Dieu, comme je rage !

Croisset, midi.
3 novembre 1853.

Je refais, et rabote mes comices, que je laisse à leur point. Depuis lundi je crois leur avoir donné beaucoup de mouvement, et je ne suis peut-être pas loin de l'effet. Mais quelles tortures ce polisson de passage m'aura fait subir ! Je fais des sacrifices de détail qui me font pleurer. Mais enfin il le faut ! Quand on aime trop le style, on risque à perdre de vue le but même de ce qu'on écrit. — Et puis les transitions, le *suivi*, quel empêtrement !

Croisset, dimanche, 10 heures.
6 novembre 1853.

Bouilhet a été content de mes comices, refaits, raccourcis et définitivement arrêtés. Moi, ça me paraît un peu *sanglé*, un peu trop cassé, et rude. Je n'ai plus que 5 à 7 pages pour que toute cette scène soit finie. — Quand je t'ai quittée la dernière fois, je croyais être bien avancé à notre prochaine entrevue ! Quel décompte ! J'ai écrit seulement 20 pages en 2 mois. Mais elles en représentent bien cent !

Je te promets bien qu'à l'avenir, c'est-à-dire cette année, je ne serai jamais si longtemps sans venir.

Adieu, chère amie. Tu me dis que tu tressailles d'attente. Et moi !

Mille baisers. À jeudi. Ne nous fais pas dîner avant 7 heures. Je t'embrasse.

À toi. Ton G.

Croisset, vendredi, 2 heures de nuit.
9 décembre 1853.

Je suis très fatigué ce soir. (Voilà deux jours que je fais *du plan*, car enfin, Dieu merci, mes comices sont faits, ou du moins ils passeront pour tels, jusqu'à nouvelle révision.) Aussi je ne t'écrirai que brièvement. Tu en auras plus long la première fois.

Plans et scénarios de Madame Bovary
(Édition d'Yvan Leclerc, CNRS/Zulma, 1995)

L'ensemble qui suit comporte des notes documentaires et un plan pour les comices qui seront plusieurs fois, selon Flaubert épistolier, « à refaire » puis « raccourcis », ce qui explique que cette page soit barrée, signe des tâtonnements du romancier, sans doute en quête d'une composition « symphonique ».

à décrire en général les contours dans un dialogue entre Emma & R. Rodolphe. — Emma a son trois [illegible] !
de se promener

Comices.

Lumière. Lefrançois. — sur sa porte. (par curiosité) regarde la place. — ce qui la fait penser à l'homme qui tourne autour d'Emma. — ~~[illegible]~~ il ne voulait pas qu'elle [illegible] — la femme à [illegible] il n'a pas beaucoup [illegible].

~~L'aspiration.~~ elle garde entre les [illegible]

gendarmes — attelles belles les forts cultivateurs. Le [illegible] gilet de velours. figure violente [illegible] forts favoris. — [illegible] aucun [illegible]

Discours Lieuvain. éloge du gouvernement à travers tout. avant ce gouvernement [illegible] aucun [illegible]. — Casse-pieds

Aucune ~~paysan~~ — bonne chose.

éloges bas aux paysans. — Vous, hommes des progrès — vous.

secrètement à la cour [illegible] légitime — [illegible] les amants pendant le banquet — de brutal avant & après.

Dans les prix. — Catherine Elisabeth Pettet. — figure rigide toilette monastique. 50 ans de service — 50 fr. 30 fr. de récompense. — on lui crie dans l'oreille. « Vos 50 francs ! » [illegible] 100 fr. à une vache blanche. [illegible] l'abbé Bournisien — la fermière voit passer au loin [illegible] voit de mauvais œil les

[illegible] le regarde comme [illegible] — [illegible]

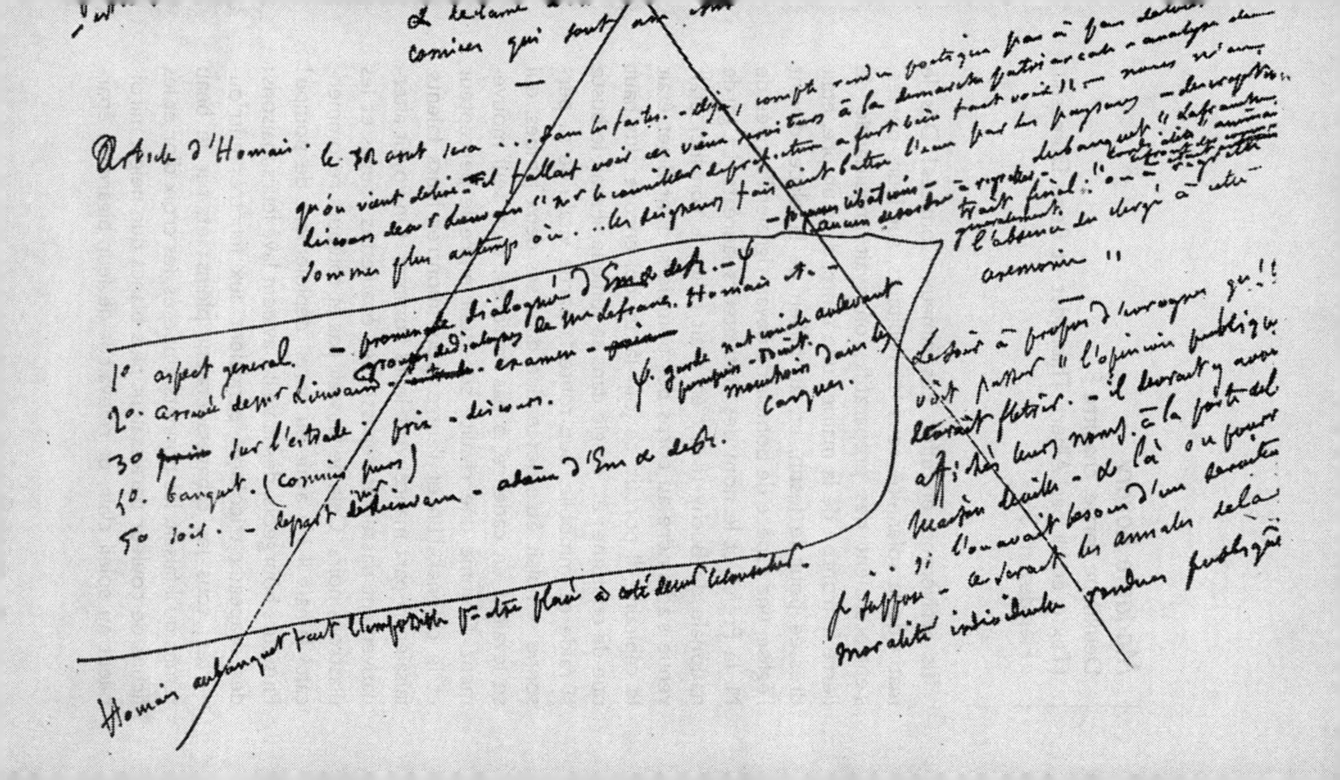
Article d'Homais
1° aspect général
2° arrivée
3° sur l'estrade
4° banquet
5° soir
Homais au banquet

Madame Bovary

Deuxième partie, chapitre 8
(Texte établi par Albert Thibaudet et René Dumesnil, « Pléiade » n° 36)

Ils arrivèrent, en effet, ces fameux Comices ! Dès le matin de la solennité, tous les habitants, sur leurs portes, s'entretenaient des préparatifs ; on avait enguirlandé de lierre le fronton de la mairie ; une tente, dans un pré, était dressée pour le festin, et, au milieu de la place, devant l'église, une espèce de bombarde devait signaler l'arrivée de M. le Préfet et le nom des cultivateurs lauréats. La garde nationale de Buchy (il n'y en avait point à Yonville) était venue s'adjoindre au corps des pompiers, dont Binet était le capitaine. Il portait, ce jour-là, un col encore plus haut que de coutume ; et, sanglé dans sa tunique, il avait le buste si raide et immobile, que toute la partie vitale de sa personne semblait être descendue dans ses deux jambes, qui se levaient en cadence, à pas marqués, d'un seul mouvement. Comme une rivalité subsistait entre le percepteur et le colonel, l'un et l'autre, pour montrer leurs talents, faisaient à part manœuvrer leurs hommes. On voyait alternativement passer et repasser les épaulettes rouges et les plastrons noirs. Cela ne finissait pas et toujours recommençait ! Jamais il n'y avait eu pareil déploiement de pompe ! Plusieurs bourgeois, dès la veille, avaient lavé leurs maisons ; des drapeaux tricolores pendaient aux fenêtres entr'ouvertes ; tous les cabarets étaient pleins ; et, par le beau temps qu'il faisait, les bonnets empesés, les croix d'or et les fichus de couleur paraissaient plus blancs que neige, miroitaient au soleil clair, et relevaient de leur bigarrure éparpillée la sombre monotonie des redingotes et des bourgerons bleus. Les fermières des environs retiraient, en descendant de cheval, la grosse épingle qui leur serrait autour du corps leur robe retroussée de peur des taches ; et les maris, au contraire, afin de ménager leurs chapeaux, gardaient par-dessus des mouchoirs de poche, dont ils tenaient un angle entre les dents.

La foule arrivait dans la grande rue par les deux bouts du village. Il s'en dégorgeait des ruelles, des allées, des maisons, et l'on entendait de temps à autre retomber le marteau des portes, derrière les bourgeoises en gants de fil, qui sortaient pour aller voir la fête. Ce que l'on admirait surtout, c'étaient deux longs ifs couverts de lampions qui flanquaient une estrade où s'allaient tenir les autorités ; et il y avait de plus, contre les quatre colonnes de la mairie, quatre manières de gaules, portant chacune un petit étendard de toile verdâtre, enrichi d'inscriptions en lettres d'or. On lisait sur l'un : « Au Commerce » ; sur l'autre : « À l'Agriculture » ; sur le troisième : « À l'Industrie » et, sur le quatrième : « Aux Beaux-Arts ».

Mais la jubilation qui épanouissait tous les visages paraissait assombrir madame Lefrançois, l'aubergiste. Debout sur les marches de sa cuisine, elle murmurait dans son menton :

« Quelle bêtise ! Quelle bêtise avec leur baraque de toile ! Croient-ils que le préfet sera bien aise de dîner là-bas, sous une tente, comme un saltimbanque ? Ils appellent ces embarras-là faire le bien du pays ! Ce n'était pas la peine, alors, d'aller chercher un gargotier à Neufchâtel ! Et pour qui ? pour des vachers ! des va-nu-pieds !... »

L'apothicaire passa. Il avait un habit noir, un pantalon de nankin, des souliers de castor et, par extraordinaire, un chapeau, — un chapeau bas de forme.

« Serviteur ! dit-il ; excusez-moi, je suis pressé. »

Et comme la grosse veuve lui demanda où il allait :

« Cela vous semble drôle, n'est-ce pas ? moi qui reste toujours plus confiné dans mon laboratoire que le rat du bonhomme dans son fromage.

— Quel fromage ? fit l'aubergiste.

— Non, rien ! ce n'est rien ! reprit Homais. Je voulais vous exprimer seulement, madame Lefrançois, que je demeure d'habitude tout reclus chez moi. Aujourd'hui, cependant, vu la circonstance, il faut bien que...

— Ah ! vous allez là-bas ? dit-elle avec un air de dédain.

— Oui, j'y vais, répliqua l'apothicaire étonné ; ne fais-je point partie de la commission consultative ? »

La mère Lefrançois le considéra quelques minutes, et finit par répondre en souriant :

« C'est autre chose ! Mais qu'est-ce que la culture vous regarde ? Vous vous y entendez donc ?

— Certainement, je m'y entends, puisque je suis pharmacien, c'est-à-dire chimiste ! Et la chimie, madame Lefrançois, ayant pour objet la connaissance de l'action réciproque et moléculaire de tous les corps de la nature, il s'ensuit que l'agriculture se trouve comprise dans son domaine ! Et, en effet, composition des engrais, fermentation des liquides, analyse des gaz et influence des miasmes, qu'est-ce que tout cela, je vous le demande, si ce n'est de la chimie pure et simple ? »

L'aubergiste ne répondit rien. Homais continua :

« Croyez-vous qu'il faille, pour être agronome, avoir soi-même labouré la terre ou engraissé des volailles ? Mais il faut connaître plutôt la constitution des substances dont il s'agit, les gisements géologiques, les actions atmosphériques, la qualité des terrains, des minéraux, des eaux, la densité des différents corps et leur capillarité ! Que sais-je ? Et il faut posséder à fond tous les principes d'hygiène, pour diriger, critiquer la construction des bâtiments, le régime des animaux, l'alimentation des domestiques ! Il faut encore, madame Lefrançois, posséder la botanique ; pouvoir discerner les plantes. Entendez-vous ? Quelles sont les salutaires d'avec les délétères ; quelles les improductives et quelles les nutritives ; s'il est bon de les arracher par-ci et de les ressemer par-là, de propager les unes, de détruire les autres ; bref, il faut se tenir au courant de la science par les brochures et papiers publics, être toujours en haleine, afin d'indiquer les améliorations... »

L'aubergiste ne quittait point des yeux la porte du *Café Français*, et le pharmacien poursuivit :

« Plût à Dieu que nos agriculteurs fussent des chimistes, ou que du moins ils écoutassent davantage les conseils de la science ! Ainsi, moi, j'ai dernièrement écrit un fort opuscule, un mémoire de plus de soixante et douze pages, intitulé : *Du cidre, de sa fabrication et de ses effets, suivi de quelques réflexions nouvelles à ce sujet*, que j'ai envoyé à la Société agronomique de Rouen ; ce qui m'a même valu l'honneur d'être reçu parmi ses membres, section d'agriculture, classe de pomologie. Eh bien ! si mon ouvrage avait été livré à la publicité... »

Mais l'apothicaire s'arrêta, tant madame Lefrançois paraissait préoccupée.

« Voyez-les donc ! disait-elle, on n'y comprend rien ! une gargote semblable ! »

Et, avec des haussements d'épaules qui tiraient sur sa poitrine les mailles de son tricot, elle montrait des deux mains le cabaret de son rival, d'où sortaient alors des chansons.

« Du reste, il n'en a pas pour longtemps, ajouta-t-elle ; avant huit jours, tout est fini. »

Homais se recula de stupéfaction. Elle descendit ses trois marches, et, lui parlant à l'oreille :

« Comment ! vous ne savez pas cela ? On va le saisir cette semaine. C'est Lheureux qui le fait vendre. Il l'a assassiné de billets. »

L'hôtesse donc se mit à lui raconter cette histoire, qu'elle savait par Théodore, le domestique de M. Guillaumin, et, bien qu'elle exécrât Tellier, elle blâmait Lheureux. C'était un enjôleur, un rampant.

« Ah ! tenez, dit-elle, le voilà sous les halles : il salue madame Bovary, qui a un chapeau vert. Elle est même au bras de Boulanger.

— Madame Bovary ! fit Homais. Je m'empresse d'aller lui offrir mes hommages. Peut-être qu'elle sera bien aise d'avoir une place dans l'enceinte, sous le péristyle. »

Et, sans écouter la mère Lefrançois, qui le rappelait pour lui en conter plus long, le pharmacien s'éloigna d'un pas rapide, sourire aux lèvres et jarret tendu, distribuant de droite et de gauche quantité de salutations et emplissant beaucoup d'espace avec les grandes basques de son habit noir, qui flottaient au vent derrière lui.

Rodolphe, l'ayant aperçu de loin, avait pris un train rapide ; mais madame Bovary s'essouffla ; il se ralentit donc et lui dit en souriant, d'un ton brutal :

« C'est pour éviter ce gros homme : vous savez, l'apothicaire. »

Elle lui donna un coup de coude.

« Qu'est-ce que cela signifie ? » se demanda-t-il.

Et il la considéra du coin de l'œil, tout en continuant à marcher.

Son profil était si calme, que l'on n'y devinait rien. Il se détachait en pleine lumière, dans l'ovale de sa capote qui avait des rubans pâles ressemblant à des feuilles de roseau. Ses yeux aux longs cils courbes regardaient devant elle, et, quoique bien ouverts, ils semblaient un peu bridés par les pommettes, à cause du sang qui battait doucement sous sa peau fine. Une couleur rose traversait la cloison de son nez. Elle inclinait la tête sur l'épaule, et l'on voyait entre ses lèvres le bout nacré de ses dents blanches.

« Se moque-t-elle de moi ? » songeait Rodolphe.

Ce geste d'Emma pourtant n'avait été qu'un avertissement, car M. Lheureux les accompagnait, et il leur parlait de temps à autre, comme pour entrer en conversation.

« Voici une journée superbe ! Tout le monde est dehors ! Les vents sont à l'est. »

Et madame Bovary, non plus que Rodolphe, ne lui répondait guère, tandis qu'au moindre mouvement qu'ils faisaient, il se rapprochait en disant : « Plaît-il ? » et portait la main à son chapeau.

Quand ils furent devant la maison du maréchal, au lieu de suivre la route jusqu'à la barrière, Rodolphe, brusquement, prit un sentier, entraînant madame Bovary ; il cria :

« Bonsoir, monsieur Lheureux ! Au plaisir !

— Comme vous l'avez congédié ! dit-elle en riant.

— Pourquoi, reprit-il, se laisser envahir par les autres ? et, puisque, aujourd'hui, j'ai le bonheur d'être avec vous… »

Emma rougit. Il n'acheva point sa phrase. Alors il parla du beau temps et du plaisir de marcher sur l'herbe. Quelques marguerites étaient repoussées.

« Voici de gentilles pâquerettes, dit-il, et de quoi fournir bien des oracles à toutes les amoureuses du pays. »

Il ajouta :

« Si j'en cueillais. Qu'en pensez-vous ?

— Est-ce que vous êtes amoureux ? fit-elle en toussant un peu.

— Eh ! eh ! qui sait », répondit Rodolphe.

Le pré commençait à se remplir, et les ménagères vous heurtaient avec leurs grands parapluies, leurs paniers et leurs bambins. Souvent il fallait se déranger devant une longue file de campagnardes, servantes en bas bleus, à souliers plats, à bagues d'argent, et qui sentaient le lait quand on passait près d'elles. Elles marchaient en se tenant par la main, et se répandaient ainsi sur toute la longueur de la prairie, depuis la ligne des trembles jusqu'à la tente du banquet. Mais c'était le moment de l'examen, et les cultivateurs, les uns après les autres, entraient dans une manière d'hippodrome que formait une longue corde portée sur des bâtons.

Les bêtes étaient là, le nez tourné vers la ficelle, et alignant confusément leurs croupes inégales. Les porcs assoupis enfonçaient en terre leur groin ; des veaux beuglaient ; des brebis bêlaient ; les vaches, un jarret replié, étalaient leur ventre sur le gazon, et, ruminant lentement, clignaient leurs paupières lourdes sous les moucherons qui bourdonnaient autour d'elles. Des charretiers, les bras nus, retenaient par le licou des étalons cabrés, qui hennissaient à pleins naseaux du côté des juments. Elles restaient paisibles, allongeant la tête et la crinière pendante, tandis que leurs poulains se reposaient à leur ombre, ou venaient les téter quelquefois ; et, sur la longue ondulation de tous ces corps tassés, on voyait se lever au vent, comme un flot, quelque crinière blanche, ou bien saillir des cornes aiguës et des têtes d'hommes qui couraient. À l'écart, en dehors des lices, cent pas plus loin, il y avait un grand taureau noir muselé, portant un cercle de fer à la narine, et qui ne bougeait pas plus qu'une bête de bronze. Un enfant en haillons le tenait par une corde.

Cependant, entre les deux rangées, des messieurs s'avançaient d'un pas lourd, examinant chaque animal, puis se consultaient à voix basse. L'un d'eux, qui semblait plus considérable, prenait, tout en marchant, quelques notes sur un album. C'était le président du jury : M. Derozerays de la Panville. Sitôt qu'il reconnut Rodolphe, il s'avança vivement, et lui dit en souriant d'un air aimable :

« Comment, monsieur Boulanger, vous nous abandonnez ? »

Rodolphe protesta qu'il allait venir. Mais, quand le président eut disparu :

« Ma foi, non, reprit-il, je n'irai pas : votre compagnie vaut bien la sienne. »

Et, tout en se moquant des comices, Rodolphe, pour circuler plus à l'aise, montrait au gendarme sa pancarte bleue, et même il s'arrêtait parfois devant quelque beau *sujet* que madame Bovary n'admirait guère. Il s'en aperçut, et alors se mit à faire des plaisanteries sur les dames d'Yonville, à propos de leur toilette ; puis il s'excusa lui-même du négligé de la sienne. Elle avait cette incohérence de choses communes et recherchées, où le vulgaire, d'habitude, croit entrevoir la révélation d'une existence excentrique, les désordres du sentiment, les tyrannies de l'art, et toujours un certain mépris des conventions sociales, ce qui le séduit ou l'exaspère. Ainsi, sa chemise de batiste à manchettes plissées bouffait au hasard du vent dans l'ouverture de son gilet, qui était de coutil gris, et son pantalon à larges raies découvrait aux chevilles ses bottines de nankin, claquées de cuir verni. Elles étaient si vernies, que l'herbe s'y reflétait. Il foulait avec elles les crottins de cheval, une main dans la poche de sa veste et son chapeau de paille mis de côté.

« D'ailleurs, ajouta-t-il, quand on habite la campagne…

— Tout est peine perdue, dit Emma.

— C'est vrai ! répliqua Rodolphe. Songer que pas un seul de ces braves gens n'est capable de comprendre même la tournure d'un habit ! »

Alors ils parlèrent de la médiocrité provinciale, des existences qu'elle étouffait, des illusions qui s'y perdaient.

« Aussi, disait Rodolphe, je m'enfonce dans une tristesse…

— Vous ! fit-elle avec étonnement. Mais je vous croyais très gai ?

— Ah ! oui, d'apparence, parce qu'au milieu du monde je sais mettre sur mon visage un masque railleur ; et, cependant, que de fois, à la vue d'un cimetière, au clair de lune, je me suis demandé si je ne ferais pas mieux d'aller rejoindre ceux qui sont à dormir...

— Oh ! Et vos amis ? dit-elle. Vous n'y pensez pas.

— Mes amis ? Lesquels donc ? En ai-je ? Qui s'inquiète de moi ? »

Et il accompagna ces derniers mots d'une sorte de sifflement entre ses lèvres.

Mais ils furent obligés de s'écarter l'un de l'autre à cause d'un grand échafaudage de chaises qu'un homme portait derrière eux. Il en était si surchargé, que l'on apercevait seulement la pointe de ses sabots, avec le bout de ses deux bras, écartés droit. C'était Lestiboudois, le fossoyeur, qui charriait dans la multitude les chaises de l'église. Plein d'imagination pour tout ce qui concernait ses intérêts, il avait découvert ce moyen de tirer parti des comices, et son idée lui réussissait, car il ne savait plus auquel entendre. En effet, les villageois, qui avaient chaud, se disputaient ces sièges dont la paille sentait l'encens, et s'appuyaient contre leurs gros dossiers, salis par la cire des cierges, avec une certaine vénération.

Madame Bovary reprit le bras de Rodolphe ; il continua comme se parlant à lui-même :

« Oui ! tant de choses m'ont manqué ! Toujours seul ! Ah ! si j'avais eu un but dans la vie, si j'eusse rencontré une affection, si j'avais trouvé quelqu'un... Oh ! comme j'aurais dépensé toute l'énergie dont je suis capable, j'aurais surmonté tout, brisé tout !

— Il me semble pourtant, dit Emma, que vous n'êtes guère à plaindre.

— Ah ! vous trouvez ? fit Rodolphe.

— Car enfin..., reprit-elle, vous êtes libre. »

Elle hésita :

« Riche.

— Ne vous moquez pas de moi », répondit-il.

Et elle jurait qu'elle ne se moquait pas, quand un coup de canon retentit ; aussitôt, on se poussa pêle-mêle vers le village.

C'était une fausse alerte. M. le préfet n'arrivait pas ; et les membres du jury se trouvaient fort embarrassés, ne sachant s'il fallait commencer la séance ou bien attendre encore.

Enfin, au fond de la place, parut un grand landau de louage, traîné par deux chevaux maigres, que fouettait à tour de bras un cocher en chapeau blanc. Binet n'eut que le temps de crier : « Aux armes ! » et le colonel de l'imiter. On courut vers les faisceaux. On se précipita. Quelques-uns même oublièrent leur col. Mais l'équipage préfectoral sembla deviner cet embarras, et les deux rosses accouplées, se dandinant sur leur chaînette, arrivèrent au petit trot devant le péristyle de la mairie juste au moment où la garde nationale et les pompiers s'y déployaient, tambour battant, et marquant le pas.

« Balancez ! cria Binet.

— Halte ! cria le colonel. Par file à gauche ! »

Et, après un port d'armes où le cliquetis des capucines se déroulant sonna comme un chaudron de cuivre qui dégringole les escaliers, tous les fusils retombèrent.

Alors on vit descendre du carrosse un monsieur vêtu d'un habit court à broderie d'argent, chauve sur le front, portant toupet à l'occiput, ayant le teint blafard et l'apparence des plus bénignes. Ses deux yeux, fort gros et couverts de paupières épaisses, se fermaient à demi pour considérer la multitude, en même temps qu'il levait son nez pointu et faisait sourire sa bouche rentrée. Il reconnut le maire à son écharpe, et lui exposa que M. le préfet n'avait pu venir. Il était, lui, un conseiller de préfecture ; puis il ajouta quelques excuses. Tuvache y répondit par des civilités, l'autre s'avoua confus ; et ils restaient ainsi, face à face, et leurs fronts se touchant presque, avec les membres du jury tout alentour, le conseil municipal, les notables, la garde nationale et la foule. M. le conseiller, appuyant contre sa poitrine son petit tricorne noir, réitérait ses salutations, tandis que Tuvache, courbé comme un arc, souriait aussi, bégayait, cherchait ses phrases, protestait de son dévouement à la monarchie, et de l'honneur que l'on faisait à Yonville.

Hippolyte, le garçon de l'auberge, vint prendre par la bride les chevaux du cocher, et tout en boitant de son pied bot, il les conduisit sous le porche du *Lion d'or* où beaucoup de paysans s'amassèrent à regarder la voiture. Le tambour battit, l'obusier tonna, et les messieurs à la file montèrent s'asseoir sur l'estrade, dans les fauteuils en Utrecht rouge qu'avait prêtés madame Tuvache.

Tous ces gens-là se ressemblaient. Leurs molles figures blondes, un peu hâlées par le soleil, avaient la couleur du cidre doux, et leurs favoris bouffants s'échappaient de grands cols roides, que maintenaient des cravates blanches à rosette bien étalée. Tous les gilets étaient de velours, à châle ; toutes les montres portaient au bout d'un long ruban quelque cachet ovale en cornaline ; et l'on appuyait ses deux mains sur ses deux cuisses, en écartant avec soin la fourche du pantalon, dont le drap non décati reluisait plus brillamment que le cuir des fortes bottes.

Les dames de la société se tenaient derrière, sous le vestibule, entre les colonnes, tandis que le commun de la foule était en face, debout, ou bien assis sur des chaises. En effet, Lestiboudois avait apporté là toutes celles qu'il avait déménagées de la prairie, et même il courait à chaque minute en chercher d'autres dans l'église, et causait un tel encombrement par son commerce, que l'on avait grand'peine à parvenir jusqu'au petit escalier de l'estrade.

« Moi, je trouve, dit M. Lheureux (s'adressant au pharmacien, qui passait pour gagner sa place), que l'on aurait dû planter là deux mâts vénitiens ; avec quelque chose d'un peu sévère et de riche comme nouveauté c'eût été un fort joli coup d'œil.

— Certes, répondit Homais. Mais, que voulez-vous ! c'est le maire qui a tout pris sous son bonnet. Il n'a pas grand goût, ce pauvre Tuvache ; il est même complètement dénué de ce qui s'appelle le génie des arts. »

Cependant Rodolphe, avec madame Bovary, était monté au premier étage de la mairie, dans la *salle des délibérations*, et, comme elle était vide, il avait déclaré que l'on y serait bien pour jouir du spectacle plus à son aise. Il prit trois tabourets autour de la table ovale, sous le buste du monarque, et, les ayant approchés de l'une des fenêtres, ils s'assirent l'un près de l'autre.

Il y eut une agitation sur l'estrade, de longs chuchotements, des pourparlers. Enfin, M. le Conseiller se leva. On savait maintenant qu'il s'appelait Lieuvain, et l'on se répétait son nom de l'un à l'autre, dans la foule. Quand il eut donc collationné quelques feuilles et appliqué dessus son œil, pour y mieux voir, il commença :

« MESSIEURS,

» Qu'il me soit permis d'abord (avant de vous entretenir de l'objet de cette réunion d'aujourd'hui, et ce sentiment, j'en suis sûre, sera partagé par vous tous), qu'il me soit permis, dis-je, de rendre justice à l'administration supérieure, au gouvernement, au monarque, messieurs, à notre souverain, à ce roi bien-aimé à qui aucune branche de la prospérité publique ou particulière n'est indifférente, et qui dirige à la fois d'une main si ferme et si sage le char de l'État parmi les périls incessants d'une mer orageuse, sachant d'ailleurs faire respecter la paix comme la guerre, l'industrie, le commerce, l'agriculture et les beaux-arts. »

« Je devrais, dit Rodolphe, me reculer un peu.
— Pourquoi ? » dit Emma.

Mais, à ce moment, la voix du Conseiller s'éleva d'un ton extraordinaire. Il déclamait :

« Le temps n'est plus, messieurs, où la discorde civile ensanglantait nos places publiques, où le propriétaire, le négociant, l'ouvrier lui-même, en s'endormant le soir d'un sommeil paisible, tremblaient de se voir réveillés tout à coup au bruit des tocsins incendiaires, où les maximes les plus subversives sapaient audacieusement les bases… »

« C'est qu'on pourrait, reprit Rodolphe, m'apercevoir d'en bas ; puis j'en aurais pour quinze jours à donner des excuses, et, avec ma mauvaise réputation…
— Oh ! vous vous calomniez, dit Emma.
— Non, non, elle est exécrable, je vous jure. »

« Mais, messieurs, poursuivit le Conseiller, que si, écartant de mon souvenir ces sombres tableaux, je reporte mes yeux sur la situation actuelle de notre belle patrie : qu'y vois-je ? Partout fleurissent le commerce et les arts ; partout des voies nouvelles de communication, comme autant d'artères nouvelles dans le corps de l'État, y établissent des rapports nouveaux ; nos grands centres manufacturiers ont repris leur activité ; la religion, plus affermie, sourit à tous les cœurs ; nos ports sont pleins, la confiance renaît, et enfin la France respire !… »

« Du reste, ajouta Rodolphe, peut-être, au point de vue du monde, a-t-on raison ?
— Comment cela ? fit-elle.
— Eh quoi, dit-il, ne savez-vous pas qu'il y a des âmes sans cesse tourmentées ? Il leur faut tour à tour le rêve et l'action, les passions les plus pures, les jouissances les plus

furieuses, et l'on se jette ainsi dans toutes sortes de fantaisies, de folies. »

Alors elle le regarda comme on contemple un voyageur qui a passé par des pays extraordinaires, et elle reprit :

« Nous n'avons pas même cette distraction, nous autres pauvres femmes !

— Triste distraction, car on n'y trouve pas le bonheur.

— Mais le trouve-t-on jamais ? demanda-t-elle.

— Oui, il se rencontre un jour », répondit-il.

« Et c'est là ce que vous avez compris, disait le Conseiller. Vous, agriculteurs et ouvriers des campagnes ; vous, pionniers pacifiques d'une œuvre toute de civilisation ! vous, hommes de progrès et de moralité ! vous avez compris, dis-je, que les orages politiques sont encore plus redoutables vraiment que les désordres de l'atmosphère... »

« Il se rencontre un jour, répéta Rodolphe, un jour, tout à coup et quand on en désespérait. Alors des horizons s'entr'ouvrent, c'est comme une voix qui crie : "Le voilà !" Vous sentez le besoin de faire à cette personne la confidence de votre vie, de lui donner tout, de lui sacrifier tout ! On ne s'explique pas, on se devine. On s'est entrevu dans ses rêves. (Et il la regardait.) Enfin, il est là, ce trésor que l'on a tant cherché, là, devant vous ; il brille, il étincelle. Cependant on en doute encore, on n'ose y croire ; on en reste ébloui, comme si l'on sortait des ténèbres à la lumière. »

Et, en achevant ces mots, Rodolphe ajouta la pantomime à sa phrase. Il se passa la main sur le visage, tel qu'un homme pris d'étourdissement ; puis il la laissa retomber sur celle d'Emma. Elle retira la sienne. Mais le Conseiller lisait toujours :

« Et qui s'en étonnerait, messieurs ? Celui-là seul qui serait assez aveugle, assez plongé (je ne crains pas de le dire), assez plongé dans les préjugés d'un autre âge pour méconnaître encore l'esprit des populations agricoles. Où trouver, en effet, plus de patriotisme que dans les campagnes, plus de dévouement à la cause publique, plus d'intelligence en un mot ? Et je n'entends pas, messieurs, cette intelligence superficielle, vain ornement des esprits oisifs, mais plus de cette intelligence profonde et modérée, qui s'applique par-dessus toute chose à poursuivre des buts utiles, contribuant ainsi au bien de chacun, à l'amélioration commune et au soutien des États, fruit du respect des lois et de la pratique des devoirs… »

« Ah ! encore, dit Rodolphe. Toujours les devoirs, je suis assommé de ces mots-là. Ils sont un tas de vieilles ganaches en gilet de flanelle, et des bigotes à chaufferette et à chapelet, qui continuellement nous chantent aux oreilles : "Le devoir ! le devoir !" Eh ! parbleu ! le devoir, c'est de sentir ce qui est grand, de chérir ce qui est beau, et non pas d'accepter toutes les conventions de la société, avec les ignominies qu'elle nous impose.

— Cependant…, cependant…, objectait madame Bovary.

— Et non ! pourquoi déclamer contre les passions ? Ne sont-elles pas la seule belle chose qu'il y ait sur la terre, la source de l'héroïsme, de l'enthousiasme, de la poésie, de la musique, des arts, de tout enfin ?

— Mais il faut bien, dit Emma, suivre un peu l'opinion du monde et obéir à sa morale.

— Ah ! c'est qu'il y en a deux, répliqua-t-il. La petite, la convenue, celle des hommes, celle qui varie sans cesse et qui braille si fort, s'agite en bas, terre à terre, comme ce rassemblement d'imbéciles que vous voyez. Mais l'autre, l'éternelle, elle est tout autour et au-dessus, comme le paysage qui nous environne et le ciel bleu qui nous éclaire. »

M. Lieuvain venait de s'essuyer la bouche avec son mouchoir de poche. Il reprit :

« Et qu'aurais-je à faire, messieurs, de vous démontrer ici l'utilité de l'agriculture ? Qui donc pourvoit à nos besoins ? Qui donc fournit à notre subsistance ? N'est-ce pas l'agriculteur ? L'agriculteur, messieurs, qui, ensemençant d'une main laborieuse les sillons féconds des campagnes, fait naître le blé, lequel broyé est mis en poudre au moyen d'ingénieux appareils, en sort sous le nom de farine, et, de là, transporté dans les cités, est bientôt rendu chez le boulanger, qui en confectionne un aliment pour le pauvre comme pour le riche. N'est-ce pas l'agriculteur encore qui engraisse, pour nos vêtements, ses abondants troupeaux dans les pâturages ? Car comment nous vêtirions-nous, car comment nous nourririons-nous sans l'agriculteur ? Et même, messieurs, est-il besoin d'aller si loin chercher des exemples ? Qui n'a souvent réfléchi à toute l'importance que l'on retire de ce modeste animal, ornement de nos basses-cours, qui fournit à la fois un oreiller moelleux pour nos couches, sa chair succulente pour nos tables, et des œufs ? Mais je n'en finirais pas s'il fallait énumérer les uns après les autres les différents produits que la terre bien cultivée, telle qu'une mère généreuse, prodigue à ses enfants. Ici, c'est la vigne ; ailleurs, ce sont les pommiers à cidre ; là, le colza ; plus loin, les fromages ; et le lin ; messieurs, n'oublions pas le lin ! qui a pris dans ces dernières années un accroissement considérable et sur lequel j'appellerai plus particulièrement votre attention. »

Il n'avait pas besoin de l'appeler : car toutes les bouches de la multitude se tenaient ouvertes, comme pour boire ses paroles. Tuvache, à côté de lui, l'écoutait en écarquillant les yeux ; M. Derozerays, de temps à autre, fermait doucement les paupières ; et plus loin, le pharmacien, avec son fils Napoléon entre les jambes, bombait sa main contre son oreille pour ne pas perdre une seule syllabe. Les autres membres du jury balançaient lentement leur menton dans leur gilet, en signe d'approbation. Les pompiers, au bar de l'estrade, se reposaient sur leurs baïonnettes ; et Binet, immobile, restait le coude en dehors, avec la pointe du sabre en l'air. Il entendait peut-être, mais il ne devait rien apercevoir à cause de la visière de son casque qui lui descendait sur le nez. Son lieutenant, le fils cadet du sieur Tuvache, avait encore exagéré le sien ; car il en portait un énorme et qui lui vacillait sur la tête, en laissant dépasser un bout de son foulard d'indienne. Il souriait là-dessous avec une douceur tout enfantine, et sa petite figure pâle, où des gouttes ruisselaient, avait une expression de jouissance, d'accablement et de sommeil.

La place jusqu'aux maisons était comble de monde. On y voyait des gens accoudés à toutes les fenêtres, d'autres debout sur toutes les portes et Justin, devant la devanture de la pharmacie, paraissait tout fixé dans la contemplation de ce qu'il regardait. Malgré le silence, la voix de M. Lieuvain se perdait dans l'air. Elle vous arrivait par lambeaux de phrases, qu'interrompait çà et là le bruit des chaises dans la foule ; puis on entendait, tout à coup, partir derrière soi un long mugissement de bœuf, ou bien les bêlements des agneaux qui se répondaient au coin des rues. En effet, les vachers et les bergers avaient poussé leurs bêtes jusque-là, et elles beuglaient de temps à autre, tout en arrachant avec leur langue quelque bribe de feuillage qui leur pendait sur le museau.

Rodolphe s'était rapproché d'Emma, et il disait d'une voix basse, en parlant vite :

« Est-ce que cette conjuration du monde ne vous révolte pas ? Est-il un seul sentiment qu'il ne condamne ? Les instincts les plus nobles, les sympathies les plus pures sont persécutés, calomniés, et s'il se rencontre enfin deux pauvres âmes, tout est organisé pour qu'elles ne puissent se joindre. Elles essayeront cependant, elles battront des ailes, elles s'appelleront. Oh ! n'importe, tôt ou tard, dans six mois, dix ans, elles se réuniront, s'aimeront, parce que la fatalité l'exige et qu'elles sont nées l'une pour l'autre. »

Il se tenait les bras croisés sur ses genoux, et, ainsi levant la figure vers Emma, il la regardait de près, fixement. Elle distinguait dans ses yeux des petits rayons d'or, s'irradiant tout autour de ses pupilles noires, et même elle sentait le parfum de la pommade qui lustrait sa chevelure. Alors une mollesse la saisit, elle se rappela ce vicomte qui l'avait fait valser à la Vaubyessard, et dont la barbe exhalait, comme ces cheveux-là, cette odeur de vanille et de citron ; et, machinalement, elle entreferma les paupières pour la mieux respirer. Mais, dans ce geste qu'elle fit en se cabrant sur sa chaise, elle aperçut au loin, tout au fond de l'horizon, la vieille diligence l'*Hirondelle*, qui descendait lentement la côte des Leux, en traînant après soi un long panache de poussière. C'était dans cette voiture que Léon, si souvent, était revenu vers elle ; et par cette route là-bas qu'il était parti pour toujours ! Elle crut le voir en face, à sa fenêtre, puis tout se confondit, des nuages passèrent ; il lui sembla qu'elle tournait encore dans la valse, sous le feu des lustres, au bras du vicomte, et que Léon n'était pas loin, qu'il allait venir... et cependant elle sentait toujours la tête de Rodolphe à côté d'elle. La douceur de cette sensation pénétrait ainsi ses désirs d'autrefois, et comme des grains de sable sous un coup de vent, ils tourbillonnaient dans la bouffée subtile du parfum qui se répandait sur son âme. Elle ouvrit les narines à plusieurs reprises, fortement, pour aspirer la fraîcheur des lierres autour des chapiteaux. Elle retira ses gants, elle s'essuya les mains ; puis, avec son mouchoir, elle s'éventait la figure, tandis qu'à travers le battement de ses tempes elle entendait la rumeur de la foule et la voix du Conseiller qui psalmodiait ses phrases.

Il disait :

« Continuez ! persévérez ! n'écoutez ni les suggestions de la routine, ni les conseils trop hâtifs d'un empirisme téméraire ! Appliquez-vous surtout à l'amélioration du sol, aux bons engrais, au développement des races chevalines, bovines, ovines et porcines ! Que ces comices soient pour vous comme des arènes pacifiques où le vainqueur, en sortant, tendra la main au vaincu et fraternisera avec lui, dans l'espoir d'un succès meilleur ! Et vous, vénérables serviteurs ! humbles domestiques, dont aucun gouvernement jusqu'à ce jour n'avait pris en considération les pénibles labeurs, venez recevoir la récompense de vos vertus silencieuses, et soyez convaincus que l'État, désormais, a les yeux fixés sur vous, qu'il vous encourage, qu'il vous protège, qu'il fera droit à vos justes réclamations et allégera, autant qu'il est en lui, le fardeau de vos pénibles sacrifices ! »

M. Lieuvain se rassit alors ; M. Derozerays se leva, commençant un autre discours. Le sien, peut-être, ne fut point aussi fleuri que celui du Conseiller ; mais il se recommandait par un caractère de style plus positif, c'est-à-dire par des connaissances plus spéciales et des considérations plus relevées. Ainsi, l'éloge du gouvernement y tenait moins de place ; la religion et l'agriculture en occupaient davantage. On y voyait le rapport de l'une et de l'autre, et comment elles avaient concouru toujours à la civilisation. Rodolphe, avec madame Bovary causait rêves, pressentiments, magnétisme. Remontant au berceau des sociétés, l'orateur nous dépeignait ces temps farouches où les hommes vivaient de glands, au fond des bois. Puis ils avaient quitté la dépouille des bêtes, endossé le drap, creusé des sillons, planté la vigne. Était-ce un bien, et n'y avait-il pas dans cette découverte plus d'inconvénients que d'avantages ? M. Derozerays se posait ce problème. Du magnétisme, peu à peu, Rodolphe en était venu aux affinités, et, tandis que M. le Président citait Cincinnatus à sa charrue, Dioclétien plantant ses choux et les empereurs de la Chine inaugurant l'année par des semailles, le jeune homme expliquait à la jeune femme que ces attractions irrésistibles tiraient leur cause de quelque existence antérieure.

« Ainsi, nous, disait-il, pourquoi nous sommes-nous connus ? Quel hasard l'a voulu ? C'est qu'à travers l'éloignement, sans doute, comme deux fleuves qui coulent pour se rejoindre, nos pentes particulières nous avaient poussés l'un vers l'autre. »

Et il saisit sa main ; elle ne la retira pas.

« Ensemble de bonnes cultures ! » cria le président.

« Tantôt, par exemple, quand je suis venu chez vous...

« À M. Binet, de Quincampoix. »

— Savais-je que je vous accompagnerais ?

« Soixante et dix francs ! »

— Cent fois même j'ai voulu partir, et je vous ai suivie, je suis resté.

« Fumiers. »

— Comme je resterais ce soir, demain, les autres jours, toute ma vie !

« À M. Caron, d'Argueil, une médaille d'or ! »

— Car jamais je n'ai trouvé dans la société de personne un charme aussi complet.

« À M. Bain, de Givry-Saint-Martin ! »

— Aussi, moi, j'emporterai votre souvenir.

« Pour un bélier mérinos... »

— Mais vous m'oublierez, j'aurai passé comme une ombre.

« À M. Belot, de Notre-Dame... »

— Oh ! non, n'est-ce pas, je serai quelque chose dans votre pensée, dans votre vie ?

« Race porcine, prix *ex æquo* à MM. Lehérissé et Cullembourg ; soixante francs ! »

Rodolphe lui serrait la main, et il la sentait toute chaude et frémissante comme une tourterelle captive qui veut reprendre sa volée ; mais, soit qu'elle essayât de la dégager ou bien qu'elle répondît à cette pression, elle fit un mouvement des doigts ; il s'écria :

« Oh ! merci ! Vous ne me repoussez pas ! Vous êtes bonne ! Vous comprenez que je suis à vous ! Laissez que je vous voie, que je vous contemple ! »

Un coup de vent qui arriva par les fenêtres fronça le tapis de la table, et, sur la place, en bas, tous les grands bonnets de paysannes se soulevèrent, comme des ailes de papillons blancs qui s'agitent.

« Emploi de tourteaux de graines oléagineuses », continua le président.

Il se hâtait :

« Engrais flamand, — culture de lin, — drainage, — baux à longs termes, — services de domestiques. »

Rodolphe ne parlait plus. Ils se regardaient. Un désir suprême faisait frissonner leurs lèvres sèches ; et mollement, sans efforts, leurs doigts se confondirent.

« Catherine-Nicaise-Élisabeth Leroux, de Sassetot-la-Guerrière, pour cinquante-quatre ans de service dans la même ferme, une médaille d'argent — du prix de vingt-cinq francs !

« Où est-elle, Catherine Leroux ? » répéta le Conseiller.

Elle ne se présentait pas, et l'on entendait des voix qui chuchotaient :

« Vas-y !
— Non.
— À gauche !
— N'aie pas peur !
— Ah ! qu'elle est bête !
— Enfin y est-elle ? s'écria Tuvache.
— Oui !... la voilà !
— Qu'elle approche donc ! »

Alors on vit s'avancer sur l'estrade une petite vieille femme de maintien craintif, et qui paraissait se ratatiner dans ses pauvres vêtements. Elle avait aux pieds de grosses galoches de bois, et, le long des hanches, un grand tablier bleu. Son visage maigre, entouré d'un béguin sans bordure, était plus plissé de rides qu'une pomme de reinette flétrie, et des manches de sa camisole rouge dépassaient deux longues mains, à articulations noueuses. La poussière des granges, la potasse des lessives et le suint des laines les avaient si bien encroûtées, éraillées, durcies, qu'elles semblaient sales quoiqu'elles fussent rincées d'eau claire ; et, à force d'avoir servi, elles restaient entr'ouvertes, comme pour présenter d'elles-mêmes l'humble témoignage de tant de souffrances subies. Quelque chose d'une rigidité monacale relevait l'expression de sa figure. Rien de triste ou d'attendri n'amollissait ce regard pâle. Dans la fréquentation des animaux, elle avait pris leur mutisme et leur placidité. C'était la première fois qu'elle se voyait au milieu d'une compagnie si nombreuse ; et, intérieurement effarouchée par les drapeaux, par les tambours, par les messieurs en habit noir et par la croix d'honneur du Conseiller, elle demeurait tout immobile, ne sachant s'il fallait s'avancer ou s'enfuir, ni pourquoi la foule la poussait et pourquoi les examinateurs lui souriaient. Ainsi se tenait, devant ces bourgeois épanouis, ce demi-siècle de servitude.

« Approchez, vénérable Catherine-Nicaise-Élisabeth

Leroux ! » dit M. le Conseiller, qui avait pris des mains du président la liste des lauréats.

Et tour à tour examinant la feuille de papier, puis la vieille femme, il répétait d'un ton paternel :

« Approchez, approchez !

— Êtes-vous sourde ? » dit Tuvache, en bondissant sur son fauteuil.

Et il se mit à lui crier dans l'oreille :

« Cinquante-quatre ans de service ! Une médaille d'argent ! Vingt-cinq francs ! C'est pour vous. »

Puis, quand elle eut sa médaille, elle la considéra. Alors un sourire de béatitude se répandit sur sa figure et on l'entendait qui marmottait en s'en allant :

« Je la donnerai au curé de chez nous, pour qu'il me dise des messes.

— Quel fanatisme ! » exclama le pharmacien, en se penchant vers le notaire.

La séance était finie ; la foule se dispersa ; et, maintenant que les discours étaient lus, chacun reprenait son rang et tout rentrait dans la coutume : les maîtres rudoyaient les domestiques, et ceux-ci frappaient les animaux, triomphateurs indolents qui s'en retournaient à l'étable, une couronne verte entre les cornes.

Cependant les gardes nationaux étaient montés au premier étage de la mairie, avec des brioches embrochées à leurs baïonnettes, et le tambour du bataillon qui portait un panier de bouteilles. Madame Bovary prit le bras de Rodolphe ; il la reconduisit chez elle ; ils se séparèrent devant sa porte ; puis il se promena seul dans la prairie, tout en attendant l'heure du banquet.

Partie 5

La mort d'Emma
ou comment éviter sans choquer
le piège de la belle mort

Lettres à Louise Colet
(Texte établi par Jean Bruneau, « Pléiade » n° 284)

Croisset, nuit de lundi, minuit et demi.
6 juin 1853.

Je porterai moi-même, demain matin, cette lettre à la poste. Il faut que j'aille à Rouen pour un enterrement, celui de Mme Pouchet, la femme d'un médecin, morte avant-hier dans la rue, où elle est tombée de cheval, près de son mari, frappée d'apoplexie. Quoique je ne sois guère sensible aux malheurs d'autrui, je le suis à celui-là. Ce Pouchet est un brave garçon, qui ne fait aucune clientèle et s'occupe exclusivement de zoologie où il est très savant. Sa femme, Anglaise fort jolie et d'excellentes façons, l'aidait beaucoup dans ses travaux. Elle dessinait pour lui, corrigeait ses épreuves, etc. Ils avaient fait des voyages ensemble, c'était un compagnon. Le pauvre homme est complètement sourd et peu gai naturellement. Il aimait beaucoup cette femme. L'abandon qu'il va avoir, comme le déchirement qu'il a eu, sera atroce. Bouilhet, qui demeure en face d'eux, a vu son cadavre ramené en fiacre et le fils qui descendait la mère, un mouchoir sur la figure. Au même moment où elle entrait ainsi chez elle, les pieds devant, un commissionnaire apportait une botte de fleurs qu'elle avait commandée le matin. Ô Shakespeare !

Il y a de l'égoïsme dans le fond de toutes nos commisérations et ce que je sens pour ce pauvre mari, brave homme du reste, et qui portait à mon père une vraie vénération de discipline *[sic]*, vient d'un retour que je fais sur moi. Je pense à ce que j'éprouverais si tu mourais, pauvre Muse, si je ne t'avais plus. Non, nous ne sommes pas bons ;

mais cette faculté de s'assimiler à toutes les misères et de se supposer les ayant est peut-être la vraie charité humaine. Se faire ainsi le centre de l'humanité, tâcher enfin d'être son cœur général où toutes les veines éparses se réunissent, ... ce serait à la fois l'effort du plus grand homme et du meilleur homme ? Je n'en sais rien. Comme il faut du reste *profiter de tout*, je suis sûr que ce sera demain d'un dramatique très sombre et que ce pauvre savant sera lamentable. Je trouverai là peut-être des choses pour ma *Bovary*. Cette exploitation à laquelle je vais me livrer, et qui semblerait odieuse si on en faisait la confidence, qu'a-t-elle donc de mauvais ? J'espère faire couler des larmes aux autres avec ces larmes d'un seul, passer ensuite à la chimie du style. Mais les miennes seront d'un ordre de sentiment supérieur. Aucun *intérêt* ne les provoquera et il faut que mon bonhomme (c'est un médecin aussi) vous émeuve pour tous les veufs. Ces petites gentillesses-là, du reste, ne sont pas besogne neuve pour moi et j'ai de la méthode en ces études. Je me suis moi-même franchement disséqué au vif en des moments peu drôles. Je garde dans des tiroirs des fragments de style cachetés à triple cachet et qui contiennent de si atroces procès-verbaux que *j'ai peur* de les rouvrir, ce qui est fort sot du reste, car je les sais par cœur.

Croisset, vendredi, minuit.
16 septembre 1853.

Pourquoi perds-tu ton temps à relire *Graziella*[1] quand on a tant de choses à relire ? Voilà une distraction sans excuse, par exemple ! Il n'y a rien à prendre à de pareilles œuvres.

---

1. Roman de Lamartine que Flaubert jugeait mièvre.

Il faut s'en tenir *aux sources*, or Lamartine est un robinet. Ce qu'il y a de fort dans *Manon Lescaut* [1], c'est le souffle *sentimental*, la naïveté de la passion qui rend les deux héros si vrais, si sympathiques, si *honorables*, quoiqu'ils soient des fripons. C'est un grand cri du cœur, ce livre; la composition en est fort habile. Quel ton d'excellente compagnie! Mais moi, j'aime mieux les choses plus épicées, plus en relief, et je vois que tous les livres de premier ordre le sont à outrance. Ils sont criants de vérité, archidéveloppés et plus abondants de détails intrinsèques au sujet. *Manon Lescaut* est peut-être le premier des livres secondaires. Je crois, contrairement à ton avis de ce matin, que l'on peut intéresser avec tous les sujets. Quant à faire du Beau avec eux, je le pense aussi, théoriquement du moins, mais j'en suis moins sûr. La mort de Virginie[2] est fort belle, mais que d'autres morts aussi émouvantes (parce que celle de Virginie est exceptionnelle)! Ce qu'il y a d'*admirable*, c'est sa lettre à Paul, écrite de Paris. Elle m'a toujours arraché le cœur quand je l'ai lue. Que l'on pleure moins à la mort de ma mère Bovary qu'à celle de Virginie, j'en suis sûr d'avance. Mais l'on pleurera plus sur le mari de l'une que sur l'amant de l'autre, et ce dont je ne doute pas, c'est du cadavre. Il faudra qu'il vous poursuive. La première qualité de l'Art et son but est l'*illusion*. L'émotion, laquelle s'obtient souvent par certains sacrifices de détails poétiques, est une tout autre chose et d'un ordre inférieur. J'ai pleuré à des mélodrames qui ne valaient pas quatre sous et Goethe[3] ne m'a jamais mouillé l'œil, si ce n'est d'admiration.

---

1. *Manon Lescaut* : allusion aux effets pathétiques dans le célèbre roman de l'abbé Prévost.

2. Allusion au poncif romantique de la « belle mort » dans le roman de Bernardin de Saint-Pierre intitulé *Paul et Virginie*.

3. Allusion au roman de Goethe *Werther*.

Tu me parais là-bas, à ta campagne, en bon train. Je ne comprends pas que tu puisses travailler aussi bien à Paris, car enfin tu as tout ton temps à toi. J'ai envoyé les canetons à Babinet et n'en ai point reçu de réponse. Dans le numéro d'aujourd'hui, les vers de Bouilhet y sont, et seuls ! Ces gars-là sont comme les ânes : ils baissent les oreilles quand on les étrille. Adieu, j'ai envie de dormir. Fasse Morphée[1] que je te rêve ! Mille baisers partout.

À toi. Ton G.

Lettres à Louis Bouilhet

(Texte établi par Jean Bruneau, « Pléiade » n° 284)

Croisset, mercredi. 15 août 1855.

Donc je me rejette sur la *Bovary* avec plus de frénésie. Aussi voilà-t-il trois jours que je travaille férocement, j'entends avec plaisir.

J'ai vu, l'autre semaine, Léonie qui me paraît guérie de ses névralgies (observe la gentillesse de ces *ies*). Penses-tu que Durey sera dimanche ou lundi prochain en Amérique ? quelle chose énorme qu'un atlas, comme ça fait rêver ! et que la terre est petite, cependant !

Tu m'as écrit une sacrée lettre qui ne dénote pas un homme gai, mon pauvre vieux. Que veux-tu que j'y réponde, sinon par deux aphorismes de l'Homme dont on célèbre

1. Dieu du sommeil, dans la mythologie grecque, employé par antonomase pour désigner le sommeil lui-même.

aujourd'hui la fête : 1° « Les grandes entreprises réussissent rarement du premier coup » ; 2° « Le succès appartient aux apathiques ». Pas si apathique, pourtant ! Il faut un peu se désembourber soi-même.

Quand viens-tu ? j'ai bien besoin de ta compagnie pour arrêter ma Fin, ou plutôt mon avant-Fin.

Je t'embrasse fort. À toi.

Et Rouvière ? Etc. ! Etc. !

Croisset, vendredi, midi. 5 octobre 1855.

J'irai voir Léonie vers la fin de la semaine prochaine ou le commencement de l'autre. J'ai besoin d'aller à Rouen pour prendre des renseignements sur les empoisonnements par arsenic. De toute façon j'irais toujours pour lui dire adieu.

Croisset, mercredi. 10 octobre 1855.

Qu'as-tu ? pourquoi n'ai-je pas reçu la sacro-sainte lettre du dimanche ? es-tu malade ? que signifie cet enflement que tu avais à la jambe ?

Il est probable que d'aujourd'hui en quinze j'arriverai à Paris. Mais j'ai encore bien des choses à faire d'ici là.

J'aurais voulu t'apporter la Bovary empoisonnée, et je n'aurai pas fait la scène qui doit déterminer son empoisonnement ! Tu vois que je n'ai guère été vite. — Mon malheureux roman ne sera pas fini avant le mois de février. Cela devient ridicule. Je n'ose plus en parler.

J'irai voir Léonie dans une huitaine de jours. As-tu des nouvelles de Durey ?

Je ne vois absolument rien à te narrer. Si ce n'est que je

lis et que j'ai bientôt fini (Dieu merci !) *La Nouvelle Héloïse*. C'est une rude lecture !

Si tu n'es pas malade, tu es un gredin de ne pas m'écrire.

Les feuilles tombent. Les allées sont, quand on y marche, pleines de bruits lamartiniens que j'aime extrêmement. Dakcno reste toute la journée au coin de mon feu, et j'entends de temps à autre les remorqueurs. Voilà les nouvelles.

Je serai parti avant la foire Saint-Romain. Il est probable que je ne verrai pas les baraques. Pauvre foire Saint-Romain !

Plans et scénarios de Madame Bovary
(Édition d'Yvan Leclerc, CNRS/Zulma, 1995)

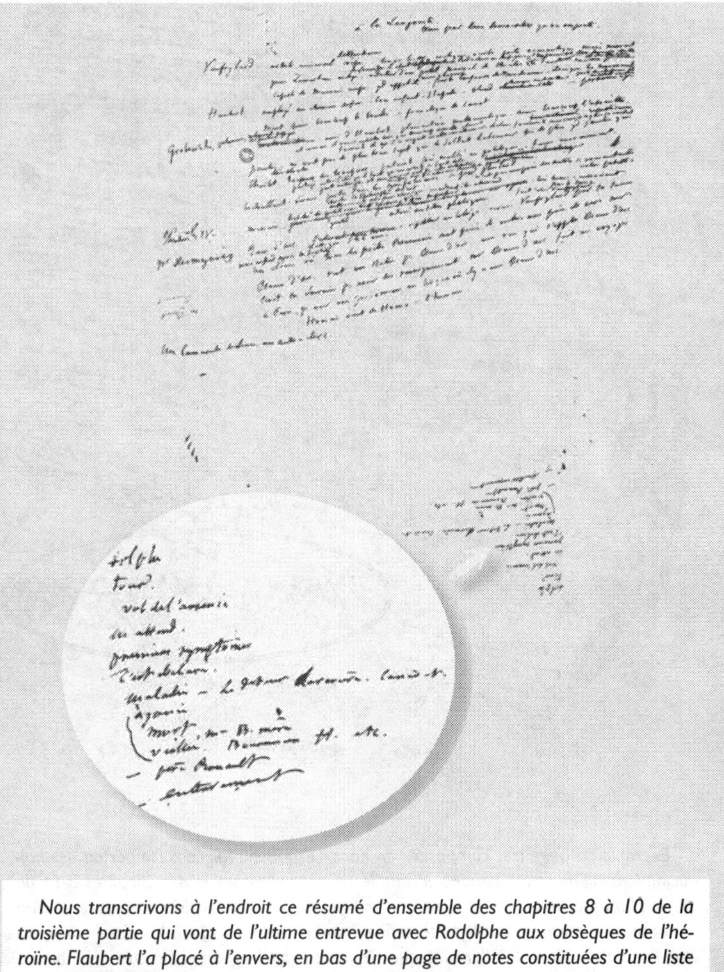

Nous transcrivons à l'endroit ce résumé d'ensemble des chapitres 8 à 10 de la troisième partie qui vont de l'ultime entrevue avec Rodolphe aux obsèques de l'héroïne. Flaubert l'a placé à l'envers, en bas d'une page de notes constituées d'une liste de personnages.

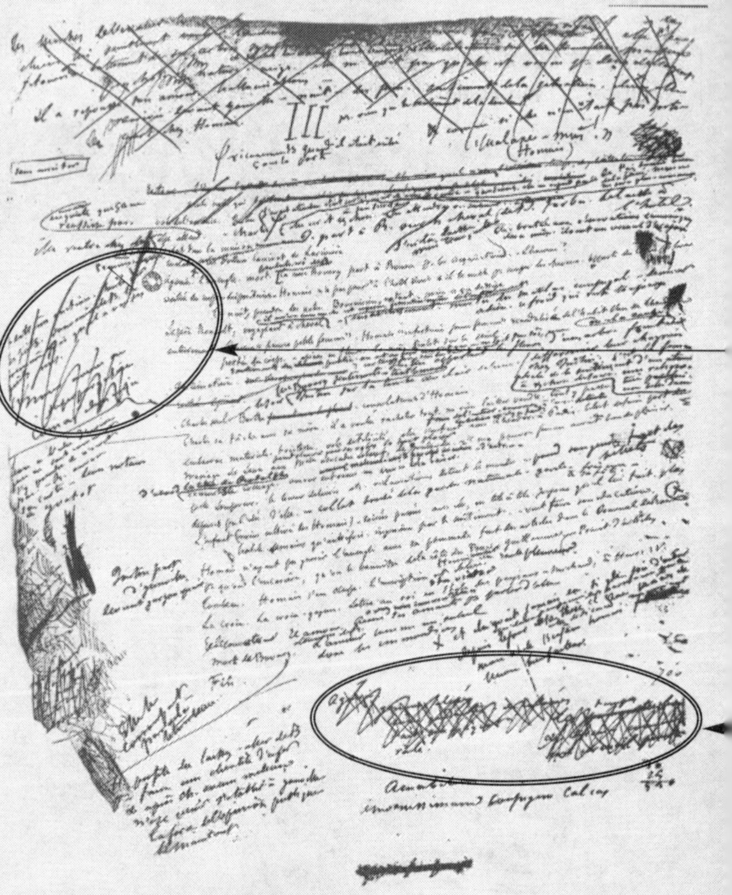

Exemple de page très composite : en haut, l'esquisse rédigée à l'imparfait des hallucinations d'Emma est barrée ; ensuite le scénario d'ensemble des chapitres 8-11 de la troisième partie comporte dans une marge que nous transcrivons le souvenir d'un émoi sensuel censuré dans le texte définitif (voir p. 166). En ajout, les détails cliniques sur l'empoisonnement à l'arsenic que Flaubert avait longuement recherchés, barrés de même et que nous transcrivons.

X extrême-onction, huile sur les pieds. souvenir de B. la première fois qu'il a vu ses pieds nus.

« Nous avons eu
.. superpurgation
coma adynamie

Agonie.

genoux élevés
lèvres pendantes — décolorées
fait son paquet.
râle.

les ~~pommettes~~ tempes brunes
& terreuses comme
un cercueil pourri.

Madame Bovary

(Troisième partie, chapitre 8)
(Texte établi par Albert Thibaudet et René Dumesnil, « Pléiade » n° 36)

Alors sa situation, telle qu'un abîme, se représenta. Elle haletait à se rompre la poitrine. Puis, dans un transport d'héroïsme qui la rendait presque joyeuse, elle descendit la côte en courant, traversa la planche aux vaches, le sentier, l'allée, les halles, et arriva devant la boutique du pharmacien.

Il n'y avait personne. Elle allait entrer ; mais, au bruit de la sonnette, on pouvait venir ; et, se glissant par la barrière, retenant son haleine, tâtant les murs, elle s'avança jusqu'au seuil de la cuisine, où brûlait une chandelle posée sur le fourneau. Justin, en manches de chemise, emportait un plat.

« Ah ! ils dînent. Attendons. »

Il revint. Elle frappa contre la vitre. Il sortit.

« La clef ! celle d'en haut, où sont les...

— Comment ! »

Et il la regardait, tout étonné par la pâleur de son visage, qui tranchait en blanc sur le fond noir de la nuit. Elle lui apparut extraordinairement belle, et majestueuse comme un fantôme ; sans comprendre ce qu'elle voulait, il pressentait quelque chose de terrible.

Mais elle reprit vivement, à voix basse, d'une voix douce, dissolvante :

« Je la veux ! Donne-la-moi. »

Comme la cloison était mince, on entendait le cliquetis des fourchettes sur les assiettes dans la salle à manger.

Elle prétendait avoir besoin de tuer les rats qui l'empêchaient de dormir.

« Il faudrait que j'avertisse monsieur.

— Non ! reste ! »

Puis, d'un air indifférent :

« Eh ! Ce n'est pas la peine, je lui dirai tantôt. Allons, éclaire-moi ! »

Elle entra dans le corridor où s'ouvrait la porte du laboratoire. Il y avait contre la muraille une clef étiquetée *Capharnaüm*.

« Justin ! cria l'apothicaire, qui s'impatientait.

— Montons ! »

Et il la suivit.

La clef tourna dans la serrure, et elle alla droit vers la troisième tablette, tant son souvenir la guidait bien, saisir le bocal bleu, en arracha le bouchon, y fourra sa main et, la retirant pleine d'une poudre blanche, elle se mit à manger à même.

« Arrêtez ! s'écria-t-il en se jetant sur elle.

— Tais-toi ! on viendrait... »

Il se désespérait, voulait appeler.

« N'en dis rien, tout retomberait sur ton maître ! »

Puis elle s'en retourna subitement apaisée, et presque dans la sérénité d'un devoir accompli.

Quand Charles, bouleversé par la nouvelle de la saisie, était rentré à la maison, Emma venait d'en sortir. Il cria, pleura, s'évanouit, mais elle ne revint pas. Où pouvait-elle être ? Il envoya Félicité chez Homais, chez Tuvache, chez Lheureux, au *Lion d'or*, partout ; et, dans les intermittences de son angoisse, il voyait sa considération anéantie, leur fortune perdue, l'avenir de Berthe brisé ! Par quelle cause !... pas un mot ! Il attendit jusqu'à six heures du soir. Enfin, n'y pouvant plus tenir, et imaginant qu'elle était partie pour Rouen, il alla sur la grande route, fit une demi-lieue, ne rencontra personne, attendit encore et s'en revint.

Elle était rentrée.

« Qu'y avait-il ?... Pourquoi ?... Explique-moi ?... »

Elle s'assit à son secrétaire et écrivit une lettre qu'elle cacheta lentement, ajoutant la date du jour et l'heure. Puis elle dit d'un ton solennel :

« Tu la liras demain ; d'ici là, je t'en prie ne m'adresse pas une seule question !... Non, pas une !

— Mais...

— Oh ! laisse-moi ! »

Et elle se coucha tout du long sur son lit.

Une saveur âcre qu'elle sentait dans sa bouche la réveilla. Elle entrevit Charles et referma les yeux.

Elle s'épiait curieusement pour discerner si elle ne souffrait pas. Mais non ! rien encore. Elle entendait le battement de la pendule, le bruit du feu, et Charles, debout près de sa couche, qui respirait.

« Ah ! c'est bien peu de chose, la mort ! pensait-elle : je vais dormir, et tout sera fini ! »

Elle but une gorgée d'eau et se tourna vers la muraille. Cet affreux goût d'encre continuait.

« J'ai soif !... oh ! j'ai bien soif ! soupira-t-elle.

— Qu'as-tu donc ? dit Charles, qui lui tendait un verre.

— Ce n'est rien !... Ouvre la fenêtre... j'étouffe ! »

Et elle fut prise d'une nausée si soudaine, qu'elle eut à peine le temps de saisir son mouchoir sous l'oreiller.

« Enlève-le ! dit-elle vivement ; jette-le ! »

Il la questionna ; elle ne répondit pas. Elle se tenait immobile, de peur que la moindre émotion ne la fît vomir. Cependant, elle sentait un froid de glace qui lui montait des pieds jusqu'au cœur.

« Ah ! voilà que ça commence ! murmura-t-elle.

— Que dis-tu ? »

Elle roulait sa tête avec un geste doux, plein d'angoisse, et tout en ouvrant continuellement les mâchoires, comme si elle eût porté sur sa langue quelque chose de très lourd. À huit heures, les vomissements reparurent.

Charles observa qu'il y avait au fond de la cuvette une sorte de gravier blanc, attaché aux parois de la porcelaine.

« C'est extraordinaire ! c'est singulier ! » répéta-t-il.

Mais elle dit d'une voix forte :

« Non, tu te trompes ! »

Alors, délicatement et presque en la caressant, il lui passa la main sur l'estomac. Elle jeta un cri aigu. Il se recula tout effrayé.

Puis elle se mit à geindre, faiblement d'abord. Un grand frisson lui secouait les épaules, et elle devenait plus pâle que le drap où s'enfonçaient ses doigts crispés. Son pouls, inégal, était presque insensible maintenant.

Des gouttes suintaient sur sa figure bleuâtre, qui semblait comme figée dans l'exhalaison d'une vapeur métallique. Ses dents claquaient, ses yeux agrandis regardaient vaguement autour d'elle, et à toutes les questions elle ne répondait qu'en hochant la tête ; même elle sourit deux ou trois fois. Peu à peu ses gémissements furent plus forts. Un hurlement sourd lui échappa ; elle prétendit qu'elle allait mieux et qu'elle se lèverait tout à l'heure. Mais les convulsions la saisirent ; elle s'écria :

« Ah ! c'est atroce, mon Dieu ! »

Il se jeta à genoux contre son lit.

« Parle ! qu'as-tu mangé ? Réponds, au nom du ciel ! »

Et il la regardait avec des yeux d'une tendresse comme elle n'en avait jamais vu.

« Eh bien, là…, là ! », dit-elle d'une voix défaillante.

Il bondit au secrétaire, brisa le cachet et lut tout haut : *Qu'on n'accuse personne*… Il s'arrêta, se passa la main sur les yeux, et relut encore.

« Comment ! Au secours ! À moi ! »

Et il ne pouvait que répéter ce mot : « Empoisonnée !

empoisonnée ! » Félicité courut chez Homais, qui l'exclama sur la place ; madame Lefrançois l'entendit au *Lion d'or* ; quelques-uns se levèrent pour l'apprendre à leurs voisins, et toute la nuit le village fut en éveil.

Éperdu, balbutiant, près de tomber, Charles tournait dans la chambre. Il se heurtait aux meubles, s'arrachait les cheveux, et jamais le pharmacien n'avait cru qu'il pût y avoir de si épouvantable spectacle.

Il revint chez lui pour écrire à M. Canivet et au docteur Larivière. Il perdait la tête ; il fit plus de quinze brouillons. Hippolyte partit à Neufchâtel, et Justin talonna si fort le cheval de Bovary, qu'il le laissa dans la côte du Bois-Guillaume, fourbu et aux trois quarts crevé.

Charles voulut feuilleter son dictionnaire de médecine ; il n'y voyait pas, les lignes dansaient.

« Du calme ! dit l'apothicaire. Il s'agit seulement d'administrer quelque puissant antidote. Quel est le poison ? »

Charles montra la lettre. C'était de l'arsenic.

« Eh bien ! reprit Homais, il faudrait en faire l'analyse. »

Car il savait qu'il faut, dans tous les empoisonnements, faire une analyse ; et l'autre, qui ne comprenait pas, répondit :

« Ah ! faites ! faites ! sauvez-la... »

Puis, revenu près d'elle, il s'affaissa par terre sur le tapis, et il restait la tête appuyée contre le bord de sa couche à sangloter.

« Ne pleure pas ! lui dit-elle. Bientôt je ne te tourmenterai plus !

— Pourquoi ? Qui t'a forcée ? »

Elle répliqua :

« Il le fallait, mon ami.

— N'étais-tu pas heureuse ? Est-ce ma faute ? J'ai fait tout ce que j'ai pu, pourtant !

— Oui..., c'est vrai..., tu es bon, toi ! »

Et elle lui passait la main dans les cheveux, lentement. La

douceur de cette sensation surchargeait sa tristesse ; il sentait tout son être s'écrouler de désespoir à l'idée qu'il fallait la perdre, quand, au contraire, elle avouait pour lui plus d'amour que jamais ; et il ne trouvait rien ; il ne savait pas, il n'osait, l'urgence d'une résolution immédiate achevant de le bouleverser.

Elle en avait fini, songeait-elle, avec toutes les trahisons, les bassesses et les innombrables convoitises qui la torturaient. Elle ne haïssait personne, maintenant ; une confusion de crépuscule s'abattait en sa pensée, et de tous les bruits de la terre Emma n'entendait plus que l'intermittente lamentation de ce pauvre cœur, douce et indistincte, comme le dernier écho d'une symphonie qui s'éloigne.

« Amenez-moi la petite, dit-elle en se soulevant du coude.

— Tu n'es pas plus mal, n'est-ce pas ? demanda Charles.

— Non ! non ! »

L'enfant arriva sur le bras de sa bonne, dans sa longue chemise de nuit, d'où sortaient ses pieds nus, sérieuse et presque rêvant encore. Elle considérait avec étonnement la chambre tout en désordre, et clignait des yeux, éblouie par les flambeaux qui brûlaient sur les meubles. Ils lui rappelaient sans doute les matins du jour de l'an ou de la mi-carême, quand, ainsi réveillée de bonne heure à la clarté des bougies, elle venait dans le lit de sa mère pour y recevoir ses étrennes, car elle se mit à dire :

« Où est-ce donc, maman ? »

Et, comme tout le monde se taisait :

« Mais je ne vois pas mon petit soulier ! »

Félicité la penchait vers le lit, tandis qu'elle regardait toujours du côté de la cheminée.

« Est-ce nourrice qui l'aurait pris ? » demanda-t-elle.

Et, à ce nom, qui la reportait dans le souvenir de ses adultères et de ses calamités, madame Bovary détourna sa tête, comme au dégoût d'un autre poison plus fort qui lui remontait à la bouche. Berthe, cependant, restait posée sur le lit.

« Oh ! comme tu as de grands yeux, maman ! comme tu es pâle ! comme tu sues !... »

Sa mère la regardait.

« J'ai peur ! » dit la petite en se reculant.

Emma prit sa main pour la baiser ; elle se débattait.

« Assez ! qu'on l'emmène ! » s'écria Charles, qui sanglotait dans l'alcôve.

Puis les symptômes s'arrêtèrent un moment ; elle paraissait moins agitée ; et, à chaque parole insignifiante, à chaque souffle de sa poitrine un peu plus calme, il reprenait espoir. Enfin, lorsque Canivet entra, il se jeta dans ses bras en pleurant.

« Ah ! c'est vous ! merci ! vous êtes bon ! Mais tout va mieux. Tenez, regardez-la... »

Le confrère ne fut nullement de cette opinion, et, n'y allant pas, comme il le disait lui-même, *par quatre chemins*, il prescrivit de l'émétique, afin de dégager complètement l'estomac.

Elle ne tarda pas à vomir du sang. Ses lèvres se serrèrent davantage. Elle avait les membres crispés, le corps couvert de taches brunes, et son pouls glissait sous les doigts comme un fil tendu, comme une corde de harpe près de se rompre.

Puis elle se mettait à crier, horriblement. Elle maudissait le poison, l'invectivait, le suppliait de se hâter, et repoussait de ses bras raidis tout ce que Charles, plus agonisant qu'elle, s'efforçait de lui faire boire. Il était debout, son mouchoir sur les lèvres, râlant, pleurant, suffoqué par des sanglots qui le secouaient jusqu'aux talons ; Félicité courait çà et là dans la chambre ; Homais, immobile, poussait de gros soupirs, et M. Canivet, gardant toujours son aplomb, commençait néanmoins à se sentir troublé.

« Diable !... cependant... elle est purgée, et, du moment que la cause cesse...

— L'effet doit cesser, dit Homais ; c'est évident.

— Mais sauvez-la ! » exclamait Bovary.

Aussi, sans écouter le pharmacien qui hasardait encore cette hypothèse : « C'est peut-être un paroxysme salutaire », Canivet allait administrer de la thériaque, lorsqu'on entendit le claquement d'un fouet ; toutes les vitres frémirent, et une berline de poste, qu'enlevaient à plein poitrail trois chevaux crottés jusqu'aux oreilles, débusqua d'un bond au coin des halles. C'était le docteur Larivière.

L'apparition d'un dieu n'eût pas causé plus d'émoi. Bovary leva les mains, Canivet s'arrêta court et Homais retira son bonnet grec bien avant que le docteur fût entré.

Il appartenait à la grande école chirurgicale sortie du tablier de Bichat, à cette génération, maintenant disparue, de praticiens philosophes qui, chérissant leur art d'un amour fanatique, l'exerçaient avec exaltation et sagacité ! Tout tremblait dans son hôpital quand il se mettait en colère et ses élèves le vénéraient si bien, qu'ils s'efforçaient, à peine établis, de l'imiter le plus possible ; de sorte que l'on retrouvait sur eux, par les villes d'alentour, sa longue douillette de mérinos et son large habit noir, dont les parements déboutonnés couvraient un peu ses mains charnues, de fort belles mains, et qui n'avaient jamais de gants, comme pour être plus promptes à plonger dans les misères. Dédaigneux des croix, des titres et des académies, hospitalier, libéral, paternel avec les pauvres et pratiquant la vertu sans y croire, il eût presque passé pour un saint si la finesse de son esprit ne l'eût fait craindre comme un démon. Son regard, plus tranchant que ses bistouris, vous descendait droit dans l'âme et désarticulait tout mensonge à travers les allégations et les pudeurs. Et il allait ainsi, plein de cette majesté débonnaire que donnent la conscience d'un grand talent, de la fortune, et quarante ans d'une existence laborieuse et irréprochable.

Il fronça les sourcils dès la porte, en apercevant la face cadavéreuse d'Emma étendue sur le dos, la bouche ouverte. Puis, tout en ayant l'air d'écouter Canivet, il se passait l'index sous les narines et répétait :

« C'est bien, c'est bien. »

Mais il fit un geste lent des épaules. Bovary l'observa : ils se regardèrent ; et cet homme, si habitué pourtant à l'aspect des douleurs, ne put retenir une larme qui tomba sur son jabot.

Il voulut emmener Canivet dans la pièce voisine. Charles le suivit.

« Elle est bien mal, n'est-ce pas ? Si l'on posait des sinapismes ? je ne sais quoi ? Trouvez donc quelque chose, vous qui en avez tant sauvé ! »

Charles lui entourait le corps de ses deux bras, et il le contemplait d'une manière effarée, suppliante, à demi pâmé contre sa poitrine.

« Allons, mon pauvre garçon, du courage ! Il n'y a plus rien à faire. »

Et le docteur Larivière se détourna.

« Vous partez ?

— Je vais revenir. »

Il sortit, comme pour donner un ordre au postillon, avec le sieur Canivet, qui ne se souciait pas non plus de voir Emma mourir entre ses mains.

Le pharmacien les rejoignit sur la place. Il ne pouvait, par tempérament, se séparer des gens célèbres. Aussi conjura-t-il M. Larivière de lui faire cet insigne honneur d'accepter à déjeuner.

On envoya bien vite prendre des pigeons au *Lion d'or*, tout ce qu'il y avait de côtelettes à la boucherie, de la crème chez Tuvache, des œufs chez Lestiboudois, et l'apothicaire aidait lui-même aux préparatifs, tandis que madame Homais disait, en tirant les cordons de sa camisole :

« Vous ferez excuse, monsieur ; car, dans notre malheureux pays, du moment qu'on n'est pas prévenu la veille…

— Les verres à pattes ! ! ! souffla Homais.

— Au moins, si nous étions à la ville, nous aurions la ressource des pieds farcis.

— Tais-toi !… À table, docteur ! »

Il jugea bon, après les premiers morceaux, de fournir quelques détails sur la catastrophe :

« Nous avons eu d'abord un sentiment de siccité au pharynx, puis des douleurs intolérables à l'épigastre, superpurgation, coma.

— Comment s'est-elle donc empoisonnée ?

— Je l'ignore, docteur, et même je ne sais pas trop où elle a pu se procurer cet acide arsénieux. »

Justin, qui apportait alors une pile d'assiettes, fut saisi d'un tremblement.

« Qu'as-tu ? » dit le pharmacien.

Le jeune homme, à cette question, laissa tout tomber par terre, avec un grand fracas.

« Imbécile ! s'écria Homais, maladroit ! lourdaud ! fichu âne ! »

Mais, soudain, se maîtrisant :

« J'ai voulu, docteur, tenter une analyse, et *primo*, j'ai délicatement introduit dans un tube…

— Il aurait mieux valu, dit le chirurgien, lui introduire vos doigts dans la gorge. »

Son confrère se taisait, ayant tout à l'heure reçu confidentiellement une forte semonce à propos de son émétique, de sorte que ce bon Canivet, si arrogant et verbeux lors du pied bot, était très modeste aujourd'hui ; il souriait sans discontinuer, d'une manière approbative.

Homais s'épanouissait dans son orgueil d'amphitryon, et

l'affligeante idée de Bovary contribuait vaguement à son plaisir, par un retour égoïste qu'il faisait sur lui-même. Puis la présence du docteur le transportait. Il étalait son érudition, il citait pêle-mêle les cantharides, l'upas, le mancenillier, la vipère...

« Et même j'ai lu que différentes personnes s'étaient trouvées intoxiquées, docteur, et comme foudroyées par des boudins qui avaient subi une trop véhémente fumigation ! Du moins, c'était dans un fort beau rapport, composé par une de nos sommités pharmaceutiques, un de nos maîtres, l'illustre Cadet de Gassicourt ! »

Madame Homais réapparut, portant une de ces vacillantes machines que l'on chauffe avec de l'esprit-de-vin ; car Homais tenait à faire son café sur la table, l'ayant, d'ailleurs, torréfié lui-même, porphyrisé lui-même, mixtionné lui-même.

« *Saccharum*, docteur », dit-il en offrant du sucre.

Puis il fit descendre tous ses enfants, curieux d'avoir l'avis du chirurgien sur leur constitution.

Enfin M. Larivière allait partir, quand madame Homais lui demanda une consultation pour son mari. Il s'épaississait le sang à s'endormir chaque soir après le dîner.

« Oh ! ce n'est pas le *sens* qui le gêne. »

Et, souriant un peu de ce calembour inaperçu, le docteur ouvrit la porte. Mais la pharmacie regorgeait de monde, et il eut grand'peine à pouvoir se débarrasser du sieur Tuvache, qui redoutait pour son épouse une fluxion de poitrine, parce qu'elle avait coutume de cracher dans les cendres ; puis de M. Binet, qui éprouvait parfois des fringales, et de madame Caron, qui avait des picotements ; de Lheureux, qui avait des vertiges ; de Lestiboudois, qui avait des rhumatismes ; de madame Lefrançois, qui avait des aigreurs. Enfin les trois chevaux détalèrent, et l'on trouva généralement qu'il n'avait point montré de complaisance.

L'attention publique fut distraite par l'apparition de

M. Bournisien, qui passait sous les halles avec les saintes huiles.

Homais, comme il le devait à ses principes, compara les prêtres à des corbeaux qu'attire l'odeur des morts, la vue d'un ecclésiastique lui était personnellement désagréable, car la soutane le faisait rêver au linceul, et il exécrait l'une un peu par épouvante de l'autre.

Néanmoins, ne reculant pas devant ce qu'il appelait *sa mission*, il retourna chez Bovary en compagnie de Canivet, que M. Larivière, avant de partir, avait engagé fortement à cette démarche ; et même, sans les représentations de sa femme, il eût emmené avec lui ses deux fils, afin de les accoutumer aux fortes circonstances, pour que ce fût une leçon, un exemple, un tableau solennel qui leur restât plus tard dans la tête.

La chambre, quand ils entrèrent, était toute pleine d'une solennité lugubre. Il y avait sur la table à ouvrage, recouverte d'une serviette blanche, cinq ou six petites boules de coton dans un plat d'argent, près d'un gros crucifix, entre deux chandeliers qui brûlaient. Emma, le menton contre sa poitrine, ouvrait démesurément les paupières, et ses pauvres mains se traînaient sur les draps, avec ce geste hideux et doux des agonisants qui semblent vouloir déjà se recouvrir du suaire. Pâle comme une statue et les yeux rouges comme des charbons, Charles, sans pleurer, se tenait en face d'elle au pied du lit, tandis que le prêtre, appuyé sur un genou, marmottait des paroles basses.

Elle tourna sa figure lentement et parut saisie de joie à voir tout à coup l'étole violette, sans doute retrouvant au milieu d'un apaisement extraordinaire la volupté perdue de ses premiers élancements mystiques, avec des visions de béatitude éternelle qui commençaient.

Le prêtre se releva pour prendre le crucifix ; alors elle allongea le cou comme quelqu'un qui a soif, et, collant ses lèvres sur le corps de l'Homme-Dieu, elle y déposa de toute sa force expirante le plus grand baiser d'amour qu'elle eût jamais donné. Ensuite, il récita le *Misereatur* et l'*Indulgentiam*, trempa son pouce droit dans l'huile et commença les onctions : d'abord sur les yeux, qui avaient tant convoité toutes les somptuosités terrestres ; puis sur les narines, friandes de brises tièdes et de senteurs amoureuses ; puis sur la bouche, qui s'était ouverte pour le mensonge, qui avait gémi d'orgueil et crié dans la luxure ; puis sur les mains, qui se délectaient aux contacts suaves, et enfin sur la plante des pieds, si rapides autrefois quand elle courait à l'assouvissance de ses désirs, et qui maintenant ne marcheraient plus.

Le curé s'essuya les doigts, jeta dans le feu les brins de coton trempés d'huile, et revint s'asseoir près de la moribonde pour lui dire qu'elle devait à présent joindre ses souffrances à celles de Jésus-Christ et s'abandonner à la miséricorde divine.

Et finissant ses exhortations, il essaya de lui mettre dans la main un cierge bénit, symbole des gloires célestes dont elle allait tout à l'heure être environnée. Emma, trop faible, ne put fermer les doigts, et le cierge, sans M. Bournisien, serait tombé à terre.

Cependant, elle n'était pas aussi pâle, et son visage avait une expression de sérénité comme si le sacrement l'eût guérie.

Le prêtre ne manqua point d'en faire l'observation, il expliqua même à Bovary que le Seigneur, quelquefois, prolongeait l'existence des personnes lorsqu'il le jugeait convenable pour le salut ; et Charles se rappela un jour où, ainsi près de mourir, elle avait reçu la communion.

« Il ne fallait peut-être pas se désespérer », pensa-t-il.

En effet, elle regarda tout autour d'elle, lentement, comme quelqu'un qui se réveille d'un songe, puis, d'une voix distincte, elle demanda son miroir, et elle resta penchée dessus quelque temps, jusqu'au moment où de grosses larmes lui découlèrent des yeux. Alors elle se renversa la tête en poussant un soupir et retomba sur l'oreiller.

Sa poitrine aussitôt se mit à haleter rapidement. La langue tout entière lui sortit hors de la bouche ; ses yeux, en roulant, pâlissaient comme deux globes de lampe qui s'éteignent, à la croire déjà morte, sans l'effrayante accélération de ses côtes, secouées par un souffle furieux, comme si l'âme eût fait des bonds pour se détacher. Félicité s'agenouilla devant le crucifix, et le pharmacien lui-même, fléchit un peu les jarrets, tandis que M. Canivet regardait vaguement sur la place. Bournisien s'était remis en prière, la figure inclinée contre le bord de la couche, avec sa longue soutane noire qui traînait derrière lui dans l'appartement. Charles était de l'autre côté, à genoux, les bras étendus vers Emma. Il avait pris ses mains et il les serrait, tressaillant à chaque battement de son cœur, comme au contre-coup d'une ruine qui tombe. À mesure que le râle devenait plus fort, l'ecclésiastique précipitait ses oraisons : elles se mêlaient aux sanglots étouffés de Bovary, et quelquefois tout semblait disparaître dans le sourd murmure des syllabes latines, qui tintaient comme un glas de cloche.

Tout à coup, on entendit sur le trottoir un bruit de gros sabots, avec le frôlement d'un bâton ; et une voix s'éleva, une voix rauque, qui chantait :

> Souvent la chaleur d'un beau jour
> Fait rêver fillette à l'amour.

Emma se releva comme un cadavre que l'on galvanise, les cheveux dénoués, la prunelle fixe, béante.

Pour amasser diligemment
Les épis que la faux moissonne,
Ma Nanette va s'inclinant
Vers le sillon qui nous les donne.

« L'Aveugle ! » s'écria-t-elle.

Et Emma se mit à rire, d'un rire atroce, frénétique, désespéré, croyant voir la face hideuse du misérable, qui se dressait dans les ténèbres éternelles comme un épouvantement.

Il souffla bien fort ce jour-là,
Et le jupon court s'envola !

Une convulsion la rabattit sur le matelas. Tous s'approchèrent. Elle n'existait plus.

Du tableau au texte

Bertrand Leclair

Du tableau au texte

L'Amazone
de Gustave Courbet

… la douceur lumineuse du visage, pourtant ciselé sans concession…

L'Amazone n'est pas un portrait de lumière ou, plus exactement, la lumière y est résolument concentrée dans le visage harmonieux du modèle, un visage doux et limpide où se conjuguent à merveille les blancs et les roses et qu'on a longtemps identifié à celui de Louise Colet, la maîtresse de Flaubert à l'époque où il écrivait *Madame Bovary.* Dans une palette restreinte mais remarquable d'équilibre, le costume noir et le paysage sommairement rendu sous un ciel tourmenté mettent en valeur, par contraste, la douceur lumineuse du visage, pourtant ciselé sans concession (le nez très long, le menton fuyant légèrement dans l'ombre ne correspondent pas aux canons de la beauté). S'il valorise la taille, le costume noir et encombrant, dans la moitié inférieure du tableau, se fond avec le vert sombre du feuillage, renforçant l'effet naturel d'un tableau peint en plein air, ce qui participe de sa grande modernité.

… si l'effet qu'elles provoquent est magnifique, les mains ne sont pas belles…

Mais ce qui stupéfie, dans ce portrait, ce sont les mains. Elles sont les deux autres points lumineux du tableau. Les gants très fins les rendent excessivement blanches ; si l'effet qu'elles provoquent est magnifique, les mains ne sont pas belles, et semblent même osseuses et veinées. L'attribut du pouvoir qu'est la cravache dont le pommeau comme le haut d'un sceptre dépasse de la main droite ne parvient pas à leur donner une noblesse que le peintre d'évidence n'a pas cherché à rendre. Les deux mains ressortent d'autant plus de la composition que, avec l'unique manchette visible, elles trouent de leur blancheur la masse sombre qui domine le bas du tableau. Rappelons que Courbet appliquait sur sa toile un fond noir pour éclairer ensuite les points saillants, disait-il, comme fait la lumière naturelle. Les tons clairs en paraissent d'autant plus luisants quand tout vient du noir, quand tout vient du négatif pourrait-on dire en guise d'allusion à la technique de la photographie qui allait bientôt révolutionner l'art de peindre. L'impression laissée par le blanc des mains, en l'occurrence, est d'autant plus curieuse que le mouvement du vêtement, dont une fois descendu de cheval il convient de porter la queue sur le bras gauche, interrompt le lien du corps et de l'avant-bras : le geste esquissé par la main gauche ramenée vers le ventre peut provoquer chez le spectateur l'impression qu'elle est extérieure au modèle, qu'elle surgit d'un autre corps invisible au regard du spectateur pour prendre ou appréhender plutôt que pour désigner. On peut alors se rappeler comment, le premier jour où Charles Bovary vit Emma, qui cousait, il observa sa main (Flaubert l'écrit au singulier), qu'elle n'avait pas belle, dit-il, mais « un peu sèche aux phalanges ; elle était trop longue aussi et sans molles inflexions de lignes sur les contours. Ce qu'elle avait de beau, c'étaient les yeux : quoiqu'ils fussent bruns, ils semblaient noirs à cause des cils ».

… *« on se sentait près d'elle pris par un charme glacial »*

Du livre à ce portrait d'une amazone, on pourrait évidemment, sachant bien que c'est aussi l'affaire de l'imagination du lecteur, multiplier les passerelles. Devenue mère, installée à Yonville-l'Abbaye, « Emma maigrit, ses joues pâlirent, sa figure s'allongea. Avec ses bandeaux noirs, ses grands yeux, son nez droit, sa démarche d'oiseau, et toujours silencieuse maintenant, ne semblait-elle pas traverser l'existence en y touchant à peine, et porter au front la vague empreinte de quelque prédestination sublime ? Elle était si triste et si calme, si douce à la fois et si réservée, que l'on se sentait près d'elle pris par un charme glacial, comme l'on frissonne dans les églises sous le parfum des fleurs mêlé au froid des marbres. Les autres n'échappaient pas à cette séduction ». Ce charme étrange qui vous prend face à l'air si calme d'une jeune femme dont les grands yeux accentuent le caractère réservé mais décidément rêveur (quel signe du destin attend-elle ainsi, l'amazone ?), ne croirait-on pas le reconnaître, face à la toile de Courbet ?

Évidemment, madame Bovary, ce n'est pas elle, puisque c'est lui, Flaubert, on a assez insisté sur ce qu'il en aurait dit, une fois, au tribunal, et qu'il n'a jamais répété ni écrit ensuite, à savoir que : « Madame Bovary, c'est moi, d'après moi ! » La poétesse Louise Colet (1810-

1876) n'en reste pas moins intimement liée à la lente élaboration de *Madame Bovary*. Destinataire de la plupart des lettres dans lesquelles Gustave Flaubert évoquait son travail, elle était alors sa maîtresse — et force est de rappeler que le temps de l'écriture de *Madame Bovary* et le temps de leur liaison dès l'abord tumultueuse, et qui fut adultère jusqu'à la mort en 1851 d'Hippolyte Colet, ne sont pas loin de concorder.

... pourquoi l'on a si longtemps voulu voir Louise Colet dans ce portrait...

Entré au Metropolitan Museum of Art sous le titre *Portrait of Louise Colet*, en 1929, le tableau de Gustave Courbet provenait de la célèbre collection constituée au tournant des XIXe et XXe siècles par Henry Osbonne Havemeyer et sa femme. La toile n'avait jamais été exposée par le peintre lui-même, et elle était restée jusqu'en 1906 la propriété de Théodore Duret. Des critiques, depuis, ont contesté l'identification du modèle à celle que Flaubert non sans dérision appelait la Muse (car à tourner résolument la page romantique, sa muse l'amuse), estimant que le portrait serait plutôt celui d'une certaine Mme Clément Laurier ; il aurait été peint à l'occasion de son mariage, en 1856, pour faire pendant au portrait du mari, réalisé un an plus tôt dans un format identique. La certitude n'est pas acquise, pas plus qu'on ne sait pourquoi le portrait a longtemps été considéré comme celui de Louise Colet : c'est l'écrivain Georges Riat (1870-1905), l'un des premiers spécialistes reconnus de Courbet, qui l'a affirmé, et l'a affirmé comme une certitude acquise, mais sans rien livrer de sa source. Du reste, et plutôt que de le tenir pour sien, il est sans doute plus intéressant de se demander pourquoi l'on a si longtemps voulu voir Louise Colet dans ce portrait qui serait donc celui d'une jeune femme mariée l'année même de la publication de *Madame Bovary*.

... cette scène cavalière se joue en costume d'amazone...

La toile, qui est rarement répertoriée parmi les chefs-d'œuvre de Courbet, mais que le peintre américain Mary Cassatt, amie de la famille Havemeyer, estimait être « le plus beau portrait de femme peint par Courbet » (sans doute y voyait-elle un pas décisif vers l'impressionnisme), est désormais intitulée, tantôt *L'Amazone*, tantôt *Femme en habit de cavalière*. On peut penser que l'habit de cavalière, qui a souvent attiré les peintres de l'époque (que l'on songe au superbe *Amazone à cheval* d'Édouard Manet), n'est pas étranger à la légende du tableau : le costume va bien à Louise Colet, qui fut peut-être une médiocre poétesse (c'est en général ce que l'histoire, qui ne fait pas de cadeau, en retient), mais n'en est pas moins une figure importante dans l'histoire des femmes, de leur conquête de l'autonomie. Et puis faut-il rappeler que l'une des plus grandes scènes de *Madame Bovary*, la première scène d'adultère qui rappela le soir même à Emma « les héroïnes des livres qu'elle avait lus, et la légion lyrique de ces femmes adultères se mit à chanter dans sa mémoire avec des voix de sœurs qui la charmaient », que cette scène cavalière se joue en costume d'amazone ? Le costume, que Charles Bovary avait voulu qu'on commandât à Emma, n'était d'ailleurs pas propice à la marche dans la forêt, une fois les chevaux attachés : « sa robe trop longue l'embarrassait, bien qu'elle la portât relevée par la queue, et Rodolphe, marchant derrière elle, contemplait entre ce drap noir et la bottine noire, la délicatesse de son bas blanc, qui lui semblait quelque chose de sa nudité ». Fascinante précision des virgules, qui sont à frémir, dans la forêt du texte !

Rappelons encore que c'est à Louise Colet qu'entre autres choses merveilleuses Flaubert rendit compte de l'exaltation éprouvée le jour de décembre 1853 où il écrivit cette scène : « N'importe, bien ou mal, c'est une délicieuse chose que d'écrire ! que de ne plus être soi, mais de circuler dans toute la création dont on parle. Aujourd'hui, par exemple, homme et femme tout ensemble, amant et maîtresse à la fois, je me suis promené à cheval dans une forêt, par une après-midi d'automne, sous des feuilles jaunes, et j'étais les chevaux, les feuilles, le vent, les paroles qu'ils se disaient et le soleil rouge qui faisait s'entre-fermer leurs paupières noyées d'amour. »

... le faisceau de correspondances, rêveuses plutôt que scientifiques...

Un peu moins grand que nature (il mesure 115 cm sur 90), *L'Amazone,* donc, a été peint par Gustave Courbet selon les sources en 1856 (l'année de la publication de *Mme Bovary* dans *La Revue de Paris*) ou en 1857 (l'année du procès puis de la parution en volume). Les deux œuvres sont strictement contemporaines. Elles sont extrêmement modernes, tout aussi bien, en ces années où le romantisme bat la campagne, où Flaubert veut écrire « sur rien » mais avec une rigueur toute scientifique, où Courbet bataille dans les rangs des « réalistes » et en appelle lui aussi à une plus grande science du geste artistique.

On sait le succès contesté mais immédiat et sans cesse grandissant qu'a connu *Madame Bovary*, et l'on peut se demander si la façon dont le roman a marqué son temps et effrayé le bourgeois n'est pas à l'origine du faisceau de correspondances, rêveuses plutôt que scientifiques pour le coup, qui ont incité la critique a reconnaître la muse de Flaubert dans l'amazone de Courbet.

Quand bien même Flaubert récusait l'idée qu'on puisse confondre sa vie avec celle de ses personnages, ce qu'il écrit est évidemment nourri de ce qu'il vit, et si elle n'est pas le modèle d'Emma Bovary, Louise Colet très certainement lui a prêté quelques sentiments, de nombreux gestes, des regards et des mots. Louise Colet exhala d'ailleurs une méchante rancœur à ce titre, dès la publication de *Madame Bovary*, puisque, avant même de régler ses mécomptes amoureux dans le roman *Lui*, y faisant de Flaubert un homme insensible, avare et pour tout dire d'une intelligence discutable (« J'ai ri à m'en rompre les côtes », écrit Flaubert une fois le livre lu), elle publia en janvier 1859 dans *Le Monde illustré* un poème sur « le roman de commis-voyageur » de Flaubert. La scène du roman dans laquelle Emma offre à Rodolphe un cachet avec la devise gravée *Amor nel cor* n'avait pu que lui rappeler qu'elle avait fait le même présent à son amant : « Eh bien dans un roman de commis-voyageur / Qui comme un air malsain soulève le cœur / Il a rallié ce don en une phrase plate / Mais il garde pourtant le beau cachet d'agathe. »

… *Le costume d'amazone aux airs masculins et conquérants lui va d'autant mieux…*

Ces alexandrins de la Muse, il faut le reconnaître, ont des relents de mauvaise cuisine, et ne font pas honneur aux nombreuses distinctions qu'en tant que poétesse elle a pu recevoir (elle fut primée quatre fois par l'Académie au long de sa carrière de femme de lettres). Pour autant, il est un peu rapide de renvoyer Louise Colet à la caricature qu'on en brosse souvent. On ne peut d'ailleurs que regretter amèrement que Caroline Commanville, la nièce de Flaubert, ait brûlé après la mort de son oncle les quelque trois cents lettres de la Muse, au prétexte qu'il s'y trouvait trop « d'horreurs » ; on imagine mal, en effet, une correspondance aussi géniale à sens unique : on imagine mal que Flaubert ait écrit tant de lettres aussi longues et décisives sans que sa correspondante ait eu le répondant nécessaire à l'alimenter — quand bien même, à la fin de leur relation, Flaubert, lisant ses manuscrits, lui infligeait des corrections d'une violence d'autant plus spectaculaire qu'elles étaient… indéniablement justifiées (« non, la fleur éclate *en s'épanouissant*, mais elle n'éclate pas épanouie. Quand elle éclate, elle n'a pas pour qualité, pour attribut d'être épanouie », écrit-il comme on gifle à propos d'un vers de sa maîtresse en avril 1854, et la brûlure a dû longtemps cuire au visage de la dame qui avait déjà publié une œuvre reconnue par l'Académie, quand Flaubert n'avait encore jamais rien fait paraître). Mais Louise Colet n'est certes pas le seul écrivain de son temps à avoir aux yeux de la postérité élaboré des œuvres sans grâce dans un style ampoulé, ni écrit des poèmes au goût du jour ou des romans autobiographiques dépourvus de toute mesure narcissique. Ce n'est pas sans une misogynie aussi tenace que parfois inconsciente qu'on en a souvent fait une arriviste choisissant ses flirts et ses liaisons parmi les célébrités de son époque (notamment Victor Cousin, Alfred de Musset, Alfred de Vigny et Victor Hugo), en oubliant que lesdites célébrités devaient pourtant bien lui trouver un caractère très éloigné de la caricature véhiculée depuis pour en tomber amoureux. Comme l'écrit l'essayiste Claude Burgelin dans l'article de l'*Encyclopedia Universalis* qu'il lui a consacré : « On n'a peut-être tant souligné sa vanité, ses comportements extravagants, ses outrances sentimentalo-sexuelles ou sa faiblesse littéraire que pour mieux masquer en quoi, avec sa revendication véhémente à être reconnue en tant que femme et en tant qu'auteur, Louise Colet peut symboliser un passage obligatoire dans l'histoire de l'émancipation féminine. » C'est en tout cas grâce à ses écrits que Louise Colet et sa fille purent subsister après la mort de son mari, inventant le statut nouveau de la femme de lettres qu'elle fut. Le costume d'amazone aux airs masculins et conquérants lui va d'autant mieux.

… *« Loin de moi ceux qui se prétendent réalistes, naturalistes, impressionnistes »*….

Il n'en reste pas moins fort paradoxal, cependant, et malgré toutes les bonnes raisons que l'on peut avancer, de mettre en regard de *Madame Bovary* une toile de Gustave Courbet quand, et c'est le moins que l'on puisse dire, Flaubert ne l'appréciait guère. Le second semble même avoir éprouvé presque de l'aversion à l'encontre du premier, en tout cas après la Commune à laquelle le peintre avait pris une part active (accusé d'être le seul responsable de la démolition de la colonne Vendôme, il le paya durement, contraint à l'exil pour fuir des amendes vertigineuses après avoir été traduit en conseil de guerre et emprisonné six mois). Il faut préciser, avant de tenter d'expliquer cet antagonisme, que d'évidence les peintres novateurs intéressaient peu l'écrivain. Si l'on ne peut pas dire que Flaubert n'a entretenu aucun rapport à la peinture — on sait par exemple que *La Tentation de saint Antoine* lui a été inspiré par le tableau de Breughel qu'il a vu à Gênes en 1845, « ensemble fourmillant, grouillant et ricanant d'une façon grotesque et emportée, sous la bonhomie de chaque détail » —, la peinture de son temps l'a laissé indifférent. L'ensemble de la correspondance se montre extrêmement chiche en renvois aux peintres contemporains. C'est tout aussi vrai des romantiques Géricault et Delacroix, qui sont à peine mentionnés, que de leurs successeurs ; ainsi n'est-il question qu'une seule fois d'Édouard Manet, à la peinture duquel Flaubert écrit d'ailleurs qu'il « ne comprend goutte ». Gustave Courbet n'est donc pas le seul des grands peintres de son temps à être ignoré voire maltraité par Flaubert. Sept ans après la Commune, alors que les passions politiques commencent à s'apaiser, Flaubert résume sans doute sa pensée lorsqu'il répond au critique Camille Lemonnier qui vient de lui faire parvenir son ouvrage sur Courbet : « Un mot profond m'a fait rêver : "Il n'a pas eu la peur sacrée de la Forme." Rien de plus juste. — Et c'est pourquoi cet habile homme n'était pas des plus grands. Ce qui me déplaît en lui c'est le côté charlatan. Du reste, je n'aime les doctrinaires d'aucune espèce. À bas les Pions ! Loin de moi ceux qui se prétendent réalistes, naturalistes, impressionnistes. Tas de farceurs, moins de paroles et plus d'œuvres ! »

De l'origine politique de cette animosité, on trouve trace dans la correspondance, dès 1865, dans une lettre aux frères Goncourt datée de 1865. Flaubert vient de « lire le livre de Proudhon sur *L'Art* ! On a désormais le maximum de la Pignouferie socialiste. C'est curieux, parole d'honneur ! [...] Chaque phrase est une ordure. Le tout à la gloire de Courbet ! et pour la démolition du romantisme ! Ô saint Polycarpe ! ».

... être amalgamé au courant réaliste qu'incarnait Courbet sur la scène artistique...

La réaction de Flaubert est d'autant plus vive que, dès 1859, l'ouvrage d'un critique affirmait avec le plus grand dédain que « entre M. Courbet et M. Gustave Flaubert, il n'y a que la différence d'un pinceau et d'une plume. C'est assez dire que ce dernier est aussi un réaliste ». Alors même que, durant le procès que lui a valu la publication de *Madame Bovary*, il avait dû se battre contre un ministère public qui flétrissait le « réalisme » de son roman, c'est-à-dire sa vulgarité, le fait d'être amalgamé au courant réaliste qu'incarnait Courbet sur la scène artistique avait de quoi faire bondir Flaubert qui récusa toujours, dans son écriture même (et tout d'abord en écrivant *Salammbô* juste après *Madame Bovary*), tout lien avec le réalisme, et plus tard le naturalisme, malgré l'admiration que lui ont vouée aussi bien Émile Zola que Joris-Karl Huysmans.

Courbet, au contraire, l'adopta, et l'imposa, ce terme de réaliste que les critiques lui avaient d'abord collé comme une insulte : « Reniant l'idéal faux et conventionnel, en 1848, j'arborai le drapeau du réalisme, qui seul met l'art au service de l'homme. » À l'époque où il peint *L'Amazone*, il a déjà livré maintes batailles sur ce front, affirmant vouloir, non pas faire table rase de l'histoire de l'art et du romantisme, mais rompre avec les conventions souvent dénaturées qui régnaient sur la peinture de son temps : de même qu'il revendiqua effectivement sa vie durant une proximité avec les idées « socialistes », il affirmait haut et fort son désir de peindre, non pas ce que les conventions désignent comme la beauté, mais ce que l'on voit lorsque l'on se risque à regarder le monde, lorsque tombent les œillères du bon goût revendiqué par la bourgeoisie montante.

… tout ce qui les rapprochait ne pouvait qu'accentuer l'écart majeur…

De fait, dans la rupture avec les conventions et la bataille contre l'académisme ou le goût bourgeois, beaucoup d'éléments rapprochent Courbet de Flaubert, ceux-là mêmes qui font leur modernité respective à un moment clé de l'histoire des arts (et l'on pourrait inclure parmi ces éléments la figure de Charles Baudelaire, le « héros » de la modernité qu'admirait Flaubert et dont Courbet a laissé l'un des plus beaux portraits qui soient, et qu'il eut le plus grand mal à finir : « Je ne sais comment aboutir au portrait de Baudelaire ; tous les jours il change de figure »). Mais tout ce qui les rapprochait ne pouvait qu'accentuer l'écart majeur que creusait, entre eux, la volonté de Courbet de mettre, par le biais du réalisme, « l'art au service de l'homme ».

Si *L'Amazone* n'a pas la crudité et la dimension immédiatement politique des chefs-d'œuvre qui valurent à Courbet autant de scandales et de polémiques que de renommée (ainsi des *Baigneuses* ou d'*Un enterrement à*

Ornans), il y maintient le programme qu'il s'est toujours fixé : gagner sa vie par le moyen de son art, mais sans jamais « dévier d'un cheveu de ses principes », « sans mentir un seul instant à sa conscience » — et c'est bien ce qui fait la force et la vérité de ce portrait, une volonté de peindre ce que l'on voit plutôt que ce qu'il faudrait voir pour réaliser une jolie composition. C'est en cela aussi, qu'il ait ou non songé au destin d'Emma Bovary en peignant une jeune mariée sur le motif, que son *Amazone*, saisie dans la réalité d'un paysage animé par les forces de la nature, ouvre la voie aux impressionnistes, au moment même où *Madame Bovary*, quoique son auteur en veuille, annonce les naturalistes.

Le texte en perspective

Geneviève Winter

Genre et mouvement littéraire

Construire un art du roman au siècle du roman

1.

Des modèles aussi riches qu'écrasants

Lorsqu'il écrit, le 20 septembre 1851, à Louise Colet (1810-1876), sa maîtresse et sa « Muse », « J'ai commencé hier soir mon roman » (p. 9), Gustave Flaubert ne se contente pas de constituer en acte le projet d'écrire *Madame Bovary*, le premier roman moderne. Cette affirmation est d'abord précieuse en ce qu'elle permet de dater le début d'une aventure appelée à durer cinq ans, cinq longues années de gestation et de rédaction douloureuses. Mais elle est surtout suivie d'une déclaration d'intention plus précise qui, par deux négations surmontées, détermine le cadre générique et le style de l'entreprise : tandis qu'il se situe ouvertement dans un genre encore contesté, le futur auteur de *Madame Bovary* donne lui-même la mesure de son ambition et en indique les risques en poursuivant : « Ce n'est pas une petite affaire que d'être simple. J'ai peur de tomber dans le Paul de Kock ou de faire du Balzac chateaubrianisé. »

1. *Simplicité ou médiocrité*

On ne saurait mieux définir les enjeux du projet dans le contexte historique, littéraire et idéologique d'une époque où le roman, genre mineur jusqu'alors décliné dans un registre aristocratique, féminin et mondain ou en direction d'un lectorat populaire, est en train de s'imposer, sur le mode majeur, comme un objet protéiforme, totalisant et presque monstrueux. Car le jeune écrivain se définit d'abord par ce qu'il ne veut pas être, un Paul de Kock, auteur prolifique de romans populaires comme *La Femme, le mari et l'amant* (1829) et de vaudevilles à succès, qui perpétue la tradition d'un roman de mœurs sans ambition littéraire et emprunte ses sujets comme ses intrigues extravagantes au quotidien le plus terne et le plus médiocre : celui auquel pourtant s'attaquera l'histoire d'Emma Bovary.

2. *Se dégager de ses modèles*

Pour se faire sa propre place, Flaubert veut aussi prendre ses distances, à l'opposé de cette production médiocre, par rapport aux modèles écrasants que représentent, pour un trentenaire encore débutant, François René de Chateaubriand et Honoré de Balzac. Le premier, mort depuis trois ans, a laissé, en pleine révolution de 1848, le manuscrit des *Mémoires d'outre-tombe,* dans une caisse de bois blanc qui a inspiré à Victor Hugo une méditation à l'intérieur même de la chambre mortuaire. Mais, dans les années 1850, il est surtout connu comme le romancier d'*Atala* (1801) et de *René* (1802), le conteur, voyageur et poète, « l'Enchanteur », comme le surnomme sa sœur Lucile, qui fait vibrer la corde lyrique, entré au panthéon de la constellation romantique, tout en étant mal lu et mal compris, comme Flaubert l'écrira (8 mai 1852, p. 19). Le second, Balzac, mort en 1850, s'est emparé de la société française sous la Restauration pour transformer le roman en un parcours du monde prométhéen qui va de l'infiniment petit des « Scènes de la vie de campagne » à la noirceur des « Scènes de la vie privée », en passant par la « Vie politique », la « Vie militaire » et la « Vie parisienne ». Dans les « Scènes de la vie de province », il a créé, avec *Eugénie Grandet, Ursule Mirouët,* et surtout l'Henriette de Mortsauf du *Lys dans la Vallée* (1835-1836) ou la Dinah Piédefer de la *Muse du département* (1842), des figures de femmes dont se nourrit celle d'Emma Bovary. L'auteur de *La Physiologie du mariage* aura été le premier à s'intéresser en romancier, en théoricien et en visionnaire à la condition de ces femmes « qu'on élève comme des saintes et qu'on marie comme des pouliches », dans l'aristocratie, dans la bourgeoisie et même dans le monde rural aisé qui sera celui du bonhomme Rouault, le père d'Emma et de son époux Charles, médecin de campagne. Toute la correspondance de Flaubert atteste l'influence, intellectuelle plus qu'esthétique, que ces deux figures tutélaires, entre autres, ont exercée sur lui, mais c'est autrement sinon ailleurs qu'il veut creuser son sillon.

2.

Le roman du XIXe siècle, entre les désillusions de l'Histoire et le reflux de la vague romantique

1. *La fin du mythe révolutionnaire*

Ce n'est pas par hasard non plus que Flaubert choisit, en 1851, d'écrire un roman sur les mœurs contemporaines en province, c'est-à-dire « sur rien », selon une formule fameuse de la *Correspondance* : il ne se reconnaît ni dans l'histoire ni dans la littérature de son temps. Des six régimes politiques qui se seront succédé au cours du XIXe siècle, du Consulat à la République, tous hantés par le fantôme ou le mythe d'une révolution impossible, il en aura surtout connu quatre : dans sa jeunesse, la monarchie de Juillet (1830-1848), puis la courte deuxième République (1848-1851), le second Empire (1851-1870) et les débuts de la troisième République qui peine à s'imposer quand le solitaire de Croisset meurt en 1880. Le chantier littéraire de *Madame Bovary* s'ouvre donc sur les décombres du seul événement historique dont son auteur ait réellement été témoin, les journées révolutionnaires de 1848 : une énorme déception, un gâchis historique et idéologique définitif dont la mémoire ne s'inscrira dans l'œuvre flaubertienne que douze ans après « la » Bovary : ce sera *L'Éducation sentimentale* (1869), histoire d'une « génération perdue ».

La genèse de *Madame Bovary* se situe ainsi dans une époque orpheline de l'exaltation lyrique, de la rêverie héroïque et de la nostalgie napoléonienne qui ont vu naître le Julien Sorel de Stendhal, dans *Le Rouge et le Noir*. On n'y écrit plus de « roman romantique » dans un cadre italien, paré du double dépaysement du temps et de l'espace. La littérature des années 1850 est également très loin du monde balzacien et de l'âge d'or du roman d'apprentissage : l'énergie donnée par Balzac à ses arrivistes sans scrupules comme Rastignac, Lousteau ou Du Marsay, à ses figures messianiques comme Daniel d'Arthez ou Louis Lambert et à ses monstres comme Vautrin, s'est perdue.

2. *Le roman, miroir de la modernité au pouvoir*

Pendant que Flaubert rédige les premiers chapitres de son roman, le coup d'État du 2 décembre 1851 se prépare : en portant Louis Napoléon Bonaparte au pouvoir, l'événement affirme la toute-puissance de la bourgeoisie d'argent, décrète la faillite de tout les régimes politiques précédents et assure à la France — collatéralement pourrait-on dire — dix-neuf ans de stabilité politique, autant de jours, de nuits et d'heures d'écriture pour Flaubert, dans un régime qui lui demeure étranger mais dont il saura utiliser les meilleurs éléments pour faire connaître et reconnaître son œuvre. Tandis que Victor Hugo, surnommé le « grand crocodile » dans la correspondance d'un Flaubert, employé occasionnellement comme « boîte aux lettres » pour transmettre des messages au célèbre proscrit, a pris le chemin d'un long exil, les désillusions sanglantes de 1848 ont jeté une lumière froide et impitoyable sur l'échec des idéologies. Ni le spiritualisme romantique, ni le « nouveau christianisme » économique de Saint-Simon, ni l'utopie de Fourier, ni le socialisme à peine naissant de Proudhon et Leroux, ni le christianisme social de Lamennais et Lacordaire n'ont su donner une orientation cohérente à la fièvre révolutionnaire ou asseoir les bases d'une société à la fois démocratique et rénovée, tandis que s'esquissent le courant positiviste d'Auguste Comte et les religions du Progrès. C'est à l'ombre d'un pouvoir autoritaire que la France se modernise, que l'industrie et l'urbanisme se structurent, que les artistes s'émancipent et que l'expansion phénoménale du journalisme devient le miroir de cette mutation. Pendant que Flaubert écrit l'échec d'une jeune femme morte d'avoir trop lu et trop rêvé au fond d'une province figée dans ses traditions, la population française s'alphabétise peu à peu et entre définitivement dans la culture de l'écrit. Quelques années plus tard, la République décrétera pour tous le droit et l'obligation de s'instruire. À l'irrésolution chronique de la frêle Emma, dans la fiction, répond l'engagement politique ou littéraire de quelques contemporaines d'exception, dans la réalité : Flora Tristan ou Marie d'Agoult, par leurs actions, leurs idées et, pour la dernière, ses romans consacrés à la destinée féminine, si cruellement traitée par le *code civil*, elles posent les premiers jalons de l'émancipation. Et si on ne lit plus guère en 1850 les romans de Madame de Staël, on connaît ceux de George Sand, de Delphine de Girardin, et l'on découvre les poèmes de Marceline Desbordes-Valmore. C'est d'ailleurs grâce à sa longue liaison avec la destinataire privilégiée de sa correspondance, Louise Colet, une femme de lettres affranchie et ambitieuse, capable d'utiliser au mieux ses amants prestigieux, Alfred de Musset ou Victor Cousin, pour réussir, que Flaubert nous a livré la genèse de *Madame Bovary* et les principes du roman moderne. Le « rien » de l'époque qui voit naître et s'écrire *Madame Bovary* est finalement très actif au point de se faire entendre jusque dans le laboratoire flaubertien.

3. *Le roman contre le romantisme*

Du côté des genres littéraires, on sort, dans le trouble, d'une période d'exaltation lyrique : surdéterminée par le pouvoir de la parole poétique, la vague romantique a laissé le roman s'écrire quasiment par effraction, dans la France de 1820 à 1840. Avant l'immense projet de Balzac, qui a dû son existence à la publication en feuilletons, on s'excuse presque d'écrire des romans : on s'autorise à en absorber le sentimentalisme tout en rejetant l'artifice et les invraisemblances du romanesque traditionnel. L'exotisme et les romans d'aventures cèdent la place à l'introspection, comme dans la bibliothèque d'Emma Rouault *Paul et Virginie* (1788) de Bernardin de Saint-Pierre suit *Les Souffrances du jeune Werther* de Goethe (1774) et précède la *Corinne* (1807) de madame de Staël (voir p. 72). Pendant toute la période romantique, les romans du « moi » ont proliféré, radicalisant la tradition du roman d'analyse. *Volupté* (1834) de Sainte-Beuve et, surtout, *La Confession d'un enfant du siècle* (1836) de Musset en témoignent éloquemment : les écrivains romantiques, qui sont d'abord poètes, se sont épuisés dans leurs récits à fouailler le mal du siècle jusqu'à l'écœurement et à la consomption. Au moment où la fièvre retombe, seuls Balzac et Stendhal se sont déjà emparés des caprices de l'époque pour construire un univers original en combinant le modèle du roman historique et celui du roman d'analyse. Comme tous leurs contemporains, et Flaubert après eux, ils ont lu passionnément Walter Scott (1771-1832), capable d'intégrer des héros de fiction à un contexte historique documenté et de définir des types sociaux opposés. Allant plus loin qu'Alfred de Vigny dans *Cinq-Mars* (1826) et même Victor Hugo dans *Notre-Dame de Paris* (1831), Stendhal se sert de l'histoire au présent comme d'un repoussoir. La médiocrité des « petits faits vrais », « la vérité, l'âpre vérité » revendiquée dans l'épigraphe du *Rouge et le Noir*, soulignent l'ironie orgueilleuse et l'exaltation lucide de ses personnages, consumés dans leur recherche fiévreuse du bonheur, sans se retourner. En s'inspirant de Buffon et du modèle de la zoologie, Balzac s'est peut-être encore plus approché de ce que nous appelons aujourd'hui le roman moderne : quand il suppose dans l'*Avant-propos* de *La Comédie humaine* « qu'il existe des espèces sociales comme il y a des espèces zoologiques » ; quand il se propose, dans le sillage de Geoffroy Saint-Hilaire, d'observer et d'expliquer ses personnages comme des espèces au sein de leur environnement, il se donne ce « regard clinique », ce point de vue scientifique que Flaubert admirera chez lui, tout en rejetant d'autres aspects de cet encombrant modèle.

3.

Le roman en 1850, des principes plus qu'un mouvement

1. *Un genre protéiforme, quelques invariants*

Dans le foisonnement typologique qui caractérise la production romanesque de la première moitié du XIXe siècle et rend difficile la périodisation, il est impossible d'enfermer Flaubert, après Stendhal et Balzac, dans le carcan d'un courant. Dans leurs romans dits « de formation », le lien secret qui unit les héros, Julien, Fabrice, Lucien de Rubempré ou Félix de Vandenesse est bien celui d'un « romantisme » confronté cruellement, et par des expériences différentes, au réel. En même temps, l'ancrage des récits dans l'histoire souvent proche, l'association de personnages historiques à des figures de fiction, l'apparition de types humains et sociaux fortement caractérisés, les préoccupations philosophiques, politiques et morales constantes chez Balzac, le souci du peuple commun à Lamartine et George Sand par exemple, arrachent le roman au romanesque sans en liquider l'héritage.

Les plumes puissantes qui ont dégagé le terrain pour l'épure flaubertienne ont donc délimité un champ dans lequel chacun construit son esthétique et sa visée à partir de quelques principes communs, souvent hérités du XVIIIe siècle. Le roman a toujours pour objet des intrigues sentimentales certes, mais adossées avec plus ou moins de talent à la peinture des passions et dans un souci de vraisemblance qui s'impose à tous : la mort d'Henriette de Mortsauf dans *Le Lys dans la vallée* de Balzac fait toujours pleurer Margot. Mais depuis la « belle » mort de Julie, l'héroïne de *La Nouvelle Héloïse* (1761) de Rousseau, et celle de *Manon Lescaut*, dans le roman éponyme de l'abbé Prévost, ce dénouement généralement édifiant de l'intrigue ne peut intervenir que sur un fond nourri de réalisme social : une jeune fille de l'aristocratie peut aimer son précepteur à en mourir, une fille dite « de joie » peut être rédimée par un amour juvénile et désintéressé, une épouse maltraitée peut s'éteindre dans l'exaltation d'un nouvel amour sublimé. Légitimée par cette vraisemblance nécessaire qui ne retire pas au roman sa capacité de dépaysement, l'étude des passions, dès lors qu'elle s'inscrit dans la nature ou dans l'ordre familial et social, trouve une nouvelle justification didactique et morale. Grâce à l'étude des mœurs, le roman devient un lieu de connaissance et de réflexion. Son exigence de vérité, son ambition esthétique, sa visée formatrice et morale lui offrent, en un siècle, l'opportunité de changer de catégorie générique : c'est au mitan du XIXe siècle qu'il s'impose comme le genre littéraire majeur, polymorphe et vampirisant qu'il est resté aujourd'hui. Cette lente évolution est beaucoup plus importante pour comprendre la longue maturation du travail de Flaubert que le débat un peu oublié sur ses liens avec le réalisme.

2. *Le faux débat du réalisme*

Par une sorte de fatalité chronologique dont la lecture de la correspondance, c'est l'un de ses mérites essentiels, souligne l'inanité, la critique littéraire jusque dans les années 1970 a tenté de rattacher l'œuvre de Flaubert au courant dit « réaliste » dont les contours demeurent improbables, contrairement à ceux du naturalisme, étayé sur des textes théoriques bien identifiés. Apparu en 1834 dans la *Revue des Deux Mondes*, le terme sert en fait de mot de ralliement à tous les partisans d'une nouvelle approche du réel par l'œuvre d'art, débarrassée des oripeaux encombrants du romanesque et de l'imagination délirante. Plus usité pour qualifier l'art que la littérature, il est employé pour désigner en 1855, dans un vague parfum de scandale, la salle d'exposition des tableaux de Gustave Courbet au Salon. Cet événement donne à Jules Champfleury, le seul théoricien du « mouvement », avec Louis-Edmond Duranty, l'occasion de définir le réalisme dans une *Préface* au catalogue des œuvres présentées qui paraît en 1857, l'année du procès intenté à *Madame Bovary*. Parfaitement conscient du fait que l'expression « n'est qu'un mot de transition qui ne durera guère plus de trente ans » et de son caractère « équivoque », franchement dépréciatif en fait, Champfleury « milite » — cela suffit à l'éloigner de Flaubert — pour un art débarrassé « des mensonges versifiés » et de la « queue romantique », influencé par les méthodes scientifiques. Or, appliquée au travail de Flaubert, l'épithète « réaliste » ne peut qu'être source de malentendus. Quand il s'agit d'observer le monde « comme les myopes, jusque dans les pores du réel », Flaubert est peut-être réaliste. Mais si le réalisme désigne une représentation mimétique du monde, attentive jusqu'à la fascination au misérable et au morbide, qui se présente plus comme une science que comme un art, il s'en sépare de façon absolue. Quand le terme vient sous sa plume d'épistolier, c'est pour affirmer : « Il faut partir du réalisme pour aller jusqu'à la beauté. » La longue genèse de *Madame Bovary*, attestée par la correspondance et les quelque vingt-cinq mille pages de manuscrits déposés à la bibliothèque de Rouen, en témoigne : le passage de l'un à l'autre est difficile, la documentation, le regard clinique, ne sont pas les constituants de l'œuvre, mais des éléments qui doivent s'y fondre sans être vus. La plupart des romanciers dits « réalistes » sont tombés dans un oubli qui rappelle qu'il n'est pas aisé de s'affranchir du document pour parvenir à la singularité esthétique d'une œuvre. Et, bien qu'ils aient créé l'expression « écriture artiste » pour qualifier leur volonté de se dépasser par le style, les frères Goncourt ont échoué sur cet écueil. Comme la plupart des romans réalistes, leurs œuvres illustrent la formule de Marcel Proust (1871-1922) : « Les œuvres où il y a des théories sont comme des objets où on a laissé la marque du prix. » La correspondance de Flaubert pendant la genèse de son premier roman publié nous donne à voir la construction d'un art du roman, certainement pas la naissance d'une théorie scientiste du roman. Le roman est d'ailleurs achevé lorsque Flaubert écrit le 30 octobre 1856 à Edma Roger des Genettes :

> On me croit épris du réel tandis que je l'exècre ; car c'est en haine du réalisme que j'ai entrepris ce roman. Mais je n'en déteste pas moins la fausse réalité dont nous sommes bernés par le temps qui court.

Plus le temps passera, plus Flaubert prendra ses distances avec le courant réaliste, écrivant le 12 août 1865, aux frères Goncourt à propos d'un livre de Proudhon qui glorifie le réalisme :

> Chaque phrase est une ordure. Le tout à la gloire de Courbet ! Et pour la démolition du romantisme ! Ô saint Polycarpe !

Et c'est lui-même qui trace la ligne de partage en écrivant à George Sand, en décembre 1875 :

> Goncourt est très heureux quand il a saisi dans la rue un mot qu'il peut coller dans un livre, et moi très satisfait quand j'ai écrit une page sans assonances ni répétitions.

Le réalisme, s'il existe, ne se justifie qu'au service de l'art.

4.

La haine du bourgeois et les raisons d'un procès : le terreau du roman flaubertien

1. *Peindre un milieu familier et haï, la bourgeoisie*

En examinant l'essor puis le sacre du roman au XIXe siècle, on a souvent lié le choix du « fait vrai », la primauté de l'observation, propres au regard réaliste, à la montée en puissance de la bourgeoisie et de ses valeurs utilitaristes. La correspondance, dans sa fonction de miroir vertigineux qui oppose la première personne du singulier, utilisée dans le cadre de l'écriture privée, à l'impersonnalité de la troisième personne, revendiquée pour l'œuvre d'art en gestation, insiste à la fois sur le choix nécessaire d'un sujet simple et trivial et sur le dégoût qu'il inspire à son auteur. Les passages les plus célèbres évoquant l'« ennui » qui pèse sur la rédaction de *Madame Bovary* nous aident à situer l'œuvre dans le projet de l'auteur et le mouvement de son temps, puis à comprendre le succès qu'elle a connu mais aussi le scandale qu'elle a provoqué. La simplicité voulue de cette intrigue provinciale ne correspond ni au tempérament de Flaubert ni à ses goûts littéraires, lyriques, épiques et romantiques, mais à une époque qui s'impose comme le cadre obligé d'un roman publiable. Et le sujet haï, c'est cette vie bourgeoise mortifère dont l'épistolier est à la fois la victime, le témoin et le critique. « Honnis soient les sujets simples », écrit-il, le 3 novembre 1851. Et le 13 juin 1852 :

> Franchement la Bovary m'ennuie. Cela tient au sujet et aux retranchements perpétuels que je fais. Dans *Saint Antoine*, j'étais chez moi. Ici je suis chez le voisin.

Les lettres qui accompagnent la rédaction sont ainsi rythmées par des exclamations de dégoût : « Les fétidités bourgeoises où je patauge m'assombrissent », confesse-t-il le 22 juin 1853, puis il précise, le 26 août de la même année : « J'en aurai pris un dégoût extrême des sujets à milieu commun », et, le 12 septembre 1853 : « Ce sujet bourgeois me dégoûte. » Les médiocrités et les noirceurs de la bourgeoisie, dont Balzac puis Zola font leur miel sans réserve, explorant la réalité comme un formidable réservoir romanesque, révulsent Flaubert. Il déteste se plonger dans « les difficultés financières de la Bovary », le 17 août 1855, ou, plus généralement, dans « cette ignoble réalité dont la reproduction vous dégoûte » et « cette vie ordinaire » prise « en exécration » dont il évoque les tourments dans une lettre à son éditeur Léon Laurent-Pichat, le 2 octobre 1856. Écœuré par l'écriture de cette histoire bourgeoise, Flaubert l'est aussi par la réalité des mœurs d'un milieu qu'il subit — sa vie familiale est scandée par de petites histoires misérables et démoralisantes — mais qui lui assure aussi les moyens de vivre comme il l'entend et lui permet de se consacrer à la littérature. En cela, il radicalise la déception des artistes contemporains qui, gavés de romantisme, ont dû assister, comme à la castration de leurs rêves, au sacre de la bourgeoisie qu'ils haïssent et dont ils sont issus. Comment oublier que Charles Baudelaire, attaqué comme Flaubert pour outrage aux bonnes mœurs, au cours de la même année 1857, et finalement condamné, a choisi par la provocation et le dandysme d'échapper à une malédiction sociale de même nature ?

2. *De l'inévitable polémique au procès*

On ne peut donc pas totalement s'étonner que l'entreprise héroïque qui permit de passer du trivial à l'art ait considérablement obscurci l'horizon d'attente des lecteurs bourgeois de 1856 et choqué des institutions habituées à une représentation mimétique du réel, sublimée par une visée morale. Or, en lisant l'œuvre achevée, ceux-ci se trouveront confrontés à un miroir d'une véracité impitoyable qui traque leurs vulgarités intimes jusque dans les comportements physiques, leurs mesquineries, leurs hypocrisies, leurs lâchetés, leurs arrangements privés avec la morale et la religion défendues en public. En concentrant dans sa province normande une galerie de personnages typés par leur médiocrité fondamentale et leur appartenance à la petite bourgeoisie, du malheureux Charles au curé Bournisien en passant par Rodolphe, le hobereau, Léon le niais, Lheureux le cauteleux et l'emblématique Homais, Flaubert se prive des héros positifs et des figures aristocratiques, au sens large du terme, qui chez Stendhal et Balzac éclairaient la médiocrité bourgeoise et en justifiaient la satire. Surtout, il en prive ses lecteurs qui ne peuvent se consoler de la veulerie d'un personnage en s'identifiant à un autre : Emma et Charles, Emma et ses amants, dans le décor de Yonville, ne s'opposent pas, comme dans *Le Rouge et le Noir* où la figure lumineuse de madame de Rênal contraste avec celles de son mari et des hobereaux grotesques de Verrières. Si l'on y ajoute la dérision inhérente à l'écriture flaubertienne, on ne peut s'étonner que le roman ait immédiatement choqué une partie du public.

Dans le contexte de l'époque, la polémique était

donc inévitable. Au stade même de la relecture et de la publication dans la *Revue de Paris*, les inquiétudes et les demandes de coupures, formulées par les directeurs Maxime Du Camp et Louis-Laurent Pichat, et pour la plupart refusées par Flaubert, porteront, on le sait, sur tout ce qui renvoie les contemporains à la bassesse de leur idéologie et de leurs comportements, décomposée par l'ironie : l'épisode du fiacre, dans lequel Emma cède à son deuxième amant, Léon, saisi par le romancier dans sa folle course, les comices, l'opération du pied-bot. On lui impose cependant la suppression de la scène du fiacre et, pour partie, de la scène chez le notaire, la dernière scène avec Rodolphe ou la veillée funèbre. Il aura beau jeu de répondre que ces pages reflètent des habitudes et des codes bourgeois partagés par tous. Ainsi écrit-il à Émile Augier, le 31 décembre 1856, après avoir pris connaissance de l'acte d'accusation du procureur impérial :

> On me reproche surtout une description de l'extrême-onction qui est la paraphrase du Rituel. Tout cela est absurde et je m'y perds.

Mais si Flaubert ne s'attendait pas à un procès qui visait en réalité plus une revue jugée trop libérale que l'œuvre qu'elle publiait, les réactions hostiles, au moment de la sortie de l'ouvrage puis au procès, semblent parfois le faire jubiler. À deux correspondants différents, il signale en octobre 1857, et en précisant « Apprenez ceci pour votre joie », l'hostilité des notables locaux à travers une anecdote :

> Le curé de Canteleu tonne contre moi et arrache mon livre des mains de ses paroissiennes.

L'épistolier nous donne donc les deux raisons qui conduisent le jeune romancier à décrire dans *Madame*

Bovary des « mœurs de province » : d'abord s'inscrire dans le mouvement du siècle, mais surtout se soumettre au défi esthétique qui consiste à faire œuvre d'art avec cette bourgeoisie honnie car « il n'y a pas en littérature de beaux sujets d'art et [...] Yvetot vaut Constantinople ».

Pour prolonger la réflexion

Par la lecture de romans...

Honoré de BALZAC, *La Muse du département*, « Folio classique » n° 1542 ; *Mémoires de deux jeunes mariées*, « La bibliothèque Gallimard » n° 100 ; *Le Médecin de campagne*, « Folio classique » n° 636 ; *Le Lys dans la vallée*, « Folio classique » n° 4123.

STENDHAL, Le Rouge et le Noir, « La bibliothèque Gallimard » n° 24.

Par des ouvrages critiques sur le roman au XIXe siècle...

Éric AUERBACH, *Mimésis, la représentation de la réalité dans la littérature occidentale*, Gallimard, « Bibliothèque des Idées », 1968.

Honoré de BALZAC, *Écrits sur le roman*, Le Livre de poche, « références littérature », 2000.

Michel BUTOR, *Essais sur le roman*, Gallimard, « Idées », 1970.

Éléonore ROY-REVERZY, *Le Roman au XIXe siècle*, Sedes, « Campus », 1998.

Par des ouvrages critiques sur la question du réalisme...

Colette BECKER, *Lire le réalisme et le naturalisme*, Dunod, 1992.

Xavier BOURDENET, *Le Réalisme*, « La bibliothèque Gallimard » n° 202, série « en perspective », 2007.

Philippe HAMON, « Un discours contraint » in *Littérature et réalité*, Seuil, 1982, repris en « Points ».

Georg LUKÁCS, *Balzac et le réalisme français*, Maspero, 1967.

De l'histoire littéraire à l'histoire du texte

Madame Bovary au miroir de la correspondance

> Pourvu que mes manuscrits durent autant que moi, c'est tout ce que je veux. C'est dommage qu'il me faudrait un trop grand tombeau ; je les ferais entrer avec moi comme un sauvage fait de son cheval. — Ce sont ces pauvres pages-là, en effet, qui m'ont aidé à traverser la longue plaine. (Lettre à Louise Colet du 3 avril 1852)

ÉTUDIER LA GENÈSE D'UNE ŒUVRE littéraire, à travers toutes les traces laissées par son auteur, n'est devenu qu'assez récemment une méthode d'analyse codifiée, relevant à la fois de l'histoire littéraire et de ce qu'on appelle aujourd'hui la « critique génétique ». Cette dernière démarche se nourrit de travaux connus sous le nom d'« histoire du texte » ou « génétique textuelle » : ils s'attachent scientifiquement à définir les étapes de composition d'une œuvre à partir des manuscrits successifs. Ce point de vue complète celui de l'histoire littéraire qui, dès le XIXe siècle, mais surtout au début du XXe, permet d'étudier la littérature en examinant ses conditions historiques et biographiques de production. L'ancien classement par genres rhétoriques a, en effet, cédé la place à une organisation par périodes historiquement scandées par des courants et des mouvements littéraires. De Sainte-Beuve à Lanson, en passant par Taine et Brunetière, s'élabore alors la critique des « sources » : elle ne cherche pas à analyser le processus de composition d'un texte mais à en définir l'originalité, le sens profond voire « l'intention » par rapport à des modèles ou à des influences, à l'inscrire dans un *continuum* historique. Parallèlement, les correspondances d'écrivains, très répandues, notamment au XVIIIe siècle, parfois d'un volume considérable comme celle de Voltaire, constituent peu à peu un genre littéraire en lui-même, plutôt mondain, avec ses canons et son esthétique. Longtemps on s'arrête à l'idée qu'elle éclaire davantage sur l'homme ou la femme écrivain que sur ses écrits.

1.

La naissance de la génétique

1. *À la recherche des documents de travail*

La méthode génétique d'analyse des œuvres littéraires se fonde, quant à elle, sur des documents dont on n'a commencé à disposer que récemment, c'est-à-dire les strates de rédaction qui constituent ce qu'on appelle l'« avant-texte » d'une œuvre, plans, notes, fiches, brouillons, manuscrits successifs. Elle se donne explicitement pour objet l'étude du processus qui, du projet jusqu'au livre imprimé, transforme une idée vague en un texte littéraire. Elle ne peut porter que sur des écrits postérieurs au XVIIIe siècle, puisque jusqu'à cette époque il existe très peu de traces de ce que nous appelons aujourd'hui « le travail de l'écrivain ». Avant la naissance de l'imprimerie, et jusqu'au XVIIe siècle, le manuscrit et ses différentes copies ne laissent apparaître que des versions difficiles à dater ou à hiérarchiser en fonction de leurs variantes. Aux XVIe et XVIIe siècles, les préfaces, épîtres dédicatoires et autres avertissements au lecteur précisent certaines des intentions de l'auteur. Mais ils sont surtout destinés à se concilier la bienveillance du lecteur ou à éviter la censure en se référant aux normes tolérées et, surtout, aux bonnes mœurs. On n'en retire que peu d'indications sur le processus d'écriture. Il faut attendre que tous les textes littéraires soient diffusés sous forme de livres imprimés pour qu'apparaisse la notion de « manuscrit original » et pour que l'on puisse identifier les différentes étapes et versions manuscrites d'un texte publié. À la fin du XVIIIe siècle, alors que se formalise la notion de « propriété littéraire », les écrivains eux-mêmes commencent à conserver les preuves manuscrites de leur travail. Ce souci est d'abord symbolique : le manuscrit autographe affirme l'authenticité d'une aventure créatrice et, quand il s'agit d'un grand écrivain et d'un grand texte, devient un objet de collection précieux que les bibliophiles se disputent. En conservant les manuscrits de *Madame Bovary,* légués par son unique héritière à la bibliothèque de la ville de Rouen, Gustave Flaubert a peut-être subodoré l'intérêt scientifique propre à ces traces, ouvrant ainsi la voie aux écrivains qui aujourd'hui donnent leurs manuscrits à un institut spécialisé, l'Imec. Car, selon le critique Gustave Rudler, « la critique de genèse se propose de mettre à nu le travail mental d'où sort l'œuvre et d'en trouver les lois » en interrogeant les étapes de sa composition.

2. *Le travail de Flaubert, providence des chercheurs*

Dans ces conditions, la correspondance et les manuscrits des romans de Flaubert deviennent une mine d'informations pour ceux qui pratiquent ce type d'approche. Si les premiers travaux de critique génétique, portant sur Flaubert mais aussi sur Victor Hugo ou les frères Goncourt, se sont opérés sur des manuscrits et des documents de volume et de nature très différents, le cas Flaubert est unique. Volontaire ou non, sa générosité exceptionnelle à l'égard de la postérité justifierait à elle seule l'existence de la critique génétique : il a, en effet, laissé en premier lieu la **correspondance** dont ce volume ne donne qu'une sélection limitée. On a ainsi publié, entre 1926 et 1933, près de 2000 lettres aux éditions Conard, ouvrant un chantier de recherche qui, après avoir permis de lever certaines censures, a abouti à l'édition en cinq volumes de l'ensemble de la correspondance dans la Bibliothèque de la Pléiade, dernièrement achevée. S'y ajoutent les **scénarios**, **notes et brouillons** de *Madame Bovary*, conservés à la bibliothèque de Rouen. Enfin, et bien que ce type de document ait été perdu pour *Madame Bovary* ou n'ait jamais existé, le chercheur Pierre-Marc de Biasi a publié en 1988 les ***Carnets*** de Flaubert, en en précisant la nature : il s'agit d'un troisième type de document pré-rédactionnel constitué de calepins de voyage, destinés à fixer les observations nées au cours d'un déplacement, et de carnets d'idées ou de projets où se retrouvent des notes de lecture prises de façon plus sédentaire. La possibilité de mettre en perspective ces trois types de documents — deux seulement pour *Madame Bovary* — est extrêmement précieuse. En confrontant les principes d'écriture définis par la correspondance de façon très personnelle, et les scénarios successifs, on entre dans l'atelier du romancier. On peut alors mieux comprendre à quoi s'alimente le travail de l'écrivain et par quelles voies celui qui se déclarait un « homme-plume » (p. 14) est parvenu à écrire le roman d'un nouvel âge.

3. *Les quatre étapes d'écriture*

La critique génétique a pris l'habitude de distinguer quatre moments plus ou moins clairement délimités dans la gestation d'une œuvre : **la phase pré-rédactionnelle** qui voit le projet s'ébaucher, se structurer, explorer plusieurs pistes avant de choisir la bonne ; **la phase rédactionnelle** qui passe par les brouillons et les ébauches pour arriver au texte définitif — très longue chez Flaubert — ; **la phase pré-éditoriale**, au cours de laquelle interviennent d'abord les demandes de corrections de l'éditeur puis les corrections sur épreuves, avant la signature par l'auteur du « bon à tirer » ; enfin **la phase éditoriale**, au cours de laquelle le manuscrit définitif, constituant la première édition, est diffusé au public tout en étant susceptible de modifications. Dans le cas particulier de *Madame Bovary*, la correspondance permet très nettement de distinguer ces étapes, la deuxième étant la plus développée.

2.

La question des sources

1. *En haine du lyrisme romantique*

D'une certaine manière, on peut dire que le projet de *Madame Bovary* apparaît comme le négatif de tous les écrits précédents de Flaubert, non publiés de son vivant et rassemblés sous le nom d'« œuvres de jeunesse ». Car le « roman sur rien » est né, après des années d'essais littéraires, d'un trop-plein : Flaubert n'a que dix ans lorsqu'il rédige, pour la fête des mères, un résumé du règne de Louis XIII, inaugurant par là un flux continu de productions diverses, entretenu par ses amitiés avec Louis Bouilhet, Ernest Chevalier ou Alfred Le Poittevin, qui partagent sa passion des lettres. Dans ces écrits de tous genres, se mêlent sur le mode exacerbé, voire morbide, les grands thèmes romantiques qui habitent le jeune homme : la mort, le diabolique, le fantastique, l'histoire...

À partir de 1840, la plume de Gustave devient plus autobiographique tandis qu'on retrouve son romantisme échevelé dans le manuscrit de la première *Tentation de saint Antoine* qui est remis pour lecture et avis à ses amis Louis Bouilhet et Maxime Du Camp peu avant son départ, le 22 octobre 1849, pour un voyage en Orient. Il y reprend une idée confiée à Ernest Chevalier dès mai 1845, différée en 1847, d'après une lettre à Louise Colet, et reprise ensuite. En mai 1849, Flaubert déclare à son oncle : « Je travaille toujours ma *Tentation* comme dix nègres. » Mais après avoir mis seize mois à rédiger ce « mystère », au sens médiéval du terme, inspiré d'un tableau de Breughel (v. 1525-1569), le verdict du comité de lecture amical réuni solennellement à Croisset est sans appel : Bouilhet et Du Camp jugent le livre impubliable du fait de son lyrisme débridé. Bien qu'il doute autant du jugement de ses amis que du sien — comme il l'avoue à sa mère en janvier 1850, « Lequel de moi ou des autres s'est trompé ? » —, Flaubert passe à un autre projet et, selon les *Souvenirs littéraires* de Maxime Du Camp, utiles, mais partiellement inexacts, il se voit orienté vers un terrain bien balisé, celui du roman de mœurs et du modèle balzacien. Ses amis lui auraient dit : « Prends un sujet terre à terre, un de ces incidents dont la vie bourgeoise est pleine, quelque chose comme *La Cousine Bette*, comme *Le Cousin Pons* de Balzac. » Le but de Bouilhet et Du Camp étant de détourner Flaubert du lyrisme dans lequel, selon eux, il se perdait et de le ramener à l'air du temps.

2. *Le rôle ambigu du fait divers*

Mais si ce récit, que l'examen des documents a fortement nuancé, suggère qu'on a immédiatement conseillé à Flaubert de se saisir d'un fait divers, rien dans la correspondance ne prouve que l'affaire retentissante de l'histoire des époux « Delamare » parfois nommés « Delaunay » soit directement à l'origine du projet. La trame narrative en est résumée en ces termes par Maxime Du Camp ; il s'agit d'« un officier de santé », c'est-à-dire une sorte de médecin auxiliaire :

> Marié en premières noces à une femme plus vieille que lui qu'il avait crue riche, il devint veuf et épousa une jeune fille sans fortune qui avait reçu quelque instruction dans un pensionnat de Rouen.

Cette « femme sans beauté », est-il précisé, « brûle la vie par les deux bouts ».

> Accablée de dettes, poursuivie par ses créanciers, battue par ses amants pour lesquels elle volait son mari, elle fut prise d'un accès de désespoir et s'empoisonna.

Si proche du roman qu'il paraisse, ce fait divers survenu en deux temps, puisque la femme s'empoisonne avant le voyage en Orient de Flaubert tandis que le mari veuf meurt après, ne constitue certainement pas l'origine essentielle du projet romanesque. *Madame Bovary* s'alimente à bien d'autres sources, tout en bénéficiant de ce support tardif. Tout indique que Flaubert a pensé d'abord à créer un type de personnage féminin et ensuite seulement à exploiter un fait divers puisque, le 4 juin 1850, il indique trois pistes à Louis Bouilhet : « Une nuit de Don Juan », « l'histoire d'Anubis, la femme qui veut se faire aimer par le Dieu » et surtout « mon roman flamand de la jeune fille qui meurt vierge et mystique entre son père et sa mère », une figure de femme qui n'est qu'en apparence éloignée de la future Emma. Plus tard, Flaubert a déjà défini depuis longtemps, dans ses lettres à Louise Colet, le cadre formel et narratif du roman et s'apprête à passer à la rédaction lorsque, le 23 juillet 1851, Du Camp lui demande explicitement :

> Qu'écris-tu ? As-tu pris un parti ? Est-ce toujours Don Juan ? Est-ce l'histoire de Madame Delamare qui est bien belle ? Comment te sens-tu ?

3. *Une thématique récurrente : la mal mariée*

Aucune lettre de Flaubert n'évoque directement l'impact de cette histoire mais, très probablement, le fait divers Delamare dont le cadre rural, et c'est important, sera choisi pour le roman, rejoint une thématique qui apparaît très tôt dans les écrits de jeunesse de Flaubert, celle de la mal mariée, déjà abondamment traitée par Balzac. Dans un texte de novembre 1837 intitulé *Passion et vertu, conte philosophique*, le très jeune homme a déjà conçu son personnage : préfigurant la future Emma Bovary, l'héroïne, coupée de la vie par ses lectures, ne supporte pas la déception causée par un mari grossier et briseur de rêves. Tandis que sa mystique de l'amour fatigue ses amants, elle empoisonne son mari pour pouvoir rejoindre en Amérique celui qui l'a abandonnée et finit par s'empoisonner elle-même. Deux autres affaires de meurtres impliquant des empoisonneuses névrosées et hystériques, contemporaines de la rédaction du roman, peuvent avoir joué un rôle à ce stade. Mais Flaubert lui-même les met à distance et nous indique comment. Dans sa lettre du 20 mars 1852 à Louise Colet (p. 60), il exprime sa méfiance :

> Je suis presque fâché que tu m'aies conseillé de lire les mémoires de Madame Lafarge [...] j'ai peur d'être entraîné plus loin que je ne veux.

Comme l'écrit finement la critique Claudine Gothot-Mersch, Flaubert « accepte ces données [du fait divers] parce qu'il les attendait ». Elles sont venues s'ajouter au type de la névrosée, exaltée, appelée à une mort tragique qui lui avait inspiré l'idée d'un roman « flamand » où se consumerait, vierge, une jeune mystique. En déplaçant le cadre vers la Normandie qui lui est familière et en éliminant la jeune fille pour retenir une femme mariée, perdue par son obsession mystique de l'amour, l'écrivain ancre davantage son histoire dans le réel. Le motif de la femme poussée à l'adultère par la désillusion intéresse d'ailleurs Flaubert depuis si longtemps que, dans un échange avec Alfred Le Poittevin du 2 avril 1845, soit plus de six ans avant la rédaction de *Madame Bovary*, il évoque comme une sorte d'enquête préliminaire sa rencontre avec la « femme perdue » dont tout Paris parle alors, Louise, épouse du sculpteur Pradier, réduite à la misère après ses adultères, déchue et privée de ses enfants. Et il précise avec un cynisme certain : « Ah ! la belle étude que j'ai faite là ! Et quelle bonne mine j'y avais ! [...] Tout cela demanderait à être écrit, détaillé, peint, ciselé. » Et, de fait, Flaubert puise dans le texte anonyme qui raconte l'histoire de Louise Pradier, les *Mémoires de Madame Ludovica*, retrouvé chez lui, quelques éléments dont il se sert pour évoquer les soucis d'argent éprouvés par son héroïne.

4. *Une question en suspens : « Madame Bovary, c'est moi »*

La correspondance permet aussi de mettre à distance certaines légendes. Ainsi la formule trop fameuse, « Madame Bovary, c'est moi », n'y figure-t-elle pas ; cette confidence orale, adressée à Amélie Bosquet, est donc invérifiable. Elle entre même en contradiction avec la profession de foi artistique que Flaubert adresse le 18 mars 1857 à une de ses premières lectrices, Marie-Sophie Leroyer de Chantepie, une demoiselle qui a reconnu sa vie gâchée dans celle d'Emma (p. 46). Flaubert y affirme haut et fort :

> Madame Bovary n'a rien de vrai. C'est une histoire totalement inventée ; je n'y ai rien mis ni de mes sentiments ni de mon existence. L'illusion (s'il y en a une) vient au contraire de l'impersonnalité de l'œuvre. C'est un de mes principes qu'il ne faut pas s'écrire. L'artiste doit être dans son œuvre comme Dieu dans la création, invisible et tout-puissant.

Mais la suite de la lettre à cette correspondante privilégiée, dont la vie évoque celle de l'héroïne mystique du « roman flamand », consumée dans ses rêves, indique à quel point le projet est complexe puisque, quelques lignes plus loin, le romancier avoue :

> J'ai longtemps, madame, vécu de votre vie. Moi aussi j'ai passé plusieurs années complètement seul à la campagne, n'ayant d'autre bruit l'hiver que le murmure du vent dans les arbres...

Et, à bien des égards, les lectures et les rêves d'Emma Bovary rejoignent ceux du jeune Flaubert tel qu'il apparaît dans ses trois œuvres de jeunesse les plus autobiographiques, *Les Mémoires d'un fou* (1838), *Novembre* (1842) et la première *Éducation sentimentale* (1845), toutes marquées par le souvenir d'un amour précoce et imprégnées du romantisme effréné qui sera celui d'Emma, personnage passablement androgyne. Comme toutes les grandes aventures romanesques, celle de *Madame Bovary* a absorbé de très nombreuses influences et la correspondance de certains détails précis avec la vie de Flaubert a été relevée. La coiffure en bandeaux noirs, par exemple, évoque celle d'Élisa Schlésinger, le grand amour de Flaubert; les détails de l'inhumation d'Emma reprennent certaines expériences douloureuses vécues par Flaubert à la mort de sa sœur Caroline, le 22 mars 1846, et à celle d'Alfred Le Poittevin, le 3 avril 1848 : une lettre à Maxime Du Camp du 7 avril 1848 authentifie l'image de la bière d'Alfred que l'on voit « osciller avec un mouvement de barque qui remue au roulis » comme modèle du cercueil d'Emma. Mais ces éléments ne suffisent pas à rendre le roman « autobiographique », au sens réducteur que le terme revêt aujourd'hui, dans lequel l'auteur se déguiserait derrière un personnage féminin. L'exaltation romantique qui a saisi, en même temps que Flaubert, ses amis et toute une génération se retrouve certes dans le roman, passée au tamis de l'impersonnalité. La correspondance en porte les traces passionnées, exprimées à la première personne, avec la verdeur et les humeurs de l'homme. Mais le roman trie, réorganise, hiérarchise, épure.

La confrontation des sources possibles ou authentiques avec les données de la correspondance permet cependant de l'affirmer : Flaubert a inventé le bovarysme avant de créer la figure d'Emma et la construction du personnage, qui a sans doute duré plus de quinze ans, a précédé de beaucoup l'invention de son histoire.

3.

La phase pré-rédactionnelle : scénarios, plans, notes, esquisses

1. *À la recherche d'une méthode*

Taraudé dès son extrême jeunesse par le désir d'écrire qu'il partage avec de proches amis, comme Louis Bouilhet, Flaubert a écrit énormément de textes courts et d'œuvres à jet continu avant son premier roman publié. Le lyrisme débordant de sa plume dans ses œuvres de jeunesse en a brouillé, semble-t-il, la composition. Mécontent de sa première *Éducation sentimentale* qu'il juge mal construite, il ne réussit pas, on l'a vu, à convaincre son comité de lecture amical des mérites de la première *Tentation de saint Antoine*, décrétée délirante et impubliable. Après avoir renoncé à publier le texte, il se fixe deux objectifs qui vont devenir obsédants : l'impersonnalité de son écriture et la cohérence d'une intrigue fondée sur l'enchaînement strict des idées et de l'action. C'est ce qui explique le nombre et la diversité des documents pré-rédactionnels.

2. *Les divers types de documents définis*

L'éditeur récent des *Plans et scénarios de* Madame Bovary, dans une présentation qui restitue fidèlement l'organisation typographique des manuscrits pré-rédactionnels, a pu mettre en évidence plusieurs types de documents préparatoires correspondant à des objectifs et à des étapes différents.

En triant et en analysant des documents dépourvus au départ de toute indication chronologique, il a distingué et classé cinq types de matériaux préparatoires. Il en a défini la fonction selon des critères rappelés ci-dessous.

— Les **scénarios** : sans rapport avec le cinéma qui n'existe pas encore, ce terme désigne depuis 1764 le canevas d'une pièce de théâtre. Flaubert l'applique au roman et en fait trois usages :

- *Scénario général* : il indique le déroulement et la progression de l'intrigue du début à la fin. On en a retrouvé trois, de plus en plus développés.
- *Scénario d'ensemble :* il porte sur une partie du roman, un ensemble de chapitres dont il faut fixer l'enchaînement et affirmer la cohérence.
- *Scénario partiel :* il indique le déroulement d'un ensemble textuel équivalent à peu près à un chapitre.

Les scénarios sont rédigés comme des notes avec des phrases nominales, le plus souvent sans liens syntaxiques. Les formules sont très synthétiques avec des ajouts en marge ou en interligne.

— Les **plans**, très proches des scénarios, se présentent sous forme de « formules titres » correspondant à des scènes du roman, présentées en colonnes et souvent numérotées, sur un mode plus scolaire : on a retrouvé un seul plan général, six plans d'ensemble et moins de dix plans partiels.

— Les **résumés** portent sur des ensembles partiels ; ils reprennent en bas de page des éléments déjà présents dans les scénarios, souvent sous forme de listes.

— Les **notes** correspondent à des éléments documentaires pris ailleurs, rappelés pour mémoire, ou à des micro-unités de texte à intégrer plus tard au récit, ou à des esquisses, plus proches des brouillons (par exemple les lectures d'Emma). L'usage prédominant reste celui de la parataxe.

— Les **esquisses** constituent une première étape de rédaction : elles se signalent par la formulation de phrases syntaxiques et le passage de l'infinitif — injonctif ou programmatique — aux modes et aux temps conjugués. C'est le document le plus proche du brouillon.

3. *La fonction et les leçons des documents prérédactionnels*

La clarté de ce classement de chercheur, établi *a posteriori*, ne rend évidemment pas compte des tâtonnements du travail de Flaubert qui, accumulant les liasses de papier, ajuste constamment une méthode qui n'est ni préétablie ni rigoureuse. La pratique du scénario semble chez lui assez ancienne comme l'atteste, au cours de la première année de rédaction de *Madame Bovary*, une lettre à Louise Colet du 15 avril 1852 :

> Pendant deux hivers de suite, à Rouen, 1847 et 1848, tous les soirs trois fois par semaine, nous faisions à nous deux avec Bouilhet des scénarios, travail qui assommait, mais que nous nous étions juré d'accomplir. Nous en avons ainsi une douzaine.

Ainsi les trois scénarios généraux manifestent le souci qu'a Flaubert d'affiner sa méthode et de contrôler de plus près la structure d'ensemble du récit. Leur évolution et les variantes qui vont modifier la trame répondent à un besoin d'enrichissement de l'intrigue toujours corrélé à la cohésion des types de personnages : le premier scénario définit avant tout la trajectoire et le caractère des protagonistes et donne une idée assez proche de ce que sera l'histoire d'Emma dans le résultat final, le mari, les amants, le choc du rêve et de la réalité, le goût fatal du luxe, l'engrenage dans les liaisons et les dettes puis la fin tragique. Mais le cadre et les scènes majeures du roman — les comices, l'opération du pied-bot —, qui servent de toile de fond à l'étude de mœurs, n'y apparaissent pas. Le futur village d'Yonville, dans lequel les contemporains voudront absolument reconnaître le bourg de Ry où vivaient les époux Delamare, est réduit à un laconique « ailleurs ». On ne retrouve pas non plus le défilé des personnages secondaires. La figure du pharmacien Homais, dont le patronyme, calqué sur le latin « homo », est censé représenter la bêtise collective de la bourgeoisie de province, n'apparaît que subrepticement comme le logeur du futur Léon.

Les éléments nouveaux et les grandes scènes vont trouver leur place au fil des scénarios successifs tandis que l'intrigue se modifie et se complique. Ainsi, alors que, dans le premier scénario général, la liaison d'Emma avec Léon, encore nommé « Amédée » à ce stade, commençait dès leur rencontre à Yonville, dans le deuxième, elle est reculée jusqu'en troisième partie à Rouen. Ce cheminement le long d'une chaîne en trois temps est précisé par une numérotation et une note de résumé en marge :

> Le vague Mr du bal la mène à Amédée le rêve flottant se fixe. Préparée de sentiments adultères en l'âme Amédée la mène à Rodolphe.

On le voit, c'est la logique du caractère d'Emma qui impose une modification de scénario beaucoup plus qu'un souci de vraisemblance ou de « suspens » romanesques.

Dans un deuxième temps, probablement, les documents partiels — scénarios, plans, résumés — établissent le principe de cohérence entre les événements puis organisent l'apparition des personnages et les relations qui les unissent. Plus profondément encore, ils permettent d'expliquer le comportement des personnages par leur caractère et combinent ce que Flaubert appelle l'« anatomie », l'observation du détail, avec le « travail psychologique caché sous la Forme » (lettre du 2 janvier 1854). Ce souci de combiner la puissance du détail avec la nécessité de l'enchaînement apparaît très fortement, en pleine rédaction, dans une lettre du 14 août 1853 (p. 42) où il est affirmé que :

> la poésie est une chose aussi précise que la géométrie. L'induction vaut la déduction, et puis, arrivé à un certain point, on ne se trompe plus sur tout ce qui est de l'âme.

Et dans une autre du 26 août 1853 (p. 45), Flaubert confie que :

> la moindre virgule dépend du plan général, l'attention se bifurque. Il faut à la fois ne pas perdre l'horizon de vue et regarder à ses pieds.

Néanmoins, la lecture de ces manuscrits préparatoires est difficile : trois ou quatre types de documents peuvent voisiner sur la même page, parfois utilisée dans les deux sens, tandis que, dans les marges, apparaissent discrètement — c'est par exemple le cas de la visite à la nourrice — des idées de scènes absentes des scénarios et qui vont jouer un rôle important dans l'économie du roman. Tous ces éléments indiquent que la méthode flaubertienne se constitue peu à peu, surdéterminée par le désir d'écrire davantage une « biographie qu'une péripétie développée » (25 juin 1853, voir p. 38) et de tenir fermement assemblées « les perles du collier ». En cours de rédaction, l'écrivain s'interrompt d'ailleurs pour produire de nouveaux documents préparatoires et il confie (26 octobre 1852, voir p. 33) :

> J'écris maintenant d'esquisse en esquisse ; c'est le seul moyen de ne pas perdre tout à fait le fil dans une machine si compliquée.

4. *De la correspondance aux scénarios : des intentions et un ton*

La confrontation de la correspondance avec le scénario n'a pas pour seul intérêt la détermination des étapes et des choix de l'écrivain. Elle nous permet de lire, entre les lignes « impersonnelles » du roman, la conception flaubertienne des intrigues et des personnages dans toute sa verdeur et sa radicalité, éclairant son véritable point de vue sur ses êtres de papier. On verra, par exemple, le mépris profond qu'inspirent à l'auteur ses personnages les plus faibles, Charles et Léon, et son souci de leur opposer une figure brutale mais dynamique d'abord appelée « le Capitaine », puis

« Théodore » avant de devenir le hobereau cynique Rodolphe. Le scénario comme la correspondance intitulent d'ailleurs clairement « baisade » la scène au cours de laquelle Rodolphe séduit Emma dans la deuxième partie. Le document de travail souligne ainsi le rôle d'initiateur brutal que joue Rodolphe dans l'éveil d'Emma au plaisir sexuel et la fuite en avant du personnage dans un délire, discrètement suggérée par l'esthétique parfaite de la page correspondante du roman, tout en ellipses et en notations subtiles.

Dans un étonnant va-et-vient, la correspondance émet des jugements souvent développés sur l'action et ses protagonistes, précise la visée artistique et morale de l'auteur, tandis que le scénario offre un raccourci saisissant de la trivialité que le roman transcende en évitant le « double abîme du lyrisme et du vulgaire » (p. 61). Ainsi, dans sa lettre du 26 octobre 1852, Flaubert déclare : « Il me faut encore quarante à cinquante pages avant d'être en plein adultère. Alors on s'en donnera et elle s'en donnera, ma petite femme. » La remarque est d'un humour d'autant plus intéressant et ambivalent qu'elle s'adresse à une maîtresse dont Flaubert contrôle parcimonieusement la présence dans sa vie : c'est pourtant à l'évidente complicité intellectuelle et sensuelle de ce couple explosif que nous devons, sur la genèse d'ensemble et les deux premières parties du roman, des informations riches et de premier plan. Quand, après la rupture définitive avec Louise en 1854, les confidences de l'écrivain changent de destinataire, leur contenu et leur ton sont profondément modifiés. Flaubert s'épanche moins dans ses lettres à Louis Bouilhet parce qu'il le voit plus souvent, parce que cet ami de toujours qu'il appellera « l'accoucheur » de son roman est un complice, et non une femme qu'il faut séduire, convaincre et… conseiller dans ses lectures et ses propres œuvres littéraires.

4.

La phase rédactionnelle : expansion, concentration, métamorphose

1. *Un scénario en mouvement perpétuel*

Il n'est pas proposé dans ce volume, en dehors de quelques extraits, d'exemples des brouillons de *Madame Bovary* qui constituent une masse considérable, accessible sur le site spécialisé de l'université de Rouen. La correspondance nous permet cependant de suivre pas à pas la composition successive des trois parties du roman. Après plusieurs changements, la structure d'ensemble se met en place. Trois étapes qui s'organisent autour de trois lieux : Tostes et la désillusion, Yonville et la diversion, Rouen et l'enlisement. Mais le travail de Flaubert, s'il se veut méthodique, ne l'est pas toujours : il passe par des retours en arrière, des reprises de scénarios, l'approfondissement ou la reprise de certaines notes. Un point est certain : au moment où Flaubert entame la rédaction proprement dite du récit, le dernier scénario général ne comporte pas certaines scènes importantes comme la noce dans la première partie, le dîner à l'auberge, la visite à la nourrice, les entretiens avec le curé et l'usurier Lheureux. Plusieurs scènes de la troisième partie manquent également comme celle du fiacre : jusqu'au bout Flaubert semble avoir hésité sur la place à donner, dans la chronologie et dans l'espace, au début de la liaison avec Léon avant d'arriver au choix du fiacre avec son point de vue si particulier.

Autre caractéristique intéressante, surtout si l'on compare le travail de Flaubert à celui de Zola ou d'autres romanciers — qui est beaucoup plus systématique, appuyé sur des fiches-personnages et des scénarios très précis —, le début du roman n'est développé dans aucun scénario sans qu'on sache si le document a été perdu ou n'a jamais existé.

2. *Du style avant toute chose !*

De la phase de rédaction, la correspondance souligne les difficultés et la durée : c'est ce qu'a mis en lumière le travail des chercheurs quand ils ont tenté, dans un tableau consacré aux « étapes de la composition de *Madame Bovary* », de suivre le rythme du travail, entreprise difficile si l'on sait que la division du roman en chapitres n'apparaît que dans le manuscrit destiné à l'impression. Comment Flaubert a-t-il travaillé entre le 19 septembre 1851 et le mois d'avril 1856 ? La confrontation des brouillons qui sont classés en fonction des trois parties et les indications fournies par la correspondance permettent d'en savoir un peu plus :

- La première partie exige onze mois de travail du 19 septembre 1851 au mois d'août 1852 : il faut cinq mois et demi (20 septembre-3 mars 1852) pour passer de la première ligne aux rêves de jeune fille qui vont aboutir au chapitre 6. En mai, la scène du bal est achevée et la rédaction de la première partie aura duré onze mois.
- La rédaction de la deuxième partie demandera plus de deux ans, de septembre 1852 à la fin de 1854 et peut-être au-delà. Une lettre très riche (voir

p. 83) nous apprend que l'année 1852 se clôt sur la rédaction de la visite à la nourrice en décembre, c'est-à-dire le chapitre 3 de cette deuxième partie. L'année 1853 semble avoir été très difficile : fin janvier le quatrième chapitre est fini. La relecture par Bouilhet le 3 juillet d'un vaste ensemble, qui va jusqu'à l'introduction du personnage de Rodolphe, marque une avancée importante. Le 12 septembre 1853, Flaubert déplore « ce à quoi je me heurte, c'est à des situations communes et un dialogue trivial » (p. 45), et il soupire : « Ça s'achète cher, le style ! » Le chapitre consacré aux comices occupera quatre mois jusqu'en décembre 1853, année qui s'achève par la page de la « baisade ». La rupture avec Louise Colet du printemps 1854 raréfiant les confidences, on sait que le début de cette année-là correspond à la rédaction d'un épisode majeur, l'opération du pied-bot. On peut supposer que la fin de l'idylle entre Emma et Rodolphe (chapitre 13) est rédigée au cours de l'été 1854 et les chapitres 14 et 15 à la fin de cette année ou un peu plus tard.

- La troisième partie comme la première sera rédigée en à peu près un an de travail, sans doute un peu plus, du début de 1855 au mois d'avril 1856 : au printemps 1855, ce sont les pages de l'aventure avec Léon à Rouen, et, à l'automne de la même année, Flaubert ne sait pas encore comment amener son héroïne au suicide annoncé par empoisonnement (le 12 octobre). Tout laisse à penser que le manuscrit, remis au copiste en avril 1856, a été achevé en fin 1855.

Les critiques qui ont examiné minutieusement le rythme de ce travail ont pu en retirer des observations précieuses : les scènes marquantes comme les rêves de jeune fille, le bal, les comices nécessitent deux à quatre jours par page, ce qui semble beaucoup, mais reste finalement peu pour Flaubert. À l'opposé, les ensembles consacrés à ce que l'écrivain appelle « la narration psychologique » prennent beaucoup plus de temps, près de six jours par page pour la fin de la première partie, près de sept pour la période qui suit, en deuxième partie, la promenade dans les bois d'Emma avec Rodolphe. Voilà qui désigne la patte de Flaubert de la façon la plus puissante : la vacuité de l'existence, ces grands temps morts qui se dilatent dans la vie et la conscience des personnages ont coûté à leur auteur un travail considérable, entre moments d'« exaltation débordante, lyrique » et cris de découragement :

> J'ai passé quatre heures sans pouvoir faire *une* phrase. Je n'ai pas aujourd'hui écrit une ligne, ou plutôt j'en ai bien griffonné cent ! Quel atroce travail ! Quel ennui !

Ce n'est pas sans mal que Flaubert parvient à changer le sens et la valeur de ses imparfaits qui, selon le mot de Proust, font passer l'énoncé de l'« action » à l'« impression ».

3. *La quête de l'impersonnalité*

On est enfin frappé, quand on confronte les scénarios et les notes aux pages correspondantes du roman voire aux brouillons, de la façon dont quelques formules lapidaires de scénarios se développent considérablement puis, par corrections et ellipses successives, arrivent, par une sorte de métamorphose, au dépouillement impersonnel qui a donné naissance au roman moderne. Rien ne témoigne mieux de la primauté accordée au style que le temps mis à rédiger l'œuvre, si différente de la fièvre productive d'un Balzac à propos de laquelle Flaubert, un peu injustement, écrit (p. 86) :

> Quel homme eût été Balzac s'il eût su écrire.

Au cours de la phase éditoriale précédée, on l'a vu, de pénibles corrections et tractations, la publication dans la *Revue de Paris* à partir du 1er octobre 1856 suscite non seulement des réactions violentes qui conduiront au procès, mais aussi des lectures intéressantes. Ces manifestations amènent l'écrivain à exprimer *a posteriori* ce qu'il pense de son roman et de ses personnages. Certes Flaubert avait affirmé à Louise Colet dès le 18 février 1852 :

> Je veux qu'il n'y ait pas dans mon livre un seul mouvement, ni une seule réflexion de l'auteur.

Mais, dès la parution en revue, lorsqu'une correspondance qui va perdurer s'engage entre Flaubert et mademoiselle Leroyer de Chantepie, l'écrivain fait quelques confidences importantes à sa lectrice, bouleversée par ce qu'elle a cru reconnaître d'elle dans le roman. Il juge ainsi son héroïne (p. 46) :

> [...] ne vous comparez pas à la Bovary. Vous n'y ressemblez guère ! [...] car c'est une nature quelque peu perverse, une femme de fausse poésie et de faux sentiments.

En deux lignes, le créateur d'Emma a défini le bovarysme, ce mal qu'il fait d'autant mieux sentir qu'il n'en inflige pas la théorie à son lecteur. Et c'est à la même destinataire qu'il rappelle, le 18 mai 1857, comme un prolongement de l'impersonnalité, la nécessité de laisser la fin ouverte à la réflexion du lecteur, même si ce credo n'est que partiellement appliqué dans le roman :

> Aucun grand génie n'a conclu et aucun grand livre ne conclut parce que l'humanité elle-même est en marche est toujours en marche et qu'elle ne conclut pas.

Archéologie et contrepoint de l'œuvre, les manuscrits et la correspondance nous donnent non pas les moyens de conclure sur l'art de Flaubert, mais celui de l'explorer.

Pour prolonger la réflexion

Sur le travail de l'écrivain…

Louis ARAGON, *Je n'ai jamais appris à écrire ou les* incipit, Skira, 1969.

Sur la critique génétique…

Jean BELLEMIN-NOËL, *Le Texte et l'Avant-texte.* Larousse, « L », 1972.

Pierre-Marc de BIASI, « La critique génétique » in *Introduction aux méthodes critiques pour l'analyse littéraire*, Dunod, « Lettres Sup », 2005.

Jean-Yves TADIÉ, « La critique génétique » in *La Critique littéraire au XXe siècle*, Belfond-Pocket, 1987.

Sur *Madame Bovary*,
le projet et les manuscrits à l'œuvre…

Raymonde DEBRAY-GENETTE, *Flaubert à l'œuvre*, Flammarion, « Textes & manuscrits », 1980.

Claudine GOTHOT-MERSCH, *La Genèse de* Madame Bovary, Slatkine, 1980, ouvrage majeur qui fonde la critique génétique sur Flaubert.

Yvan LECLERC, *Plans et scénarios de* Madame Bovary, Zulma, « Manuscrits », 1993. Ouvrage très à jour sur le plan scientifique et qui propose une restitution assortie d'une typologie très précise des scénarios tels que Flaubert les a laissés.

Pour consulter en ligne
le travail de l'équipe Flaubert de Rouen…

http ://bibliotheque.rouen
http ://www.univ.rouen.fr/flaubert

L'écrivain à sa table de travail

Arrêt sur quelques images
de quatre années de travail

1.

Des lectures de la pensionnaire Emma Rouault aux rêves déçus d'Emma Bovary : anatomie d'une page majeure

Dans la correspondance comme dans les scénarios, l'élaboration du chapitre consacré aux lectures puis aux rêves déçus d'Emma Bovary apparaît comme une des plus minutieuses, et ce travail est révélateur d'une méthode et d'un sens. L'enjeu est important : dans les premiers chapitres, le texte définitif aura imposé au lecteur une vision d'Emma soit externe, soit contrôlée par le point de vue de Charles. Ces pages vont donc permettre, comme on l'a écrit, d'« entrer dans la conscience » du personnage pour mieux le connaître. Et tout indique dans la genèse de l'œuvre que c'est bien un type de jeune fille et un thème que le romancier veut introduire à un moment qui n'est pas anodin : le point de vue d'Emma qui commence à s'exprimer dans les chapitre 4 et 5 est celui de la déception. Par un retour en arrière, le chapitre suivant donne l'explication : le choc infligé par la réalité du mariage à une âme gavée de romantisme sentimental.

1. *Le travail d'exploration*

Pour y parvenir, Flaubert se plonge dans une énorme documentation. Les « notes » ou « esquisses » très détaillées qui s'accumulent (*folios 17, 18, 19*) confirment l'importance que l'homme-plume donne à un motif récurrent, le sentimentalisme romanesque du personnage auquel Flaubert attribue la couleur bleue : de la robe de « mérinos bleu » qui a frappé Charles, on va passer « aux lacs bleus » (27 mars 1852, p. 67) des romans lus par la pensionnaire dont nous savons par le premier scénario qu'elle a reçu une « éducation soignée ». Tandis que Flaubert déclare le 3 mars qu'il vient de « relire plusieurs livres d'enfants », il s'immerge jusqu'au vertige dans de longues lectures qui ne s'arrêtent pas au début de la rédaction. Le 20 mars, il est encore plongé, et il en parle à Louise Colet, dans un « roman pénible à lire », *Caroline de Litchfield*, qui n'est pas sans rapport avec son intrigue : le titre apparaîtra dans une esquisse avant de disparaître de la version finale. Et, le 27 mars, il n'a encore que « barbouillé la première idée de [ces] rêves ».

Pour structurer ce thème du « bovarysme » qui échappera à son créateur, la méthode de Flaubert est triple : d'abord se plonger dans ce qu'il ne connaît pas bien, l'univers des jeunes filles, la mièvrerie des « keepsakes », ces albums où voisinent futilités et états d'âme féminins ; puis les romans pour enfants ; enfin les souvenirs de lecture engrangés dans sa propre jeunesse romantique. Il en tire les visions et les situations qui hantent l'imaginaire d'Emma. Elles vont trouver leur place dans deux autres chapitres du roman, le chapitre 7, celui de « l'insaisissable malaise » éprouvé au cours d'une impossible « lune de miel », et le chapitre 12 où l'espoir de vivre enfin une vraie situation romanesque — l'enlèvement et la fuite avec Rodolphe — réapparaît dans l'imaginaire de l'héroïne. C'est avec une curiosité non dépourvue de plaisir, semble-t-il, que l'épistolier évoque cette plongée dans un univers qui lui inspire des sentiments ambivalents : il retrouve ses lectures de jeunesse dans les romans pour enfants et s'y identifie au point d'écrire : « j'ai reéprouvé devant quelques-unes des terreurs que j'avais eues étant petit » et de « prodigieux flamboiements » dans ses souvenirs. En même temps, et les notes le soulignent, les dangers de toute la fadeur romanesque qui coupe les jeunes filles du réel lui sont insupportables comme il le signale à propos des livres d'enfants de Bouilly.

2. *De l'expansion à la concentration*

Cette ambivalence aboutit à une expansion des documents préparatoires puis à une étonnante métamorphose dans le roman. Dans les notes ou esquisses voisinent presque à égalité des titres d'œuvres et des situations romanesques. Les titres se caractérisent par l'association de références essentielles du pré-romantisme ou du romantisme, *Paul et Virginie, Le Génie du christianisme, Corinne, Atala, Werther, Les Aventures du dernier Abencérage* et Lamartine ; par de nombreuses occurrences de personnages historiques tels que Walter Scott les a mis à la mode, centrées sur l'amour courtois ; et aussi par la suggestion de livres plus mièvres comme ceux de madame Cottin. Il les aborde au travers de situations romanesques dont le caractère convenu et le ridicule apparaissent dès l'étape des scénarios. Elles sont surdéterminées par les poncifs du temps : exotisme oriental, guitaristes et gondoles, invraisemblance des scènes de genre et des morceaux de bravoure attendus.

Après cette expansion, le résultat final témoigne d'une étonnante conversion : Flaubert efface le titre des œuvres, c'est-à-dire les preuves, et garde pour le roman le schéma éculé des situations. Il peut ainsi insister sur l'effet disproportionné produit par ces niaiseries sur son héroïne. Seuls deux titres sont conservés, celui de *Paul et Virginie*, fondateur du sentimentalisme romanesque, et du *Génie du christianisme*, lecture officielle du couvent, tenu pour responsable chez Emma d'une religiosité morbide qui ne se fixera pas sur la foi mais sur le mythe de l'amour. Survivent aussi les héroïnes de l'histoire et leurs vies tragiques, symboles du destin aristocratique auquel Emma se croit promise. Mais surtout, et dans les trois chapitres, la vanité dérisoire de ces lectures est restituée par l'accumulation rhétorique des épisodes romanesques les plus fades ou les moins vraisemblables, présentés du point de vue du personnage et en autant d'arrêts sur image sur des gravures où le détail l'emporte, de la « guitare » à l'« aumônière » en passant par le « panache ». Le lecteur sera invité à observer la naissance d'une mystique sans objet qui se manifeste par les effets physiques de l'identification : frémissements, ferveur morbide, pleurs à la mort de sa mère, « excitations passionnelles », tandis que le point de vue négatif des religieuses du couvent sur la vocation manquée d'Emma suggère à la fois la nocivité d'une éducation et l'échec du prosélytisme religieux. Il est clair que ce chapitre s'inscrit beaucoup plus dans le projet initial de Flaubert de « roman flamand », centré sur une héroïne vierge qui se retranche de la vie, que dans l'opportunité d'un fait divers destiné à offrir au mal qu'est le « bovarysme » une issue à la fois réaliste et tragique. On y trouve les premiers signes de l'hystérie et des hallucinations du personnage dans la dernière partie du roman. L'explication est convaincante, il n'y a aucune intervention directe de l'auteur et si, derrière les émotions d'Emma, le lecteur veut retrouver le jeune Flaubert qui lut *Don Quichotte* à onze ans, on ne le lui suggère pas.

2.

La visite à la nourrice et le retour par la Rieulle : métamorphose d'un épisode imprévu

1. *Un épisode nécessaire*

Par contraste avec le chapitre très longuement mûri des rêves d'enfant, la visite d'Emma Bovary à la nourrice de sa fille, Berthe, conçue à Tostes en première partie et née à Yonville au début de la deuxième partie, a un statut très particulier : il témoigne du travail de l'écrivain sous un tout autre angle et en confirme la souplesse. Contrairement à celle d'un Zola, qui a entièrement programmé son récit au moment où la rédaction s'engage, la méthode de Flaubert relève de ce qu'on appelle une écriture à processus. Cette scène est absente, en tant que telle, des premiers scénarios. Elle trouve sa nécessité dans un écart entre le premier scénario général, les deux autres scénarios généraux et les scénarios d'ensemble. En effet, Flaubert renonce rapidement à faire du futur Léon l'amant d'Emma dès l'arrivée à Yonville. Le deuxième scénario général précise : « pas de baisade — elle fixe sur lui son besoin de cœur » ; un scénario d'ensemble portant sur les trois phases amoureuses (de la partie II, chapitre 5 à la partie III, chapitre 5) prête à Emma l'intention d'imiter une posture romanesque d'héroïne fidèle : « elle se pose vis-à-vis d'elle-même un type de femme forte & fidèle et se dressant sur cet idéal résiste charnellement ». La scène va donc se situer dans les maillons d'une « chaîne » qui conduit à l'adultère : commencée avec le jeune homme du bal, elle continue par l'idylle platonique avec Léopold-Léon qui devient « Léon I » dans les scénarios d'ensemble ; le passage à l'acte apparaîtra dans la phase intitulée « Rodolphe », tandis que la liaison rouennaise avec le clerc de notaire crée une troisième phase devenue « Léon II ». La visite à la nourrice prend ainsi place dans une latence sur laquelle le troisième scénario est encore plus explicite : « l'adultère est en elle d'autant plus fort qu'elle ne l'a pas encore mis en pratique ». Pour Flaubert, qui se commente lui-même mieux que quiconque, cette partie du récit doit se caractériser par « l'action inactive », terme récurrent des scénarios.

2. *Une description psychologique*

La visite à la nourrice et surtout la promenade au retour sont donc induites par une exigence, suggérer cet état de latence particulier dans une action prédéterminée. Mais l'idée de cette scène n'apparaît vraiment qu'en marge d'un scénario d'ensemble qui porte sur la deuxième partie (chapitres 3-9). Et ce scénario assigne en fait à ces pages de nouveaux développements et une double fonction. Dans le corps du texte,

Flaubert insiste, dans une optique « naturaliste » avant la lettre, sur le côté sordide de la mise en nourrice : « sale logis ; l'enfant pue » ; il met en avant les détails réalistes comme la profession du mari « Rollet, menuisier, instructeur de la garde nationale ». La dimension psychologique de la scène comme galop d'essai, inabouti, d'une aventure appelée à se développer, en troisième partie et dans un autre lieu, vient en marge. Dans le contexte de désœuvrement voulu des deux personnages (« Léon ne fait rien de la journée ») l'idée qu'Emma « exténuée lui prend le bras — impression de Léon (se croit père) » (*folio 19*) va faire surgir, portée par le cadre naturel, l'idée d'une « narration psychologique ». En correspondance avec l'état intérieur des personnages — fausse vertu d'Emma qui ne durera pas, « couillonnisme profond de Léon » (*folio 19*) répété et précisé par « qui n'a jamais eu de maîtresse » (*folio 15*) —, la première partie, réaliste, de la visite (*folio 124*) va être suivie d'une page plus descriptive : aux réclamations de la nourrice s'oppose le retour « au bord de la Rieulle » (*folio 124*). À la scène d'observation succède la promenade romantique, perdue dans une rêverie amoureuse qui s'attache aux détails vestimentaires — le collet de velours, la robe de nankin — comme substituts d'un échange plus sensuel. Contrôlé par la dilatation du temps, le point de vue et le détail, le lyrisme de cet abandon à un adultère « moral » fait pendant à la peinture sans concession du « gîte de paysan » (*folio 110*) où s'est rendue une Emma Bovary beaucoup trop bien habillée pour la circonstance.

3. *La rivière aux bestiaux et la rivière aux amoureux*

La genèse de cette scène, comme l'a montré Raymonde Debray-Genette (voir p. 96 et suivantes), hésite constamment entre deux pôles pour la description de la Rieulle : Flaubert serait « écartelé entre deux formules [...] la rivière aux bestiaux et la rivière aux amoureux », cette dernière suggérant, par une série de micro-visions et de sensations, le non-dit et l'échec de ce qui aurait pu être une escapade amoureuse.

La correspondance confirme en bien des points cette hypothèse : si l'on songe que cette scène est rédigée plus d'un an après — on le suppose — les scénarios généraux et d'ensemble, c'est-à-dire dans la deuxième quinzaine du mois de décembre 1852, la double optique est constamment présente. Dans sa lettre du 16 décembre, Flaubert, ce n'est pas fréquent, avoue avoir « travaillé de grand cœur » et « d'une façon débordante, lyrique ». Il cite la « visite à une nourrice » et, comme pour illustrer par métaphore la double fonction assignée à cette page, complète par la remarque primesautière : « On va par un petit sentier et on revient par un autre. » Quelques lignes plus loin, le souci de réalisme est réaffirmé par opposition aux visions des « Parisiens [qui] voient la nature d'une façon élégiaque et proprette sans baugée de vaches et sans orties », petite pierre dans le jardin de l'ami Du Camp qui vient de commettre une scène similaire dans un récit intitulé *Le Livre posthume.* Le bonheur de surplomber en même temps le sublime et le grotesque d'un œil passablement ironique donne de l'allégresse à toute la lettre, très lyrique. Flaubert précise même (p. 86) le plaisir qu'il éprouve à écrire en plein hiver cette scène d'été et rappelle un des versets de son credo littéraire : « Plus je suis dans un milieu contraire et mieux je vois l'autre. »

Un peu plus tard, et sans que cette découverte ait semblé lui suggérer des corrections, le réalisme et le caractère obligé de cette scène de genre apparaissent à l'épistolier : il signale un autre rapprochement avec une scène du *Médecin de campagne* de Balzac, en fait assez différente, puisque l'officier Genestas y visite, comme un enquêteur, la chaumière d'une nourrice qui garde quatre enfants extraits d'un hospice.

4. *Une méthode qui sait se faire souple*

Les *Scénarios, esquisses et brouillons* de cette scène, en écho à la *Correspondance*, nous montrent donc comment le souci de composition qui obsède Flaubert — par peur de l'échec — ne l'empêche pas d'exploiter au mieux un développement inattendu. D'abord réaliste et « moraliste », comme le suggère l'utilisation de ce terme dans la lettre du 16 décembre, la scène devient psychologique et poétique grâce à l'épisode du retour qui se clôt par le très elliptique « elle disparut ». Cette modification enrichit et complique l'économie du roman et la caractérisation des personnages : divisé en deux, « Léon I » et « Léon II », le personnage de Léopold-Amédée-Léon, d'abord « très frais », niais au point de ne pas profiter de sa bonne fortune, reviendra en troisième partie sous l'épithète « âcre » pour accélérer la chute de l'héroïne. Entre-temps, la figure contrastée du premier amant véritable d'Emma, Rodolphe, homme « normal » « qui l'empoigne en blaguant et lui remue vigoureusement le tempérament » (premier et deuxième scénario généraux), aura jalonné un cheminement circulaire et désespéré ainsi résumé par le troisième scénario général : « l'état sentimental d'Emma l'avait portée aux sens. Les sens exaltés la poussent aux sentiments ». Au fil de la rédaction, la méthode de Flaubert s'assouplit sans faire perdre de vue l'objectif, ce que dit magnifiquement la lettre du 16 décembre 1852 (voir p. 86) :

> Peignons, peignons, sans faire de théorie, sans nous inquiéter de la composition des couleurs, ni de la dimension de nos toiles, ni de la durée de nos œuvres.

3.

Les comices : du réalisme à la symphonie

Phénomène rare, la phrase fameuse qui ouvre le chapitre des comices — « ils arrivèrent, en effet, ces fameux Comices » — apparaît en ajout dès l'étape du scénario, introduisant le passé simple dans un synopsis au présent, comme pour en signaler l'importance. Car, si la scène de la visite à la nourrice est essentiellement visuelle et olfactive, avec pour fond musical l'eau du ruisseau de la Rieulle, la grande scène des comices, dont les difficultés sont maintes fois évoquées dans la correspondance, se veut d'emblée une scène polyphonique où convergent toutes les « voix » du roman et où se croisent deux « voies » littéraires, celle du roman de mœurs et celle de l'intrigue psychologique centrée sur la névrose d'Emma. Très vite, Flaubert exprime l'ambition d'en faire une « symphonie », terme récurrent dans ses lettres pour indiquer, sur le plan narratif, la réunion de tous les personnages à partir du dialogue de séduction à la normande entre Emma et Rodolphe et, sur le plan esthétique, un *crescendo*. Il s'est écoulé encore presque une année entre la rédaction de la visite à la nourrice et l'achèvement de ce chapitre des comices.

1. *Un sujet réaliste*

La dimension réaliste de l'épisode prend appui sur un déplacement de Flaubert qui a assisté un an plus tôt, le 18 juillet 1852 (p. 108), à un comice agricole : il est revenu « physiquement malade » de ces « ineptes cérémonies » et tandis qu'il peine sur le « sommaire » narratif de la fin de la première partie et le début de la deuxième, il cherche le moyen de transcender par la forme une scène naturaliste. Prévu depuis longtemps, ce chapitre se révélera beaucoup plus ardu que celui, quasi parallèle en première partie, de la noce. Sur le plan documentaire, pour faire ressortir la trivialité de la scène, il s'inspire de ce qui en est le plus fidèle reflet, tonalité comprise, le compte rendu donné par le journal *Le Nouvelliste de Rouen* de ce comice de Grand-Couronne. Ces éléments qui portent sur les discours et leurs poncifs, les pompiers, la défaillance du préfet et son remplacement et même la récompense d'Élisabeth Petitot, vont s'intégrer au plan déjà établi. Grâce aux travaux des chercheurs, on sait que lorsque, le 15 juillet 1853, Flaubert déclare avoir esquissé « sa grande scène » des comices, le scénario est prêt. Il se présente sous forme de notes qui indiquent un certain nombre de thèmes et de personnages appelés à se succéder et à s'entrecroiser comme la mère Lefrançois et ses remarques, Homais et son article, le discours de Lieuvain, le tout s'encastrant dans un dialogue entre Emma et Rodolphe. « Emma à son bras. Ils se promènent ». Au bas de la page de scénario, apparaît un plan numéroté en cinq parties. En s'adressant à Louise Colet,

Flaubert reprend ce plan, mais de façon plus expressive, et souligne qu'il veut obtenir « le dialogue continu d'un monsieur chauffant une dame » : l'enjeu narratif de la scène est d'amener à la « baisade » dans les bois.

2. *Une mise en voix symphonique*

Obsédé par la longueur annoncée — trente pages — Flaubert, de nouveau hanté par la trivialité de son étude de mœurs, travaillant quasiment sous la férule de Bouilhet (21 septembre 1853), prophétise : « Ce sera ignoble ou fort beau. » Au bout de quinze pages, la variété des tons s'affirme (30 septembre 1853), car il faut « écrire les dialogues dans le style de la comédie et les narrations dans le style de l'épopée » ainsi que la nécessité de la polyphonie : « il faut qu'on voie la foule gueuler d'étonnement et de joie ». L'idée d'une page « symphonique » a été formulée dès le 7 septembre. Entre-temps, selon le processus qui lui est familier, Flaubert revient sur son plan et déclare le 7 octobre : « J'ai arrêté le plan du milieu de mes comices (c'est du dialogue à deux, coupé par un discours, des mots de la foule et du paysage.) » La lettre enfiévrée du 12 octobre, portée par l'enthousiasme de Bouilhet, confirme que Flaubert aura « bientôt passé le nœud d'où tout dépend ». Et si l'élément visuel restera très important dans la description des différents groupes sociaux et de la vieille servante récompensée, le choix de la symphonie et ses difficultés sont fixés. On pense irrésistiblement à la polyphonie, entre grotesque et lyrisme, de certains sextuors vocaux dans les opéras de Mozart, quand Flaubert veut faire entendre « des beuglements de taureaux, des soupirs d'amour et des phrases d'administrateur » et parle d'« entrelacement du dialogue et des oppositions de caractère ». Et c'est sans doute pour que l'effet symphonique domine que Flaubert refait son « dialogue d'amour » (17 octobre) et « rabote » encore la scène entre le 12 octobre et le 9 décembre, procédant à des « sacrifices de détail » pourtant longuement travaillés comme la scène de l'allumage des lampions, avant de s'arrêter à vingt-trois pages et de déclarer le 9 décembre 1853 les comices « faits ». La fameuse épreuve du « gueuloir » que Flaubert s'imposait, c'est-à-dire la récitation à haute voix de sa prose une fois écrite, a dû être particulièrement éprouvante pendant la rédaction des comices : dès le 17 juillet 1852, alors qu'il commence à peine à penser à cette scène, Flaubert se met en scène « hurlant sans interruption » à une heure du matin. Le résultat ne contredira pas ses efforts : six mois de rédaction, environ quatre jours par page, mais ce ne fut pas, malgré sa longueur, le chapitre le plus laborieux.

4.

La mort d'Emma ou comment éviter sans choquer le piège de la belle mort

Sur la genèse de cet épisode majeur, les lettres de Flaubert, notamment pendant la phase de rédaction, sont moins nombreuses. L'année 1854 est consacrée à la fin de la deuxième partie du roman incluant un passage important, l'opération du pied-bot. Avec la brusque interruption des lettres à Louise Colet, après la rupture, Flaubert signale le 7 août 1854 à Louis Bouilhet que la deuxième partie devra être terminée vers le 20 septembre : elle se conclut par les retrouvailles avec

Léon au théâtre de Rouen, primitivement prévues à l'occasion d'un voyage à Paris. L'écrivain annonce pour la mi-mai 1855 la rédaction des « grandes fouteries de Rouen », c'est-à-dire la liaison avec Léon ; le 15 août de la même année, il est question de « l'avant-fin », c'est-à-dire des problèmes d'argent et de saisie d'Emma. À l'automne 1855 (p. 149), Flaubert est encore en quête de détails « techniques » sur l'arsenic. On sait que le roman sera achevé en mars 1856.

1. *Le personnage de Charles*

Lacunaire, la correspondance n'en est pas moins explicite : l'écueil à éviter, c'est le récit d'une belle mort, propre à racheter les fautes de l'héroïne sublimée par l'amour. Dans la logique de création d'un type que rappelle la superbe lettre du 14 août 1853, hantée par les « fantômes de Trouville », il faut arriver au beau par induction sans oublier la médiocrité universelle du sujet :

> Ma pauvre Bovary, sans doute, souffre et pleure dans vingt villages de France à la fois, à cette heure même.

Alors que le suicide d'Emma est programmé dès le premier scénario, Flaubert cherche une idée pour éviter la sensiblerie véhiculée encore à l'époque par les gravures de la mort d'*Atala*. La solution réaliste apparaît en ajout du deuxième scénario général avec la mention « va voler de l'arsenic chez le pharmacien », tandis que s'impose la nécessité de ne pas clore le roman sur cet épisode mais sur le deuil de Charles, personnage niais et « obtus » certes, mais amoureux et abandonné à un « vide solitaire et dénudé » avec sa petite fille. Flaubert élimine ainsi le « souffle sentimental » qu'il relève le 16 septembre 1853 (p. 147) dans *Manon Lescaut.* Il élude le caractère trop exceptionnel de la mort de Virginie dans *Paul et Virginie* et, plus de deux ans avant la rédaction de l'épisode, fixe la ligne dont il ne s'écartera pas :

> Que l'on pleure moins à la mort de ma mère Bovary qu'à celle de Virginie, j'en suis sûr d'avance. Mais l'on pleurera plus sur le mari de l'une que sur l'amant de l'autre, et ce dont je ne doute pas, c'est du cadavre.

2. *La multiplication des notations réalistes*

Ce mot de « cadavre » résume bien l'importance accordée au spectacle clinique de cette mort : l'épisode de l'agonie s'est imposé dès le plan partiel ainsi que celui de la veillée ; comme il l'a confié le 6 juin 1853 (p. 145) à Louise, Flaubert se rend à l'enterrement de la femme d'un ami dont l'éloge funèbre se termine, non sans quelques scrupules, par une allusion à ce qu'il pourra en tirer pour « la Bovary ». Au fil des scénarios et des notes, les notations réalistes s'accumulent comme dans le scénario d'ensemble où sont évoquées les « lèvres pendantes, décolorées — les tempes brunes et terreuses — comme un cercueil pourri » (p. 153). Et, logiquement aussi, leur effet sur la conscience de Charles est souligné : ainsi Flaubert prévoit-il de faire resurgir le souvenir « de la première fois qu'il a vu ses pieds nus » « au moment où l'huile sainte de l'extrême-onction les effleure ». Or, par une sorte de pudeur ou de litote, la notation sera effacée et remplacée dans le texte définitif par une remarque quasi moraliste, sur « la plante des pieds, si rapides autrefois quand elle courait à l'assouvissance de ses désirs ». Cassée par le propos d'Homais, l'intervention de deux « grands médecins», le recours aux «remèdes bêtes, émétiques» (*folio 245*), l'émotion que pourrait susciter la page se place ailleurs que dans l'événement. Elle naît du contraste entre le réalisme clinique de l'agonie et les effets sur Charles, tandis qu'en contrepoint la chanson de l'aveugle, empruntée à Restif de la Bretonne, résume la vie pitoyable d'une héroïne qui pourrait être Emma. Jusqu'au bout fidèle à son souci d'impersonnalité, Flaubert évite «le double abîme du lyrisme et du vulgaire», laissant ouverte la conclusion. Par l'écriture, il échappe à la malédiction de la «parole humaine» qu'il présente — c'est l'une des rares réflexions de l'auteur dans *Madame Bovary* (II, 12) — «comme un chaudron fêlé où nous battons des mélodies à faire danser les ours quand on voudrait attendrir les étoiles».

Pour prolonger la réflexion

Sur le personnage d'Emma Bovary et ses rêves d'enfant :

René GIRARD, *Mensonge romantique et vérité romanesque,* Grasset, 1961.

Jean ROUSSET, «*Madame Bovary* ou le livre sur rien» in *Forme et signification,* José Corti, 1984.

Sur la scène de la visite à la nourrice et sa genèse :

Raymonde DEBRAY-GENETTE, «La chimère et le sphinx : Madame Bovary» in *Métamorphoses du récit,* Le Seuil, 1988.

Sur la scène des comices :

Jeanne GOLDIN, *Les Comices agricoles de Gustave Flaubert. Madame Bovary,* Droz, 1984.

Groupement de textes

Les correspondances d'écrivains : quelles destinations, quels destinataires ?

CONCURRENCÉ DEPUIS DES DÉCENNIES par le téléphone puis par les courriels, l'usage privé de la correspondance s'est considérablement raréfié aujourd'hui après avoir été, jusqu'au XXe siècle, un genre mondain dont on enseignait les codes. En conservant et en publiant les lettres du passé, rédigées par des inconnus ou des auteurs célèbres, on a érigé en patrimoine puis en genre littéraire des documents dont la finalité est, par essence, équivoque : bien au-delà des interrogations suscitées par la correspondance de madame de Sévigné, la lettre est-elle vraiment comme l'a écrit Franz Kafka « un miroir que l'on tend à un fantôme » ? La question se pose avec une acuité particulière pour les écrivains : soucieux de voir leurs œuvres publiées après leur mort, ils ne peuvent ignorer que leur correspondance privée intéressera aussi les éditeurs et les exécuteurs testamentaires. C'est le cas de Voltaire puis de tous les écrivains du XIXe et du XXe siècle. Mais si on s'est souvent posé la question de la sincérité et du mensonge à propos de lettres qui s'adressent autant à la postérité qu'à leur destinataire déclaré, c'est leur place dans le travail de l'écrivain qui suscite actuellement les recherches les plus fécondes. Quelque part entre l'espace privé et l'espace public de la création, entre l'homme et l'œuvre, l'échange épistolaire s'intègre probablement au processus d'élaboration des textes littéraires comme une « œuvre de l'œuvre ». Auteur privé de très nombreuses lettres de condoléances, Marcel Proust écrira ainsi dans la *Recherche* que « les livres sont de grands cimetières ». Quand, après une journée de travail de plus de dix heures, Gustave Flaubert écrit nuitamment à Louise Colet, qu'il est rarement pressé de rencontrer, une longue lettre, on peut supposer que sa destinataire n'est qu'une pièce dans un jeu de retour sur les pages déjà écrites et de prospection sur les pages à écrire. Œuvre pure ou œuvre de l'œuvre, les quatre missives présentées ici laissent le débat ouvert sur la correspondance des écrivains.

1.

Chateaubriand à madame Récamier : la lettre, miroir intime de la création

Lorsque Chateaubriand écrit en 1829 cette lettre à madame Récamier, l'élue de son cœur depuis fort longtemps, il est ambassadeur à Rome. Écrivain célèbre depuis 1802, il n'ignore pas que ce poste honorifique marque la fin d'une carrière politique manquée qui s'achèvera un an plus tard, lui permettant de venir à bout, dans une inspiration libérée, de l'énorme chantier littéraire des *Mémoires d'outre-tombe*. Ce séjour dans la Ville éternelle, qui fut pour lui la source permanente d'une écriture où le sentiment religieux se met au service d'une esthétique, ré-enchante sa plume, trempée dans la poésie lucide de la maturité. Peu importe au fond de savoir si, en écrivant cette lettre à madame Récamier, il sait déjà qu'il va l'intégrer, à peine retouchée, au livre XXI de ses *Mémoires*, entre deux messages politiques, comme pour souligner la vanité de la grandeur d'établissement dont il est à Rome l'officiant. Ce n'est pas par hasard qu'il veut partager avec cette destinataire privilégiée une expérience unique : l'audition, dans la chapelle Sixtine, du *Miserere* d'Allegri, composé à partir d'un psaume pour accompagner la célébration de l'office dit « des ténèbres », en mémoire de ceux qui couvrirent la terre après la mort du Christ. Ce chant *a cappella* pour deux chœurs à neuf voix qui ne pouvait s'entendre qu'à la chapelle Sixtine était légendaire car la reproduction en était interdite sur ordre du pape. Grande amie de Chateaubriand, qui avait rencontré Juliette Récamier chez elle, madame de Staël, morte depuis plus de dix ans quand la lettre est rédigée, avait évoqué, dans son célèbre roman *Corinne*, la beauté de ce chant. Avant d'acquérir un statut littéraire, cette page, où la période chateaubrianesque se déploie avec une musicalité à trois temps quasi naturelle, se devait d'être d'abord composée pour une lectrice intime. Miroir d'un moment où la mort à l'œuvre dans la vie imprègne tous les écrits de René, ce texte préfigure le style des grandes pages de la quatrième partie des *Mémoires*. Il faut noter que la dernière phrase, très privée, où Chateaubriand évoque sa prochaine retraite auprès de sa muse sera supprimée du texte publié dans les *Mémoires* qui s'achève par le mot « mourir ».

François René de CHATEAUBRIAND (1768-1848)

Lettre à madame Récamier du mercredi 15 avril 1829

À Madame Récamier

Rome, mercredi 15 avril 1829

Je commence cette lettre le mercredi saint au soir, au sortir de la chapelle Sixtine, après avoir assisté à Ténèbres et entendu chanter le Miserere. Je me souvenais que vous m'aviez parlé de cette belle cérémonie, et j'en étais, à cause de cela, cent fois plus touché. C'est vraiment incomparable. Cette clarté qui meurt par degré, ces ombres qui enveloppent peu à peu les merveilles de Michel-Ange ; tous ces cardinaux à genoux ; ce nouveau pape prosterné lui-même au pied de l'autel où quelques jours avant j'avais vu son prédécesseur ; cet admirable chant de souffrance et de miséricorde s'élevant par intervalles dans le silence et la nuit ; l'idée d'un Dieu mourant sur la croix pour expier les crimes et les faiblesses des hommes, Rome et tous ses souvenirs sous les voûtes du Vatican ! Que n'étiez-vous là avec moi ! J'aime jusqu'à ces cierges dont la lumière étouffée laissait échapper une fumée blanche, image d'une vie sublimement éteinte. C'est une belle chose que Rome pour tout oublier, pour mépriser tout et pour mourir. Au lieu de cela le courrier demain m'apportera des lettres, des journaux, des inquiétudes. Il faudra vous parler de politique. Quand aurai-je fini de mon avenir, quand n'aurai-je plus à faire dans le monde qu'à vous aimer et à vous consacrer mes derniers jours ?

2.

Émile Zola : la lettre, défense et illustration d'une œuvre mal reçue

Dix ans après la publication de son premier roman, *Thérèse Raquin*, Zola connaît son premier véritable succès en publiant *L'Assommoir* (1877) ; admirateur et ami de Flaubert, il travaille pourtant de façon très différente. Théoricien du naturalisme, cet écrivain à « programme » structure ses écrits dans une démarche très méthodique et didactique, attestée par ses *Carnets* et qui sera heureusement transcendée par son talent. *L'Assommoir* fait scandale pour avoir fait respirer à ses lecteurs l'odeur du peuple. Au-delà du message que le romancier veut transmettre sur le déterminisme social qui entraîne les ouvriers de la misère à l'alcoolisme, la puissance de son personnage principal, une femme, et le recours à la langue verte qui est le langage du peuple choquent sans surprise le lectorat conservateur. Mais l'ouvrage lui aliène également les défenseurs officiels du peuple, syndicats et hommes politiques libéraux ou républicains : on lui reproche de donner du monde ouvrier l'image trop noire d'une population corrompue par des vices dont elle serait responsable, grossière, pourrie par l'alcoolisme, obsédée par la satisfaction de besoins primaires et s'exprimant dans un langage ordurier. Pour se défendre, Zola, en homme d'affaires avisé, écrit au directeur du journal *Le Bien public* qui a publié le roman. Le choix du destinataire ne doit rien au hasard : en s'adressant à un journal, il interpelle tous ses lecteurs et bat le rappel de ceux qui lui sont favorables sans s'être exprimés. Sûr d'augmenter ainsi le nombre de ses lecteurs, il utilise la tribune offerte avec le talent de polémiste qu'il saura si bien exploiter plus tard au service de la justice et de la vérité. Mais surtout, il nous éclaire sur son projet. Le rôle de la lettre est double : elle explique l'élaboration de l'œuvre et tente d'éviter qu'on la lise à contresens en précisant sa visée littéraire et politique.

Émile ZOLA (1840-1902)

Lettre à Yves Guyot du 10 février 1877

À Yves Guyot

Paris, 10 février 1877

Monsieur et cher directeur,

Voici plusieurs jours que je songe à répondre aux étranges accusations dont la critique affolée poursuit mon dernier roman. Certes, je laisse de côté les accusations simplement littéraires; mon œuvre d'artiste appartient au public, et je n'ai pas la sotte prétention de forcer les gens à m'admirer. Mais j'ai entendu dire autour de moi : « M. Zola, qui est républicain, vient de commettre une mauvaise action en représentant le peuple sous des couleurs aussi abominables. » Eh bien ! c'est à cette phrase seule que je veux répondre. Je crois devoir faire cette réponse pour moi-même et pour *Le Bien public*, l'organe républicain qui a bien voulu publier la première partie de *L'Assommoir.*

Il me faut prendre la question d'un peu plus haut.

Dans la politique, comme dans les lettres, comme dans toute la pensée humaine contemporaine, il y a aujourd'hui deux courants bien distincts : le courant idéaliste et le courant naturaliste. J'appelle politique idéaliste la politique qui se paie de grandes phrases toutes faites, qui spécule sur les hommes comme sur de pures abstractions, qui rêve l'utopie avant d'avoir étudié le réel. J'appelle politique naturaliste la politique qui entend d'abord procéder par l'expérience, qui est basée sur des faits, qui soigne en un mot une nation d'après ses besoins.

[...] j'ai fait une œuvre utile en analysant un certain coin du peuple, dans *L'Assommoir*. J'ai fait ce qu'il y avait à faire ; j'ai montré des plaies, j'ai éclairé violemment des souffrances et des vices, que l'on peut guérir. Les politiques idéalistes jouent le rôle d'un médecin qui jetterait des fleurs sur l'agonie de ses clients. J'ai préféré étaler cette agonie. Voilà comment on vit et comment on meurt. Je ne suis qu'un greffier qui me défends de conclure. Mais je laisse aux moralistes et aux législateurs le soin de réfléchir et de trouver des remèdes.

Si l'on voulait me forcer absolument à conclure, je dirais que tout *L'Assommoir* peut se résumer dans cette phrase : Fermez les cabarets, ouvrez les écoles. L'ivrognerie dévore le peuple. Consultez les statistiques, allez dans les hôpitaux, faites une enquête, vous verrez si je mens. L'homme qui tuerait l'ivrognerie ferait plus pour la France que Charlemagne et Napoléon. J'ajouterai encore : Assainissez les faubourgs et augmentez les salaires. La question du logement est capitale ; les puanteurs de la rue, l'escalier sordide, l'étroite chambre où dorment pêle-mêle les pères et les filles, les frères et les sœurs, sont la grande cause de la dépravation des faubourgs. Le travail écrasant qui rapproche l'homme de la brute, le salaire insuffisant qui décourage et fait chercher l'oubli, achèvent d'emplir les cabarets et les maisons de tolérance. Oui, le peuple est ainsi, mais parce que la société le veut bien.

Et j'arrive enfin à la singulière façon dont on a vu et jugé mes personnages. On pense qu'en un pareil sujet je n'ai pas agi à l'étourdie. Dans mon plan général je me suis au contraire vivement préoccupé de présenter

> tous les types saillants d'ouvriers que j'avais observés. On m'accuse de ne pas composer mes romans ; la vérité est que je consacre à la composition des mois de travail. J'ai donc cherché et arrêté mes personnages de façon à incarner en eux les différentes variétés de l'ouvrier parisien. Et voilà que l'on écrit partout que mes personnages sont tous également ignobles, qu'ils se vautrent tous dans la paresse et dans l'ivrognerie. Vraiment, est-ce moi qui perds la tête, ou sont-ce les autres qui ne m'ont pas lu ?

3.

Marcel Proust : de la lettre à l'atelier de l'écrivain

Profondément influencé par Flaubert sur lequel il a écrit quelques pages essentielles dans le *Contre Sainte-Beuve*, Marcel Proust est également un « homme-plume ». De façon plus radicale encore que son modèle, toujours capable de ménager des pauses parisiennes dans sa vie d'ermite, Proust renonce à la vie mondaine qui lui a servi de terrain d'observation dès qu'il se met sérieusement au travail, après la mort de sa mère. Succédant à des années d'érudition et de mondanités, l'écriture de la *Recherche* s'inscrit dans le prolongement d'une vie d'épistolier extrêmement riche. D'abord de tonalité affective pour ses proches, puis axée sur le développement de relations mondaines, la correspondance de Proust est un véritable laboratoire. Auteur de pastiches, il maîtrise tous les codes de cette activité dominante dans la sphère sociale où il vit et dont il connaît par sa mère, grande admiratrice de madame de Sévigné, les usages littéraires. Son adaptation aux attentes du destinataire est par ailleurs exceptionnelle. À partir de 1908 environ, quand le chantier de la *Recherche* envahit toute sa vie, sa correspondance se spécialise : elle va surtout accompagner les démarches obstinées en vue d'une publication auxquelles il associe de très nombreux amis et relations. C'est l'occasion pour lui d'expliquer et de justifier son travail. Sa lettre du 6 février 1914 nous introduit véritablement dans l'atelier où est née la *Recherche*, grâce au lecteur privilégié qui en est le destinataire. Il répond, en effet, à un lecteur enthousiaste, Jacques Rivière, fin lettré, ami d'enfance d'Alain-Fournier, qui lui transmet son émotion de lecteur privé. Jacques Rivière est directeur de la *Nouvelle Revue française*, la fameuse *NRF* dont le comité de lecture a d'abord refusé de publier *Du côté de chez Swann*, sorti en librairie le 13 novembre 1913, à compte d'auteur sous l'égide de Bernard Grasset. Très vite consciente de son erreur comme l'atteste une authentique lettre d'excuses adressée par André Gide à Marcel Proust, la prestigieuse maison de Gaston Gallimard négocie dès 1916 avec Proust en vue de publier les volumes suivants. Dans un échange lucide et franc, sans concession aux politesses d'usage qu'il ne dédaigne pas ailleurs, Proust, étiqueté superficiel et mondain par la critique, révèle à Rivière le sens et les clefs de lecture de son « monument ». Il annonce, alors que le deuxième volume n'est pas encore paru, la quête initiatique qu'induit le trop fameux épisode de la madeleine et la résolution de l'énigme annoncée pour le « troisième volume ». En fait, cette révélation apparaîtra non pas dans le troisième tome mais dans le dernier, *Le Temps retrouvé* : Proust ne mesure pas encore en 1914 l'ampleur de son entreprise, achevée dans la fièvre et l'urgence peu avant sa mort. Il précise aussi les ambitions de son roman-essai, une « recherche de la vérité ». Et si cette générosité n'est pas dénuée d'arrière-pensées, puisque Proust rêve toujours d'être publié chez Gallimard, elle nous délivre de précieuses indications sur la genèse et le sens d'une « œuvre monde ».

Marcel PROUST (1871-1922)

Lettre à Jacques Rivière du 6 février 1914

À Jacques Rivière

102 boulevard Haussmann

Monsieur,

Enfin je trouve un lecteur qui devine que mon livre est un ouvrage dogmatique et une construction ! Et quel bonheur pour moi que ce lecteur, ce soit vous. Car les sentiments que vous voulez bien m'exprimer, je les ai souvent ressentis en vous lisant ; de sorte que chacun de notre côté nous avons fait les premiers pas l'un vers l'autre et passé les jalons d'une amitié spirituelle. Vous ne trouvez pas mon livre sans défauts, je n'aime pas vos articles sans réserves. Mais cela n'empêche pas d'aimer ; quoique vous ayez dit de Stendhal, dans une parenthèse indignée, absurde et charmante : « Il juge ses amis ! » J'ai trouvé plus probe et plus délicat comme artiste de ne pas laisser voir, de ne pas annoncer que c'était justement à la recherche de la Vérité que je partais, ni en quoi elle consistait pour moi. Je déteste tellement les ouvrages idéologiques où le récit n'est tout le temps qu'une faillite des intentions de l'auteur que j'ai préféré ne rien dire. Ce n'est qu'à la fin du livre, et une fois les leçons de la vie comprises, que ma pensée se dévoilera. Celle que j'exprime à la fin du premier volume, dans cette parenthèse sur le Bois de Boulogne que j'ai dressé là comme un simple paravent pour finir et clôturer un livre qui ne pouvait pas pour des raisons matérielles excéder cinq cents pages, est *le contraire* de ma conclusion. Elle est une étape, d'apparence subjective et dilettante, vers la plus objective et croyante des conclusions. Si on en induisait que ma pensée est un scepticisme désenchanté, ce serait absolument comme si un spectateur ayant vu, à la fin du premier acte de *Parsifal*, ce personnage ne rien comprendre à la cérémonie et être chassé par Gurnemanz, supposait que Wagner a voulu dire que la simplicité du cœur ne conduit à rien.

Dans ce premier volume vous avez vu le plaisir que me cause la sensation de la madeleine trempée dans le thé, je dis que je cesse de me sentir mortel, etc. et que je ne comprends pas pourquoi. Je ne l'expliquerai qu'à la fin du troisième volume. Tout est ainsi construit. Si Swann confie si bénévolement Odette à Charlus (ce qui me donne l'air d'avoir voulu rééditer les banales situations de mari confiant en l'amant de sa femme) c'est que M. de Charlus bien loin d'être l'amant d'Odette est un homosexuel qui a horreur des femmes et Swann le sait. Vous verrez de même dans le troisième volume la raison profonde de la scène des deux jeunes filles, des manies de ma tante Léonie, etc.

Non, si je n'avais pas de croyances intellectuelles, si je cherchais simplement à me souvenir et à faire double emploi par ces souvenirs avec les jours vécus, je ne prendrais pas, malade comme je suis, la peine d'écrire. Mais cette évolution d'une pensée, je n'ai pas voulu l'analyser abstraitement mais la recréer, la faire vivre. Je suis donc forcé de peindre les erreurs, sans croire devoir dire que je les tiens pour des erreurs ; tant pis pour moi si le lecteur croit que je les tiens pour la vérité. Le second volume accentuera ce malentendu. J'espère que le dernier le dissipera. Il est bien doux de sentir que du moins il n'y en a pas eu entre vous et moi et je vous prie d'agréer, pour la bonté que vous avez eue de me le dire, ma très profonde (et j'espère que vous me permettrez un jour d'ajouter très affectueuse) reconnaissance.

4.

Céline : provoquer pour affirmer une poétique

Le lecteur attentif de Céline ne sera pas déconcerté par la lettre d'accompagnement que Louis Destouches, illustre inconnu exerçant la médecine dans un dispensaire de la banlieue parisienne, adresse le 14 avril 1932 aux éditions Gallimard pour leur enjoindre de publier son texte. Entre le ton de la lettre et celui du narrateur du *Voyage au bout de la nuit*, Ferdinand Bardamu, on relève peu de différences : mépris des codes épistolaires et littéraires, recours au langage imagé et familier, goût naturel de la provocation, assertions définitives et féroces, ironie meurtrière. Céline feint d'être embarrassé pour résumer son roman, transforme la *captatio benevolentiae* en éloge paradoxal d'un roman censé déplaire à celui qu'on charge de le publier et considère avec hauteur son futur éditeur : il invite ainsi la NRF à se saisir d'un marché exceptionnel, traitant Gaston Gallimard comme un commerçant sans scrupules, avide de tirer profit du talent de ses auteurs. Mais dans les marges d'un exercice d'insolence bien peaufiné, le lecteur est invité à lire une profession de foi artistique que le roman confirmera aussitôt : les mots « fresque » et le genre « opéra » suggèrent déjà l'ampleur historique, géographique et sociale de ce qui sera lu comme le roman d'apprentissage d'un monde fracassé par le bruit et la fureur du XXe siècle, un monde né de la Grande Guerre. Lorsqu'il évoque le « populisme lyrique » et l'intrigue à la fois « complexe et simplette » de son roman, Céline ouvre la porte de l'empathie humaine avec ses personnages qui donne à son écriture ses plus fortes vibrations. Quant à l'ambition musicale qui sature ce « prière d'insérer » avant la lettre, elle donne la mesure d'un texte qui sera plusieurs fois mis en voix. On sait que, comme celle de Proust et pour des raisons sans doute diamétralement opposées, l'entrée de Céline au catalogue de la maison Gallimard ne passa pas par des chemins faciles : les réserves du premier lecteur poussèrent Céline à publier le roman chez le petit éditeur Denoël. Il rata le Goncourt dans un climat polémique et ce n'est qu'après la guerre que le rachat de Denoël par Gallimard offrit aux écrits de l'écrivain maudit, exilé à Meudon, un havre protecteur. Mais le ton des lettres ne changea pas et Gaston Gallimard endura stoïquement et élégamment jusqu'à la mort de son auteur les accusations de radinerie proférées par le génial misanthrope.

CÉLINE (1894-1961)

Lettre du 14 avril 1932
aux éditions de la NRF

(in *Lettres à la N.R.F.*, Gallimard, 1991)

Monsieur,

Je vous remets mon manuscrit du *Voyage au bout de la nuit.* (5 ans de boulot.)

Je vous serais particulièrement obligé de me faire savoir le plus tôt possible si vous êtes désireux de l'éditer et dans quelles conditions.

Vous me demandez de vous donner un résumé de ce livre. C'est un bizarre effort en vérité auquel vous me soumettez et jamais je n'y avais encore songé. C'est le moment me direz-vous. Je ne sais trop pourquoi mais je m'y sens tout à fait inhabile. (Un peu l'impression des plongeurs au cinéma qu'on voit rejaillir de l'eau jusqu'à l'estacade...) Je vais m'y essayer toutefois, mais sans manières. Je ne crois pas que mon résumé vous donnera grand goût pour l'ouvrage.

En fait ce *Voyage au bout de la nuit* est un récit romancé, dans une forme assez singulière et dont je ne vois pas beaucoup d'exemples dans la littérature en général. Je ne l'ai pas voulu ainsi. C'est ainsi. Il s'agit d'une manière de symphonie littéraire, émotive plutôt que d'un véritable roman. L'écueil du genre c'est l'ennui. Je ne crois pas que mon machin soit ennuyeux. Au point de vue émotif ce récit est assez voisin de ce qu'on obtient ou devrait obtenir avec de la musique. Cela se tient sans cesse aux confins des émotions et des mots, des représentations pieuses, sauf aux moments d'accents, eux impitoyablement précis.

D'où quantité de diversions qui entrent peu à peu dans le thème et le font chanter finalement comme en composition musicale. Tout cela demeure fort prétentieux et mieux que ridicule si le travail est raté. À vous d'en juger. Pour moi c'est réussi. C'est ainsi que je sens les gens et les choses. Tant pis pour eux.

L'intrigue est à la fois complexe et simplette. Elle appartient aussi au genre Opéra. (Ce n'est pas une référence !) C'est de la grande fresque du populisme lyrique, du communisme avec une âme, coquin donc, vivant [...].

Tout cela est parfaitement amené. Je ne voudrais pour rien au monde que ce sujet me soye soufflé. C'est du pain pour un siècle entier de littérature. C'est le prix Goncourt 1932 dans un fauteuil pour l'Heureux éditeur qui saura retenir cette œuvre sans pareille, ce moment capital de la nature humaine...

Avec mes meilleurs sentiments.

Pour aller plus loin

Dans la lecture des correspondances d'écrivains :

Madame de SÉVIGNÉ, *Correspondance*, « Pléiade », 3 volumes, 1973-1978.

Denis DIDEROT, *Correspondance*, édition établie par Laurent Versini, Laffont, « Bouquins », 1997.

François René de CHATEAUBRIAND, *Correspondance générale*, 8 volumes, Gallimard, 1977-2004.

Marcel PROUST, *Lettres*, édition de Françoise Leriche, Plon, 2005.

ALAIN-FOURNIER, Jacques RIVIÈRE, *Une amitié d'autrefois*, « Folio » n° 3919, 2003.

Louis-Ferdinand CÉLINE, *Lettres à la NRF*, édition de Pascal Fouché, Gallimard, 1991.

Sur la problématique de l'échange épistolaire :

Geneviève HAROCHE-BOUZINAC, *L'Épistolaire*, Hachette, 2000.

Vincent KAUFMANN, *L'Équivoque épistolaire*, Minuit, 1990.

Chronologie

Gustave Flaubert et son temps

1.

Lire, écrire et grandir dans la province normande (1821-1835)

Comme celle de Jean-Paul Sartre qui lui a consacré un essai aussi considérable que controversé, l'enfance de Flaubert a oscillé entre les deux pôles de la lecture et de l'écriture. Deuxième fils d'un chirurgien, il naît, fait rare à l'époque, à l'hôpital de Rouen dont son père dirige le service de chirurgie avec un talent reconnu. À quelques mètres de l'amphithéâtre où on dissèque des cadavres, il grandit avec sa jeune sœur Caroline, née en 1824, dans une complicité joueuse qui les réunit dans des scènes théâtrales improvisées. Apprenant à écrire en même temps qu'à lire — son premier essai sur Louis XIII date du 28 juillet 1831 —, il absorbe autant de lignes qu'il en produit. Bon élève du Collège royal de Rouen en pleine efflorescence romantique, il a lu des romans gothiques et cédé comme tout le monde à la vogue furieuse de Walter Scott et du roman historique. Avec ses amis Ernest Chevalier (1820-

1887) et surtout Louis Bouilhet (1822-1869), il échafaude mille projets : celui d'un journal, *Art et Progrès*, le pousse à écrire des textes historiques entre 1834 et 1838. *Narrations et Discours* regroupe en 1835-1836 la production d'un adolescent qui veut être écrivain : il commet un drame, un conte fantastique dans une inspiration morbide surdéterminée par le romantisme noir et ses thèmes diaboliques ou tératologiques. Déjà méfiant à l'égard de « cette plaisanterie bouffonne qu'on appelle la vie », il s'adonne avec passion à l'écriture avant de subir plusieurs chocs intimes.

2.

De l'adolescence exaltée au choix de la retraite (1836-1846)

Pendant les vacances qui précèdent son entrée en troisième, Flaubert rencontre, sur la plage des vacances, à Trouville, l'unique « passion véritable » de sa vie, Élisa Foucault, de onze ans son aînée, compagne et future épouse de l'éditeur Maurice Schlésinger qui, comme ses notes préparatoires l'attestent, inspirera la trame autobiographique de *L'Éducation sentimentale*. Habité pendant quatre ans par cet amour impossible, Flaubert, qui s'est lié d'amitié avec Alfred Le Poittevin, continue à lire et à commenter Shakespeare, Vico, Rabelais ou Byron et à écrire ses récits historiques. Dès 1838, élève de première (en rhétorique), il dédie à son ami Alfred son premier texte autobiographique, *Les Mémoires d'un fou*, et, parmi bien d'autres productions, le mystère *Smarh* en 1839. Exclu du collège l'année du baccalauréat, il prépare son examen seul et y réussit en juin 1840. Une escapade amoureuse à Marseille sur la route des vacances resurgira en 1842 dans un deuxième texte autobiographique, *Novembre*. Tandis qu'il écrit sur l'actrice Rachel, ou sur *La Littérature romantique en France*, le jeune homme devient sans enthousiasme étudiant en droit comme son futur héros Frédéric Moreau dans *L'Éducation sentimentale*. Il rêve d'Orient, comme beaucoup de ses contemporains, étudie le grec et le latin mais ne pense qu'à la littérature. À Paris, il a rencontré le polygraphe Maxime Du Camp et retrouvé Élisa Schlésinger qu'il fréquente dans son cadre conjugal tout en concevant l'écriture de la première *Éducation sentimentale*, achevée en 1845. Mais, en janvier 1844, alors que ses études de droit l'ennuient, un mal mystérieux se manifeste, au cours d'un déplacement, par une violente crise épileptiforme qui se renouvelle sous la forme des « fusées allumées d'un feu d'artifice ». Cette atteinte physique accélère son choix. Et, tandis que son frère Achille est devenu chirurgien comme leur père, Gustave décide que sa vie « passionnée, active, pleine de soubresauts est finie » : il se consacrera à l'écriture mais à l'écriture dans la « retraite », au sens classique du terme, que lui offre la propriété de Croisset, récemment acquise par sa famille. Les épreuves familiales qui succèdent au choc de la maladie vont contribuer à forger la carapace de l'ours qui recouvrira désormais « l'homme-plume » : éprouvé par le mariage, le 3 mars 1845, de sa sœur Caroline, Flaubert accompagne avec toute sa famille le voyage de noces du nouveau couple en Provence et en Italie. C'est à Gênes que la représentation par Breughel de *La Tentation de saint Antoine* frappe son imaginaire et s'inscrit dans ses « carnets » de voyage. La mort de son père en janvier 1846 et la disparition de sa sœur Caroline, peu après la naissance d'une petite fille en mars de la même année, organisent autour de ces deux tombes le quotidien de l'écrivain naissant : en compagnie de sa mère, veuve, et de la jeune Caroline, sa nièce orpheline dont le père devient fou, sa vie à Croisset va se dérouler entre son bureau, l'éducation d'une fillette et les attentions qu'il réserve à madame Flaubert mère, sous l'égide de la fidèle servante qui leur survivra. La liaison qui s'engage avec Louise Colet ne sera, avec les voyages à Paris, qu'une respiration passagère. La brillante femme de lettres, qui semble avoir aimé Flaubert plus que ses autres amants, tentera en vain de s'installer durablement dans sa vie et son intimité. Mais il se dérobera toujours : il déclare l'aimer plus absente que présente, tout en lui offrant le cadeau royal d'une correspondance qui débute le 4 août 1846. Peu impressionné par sa notoriété littéraire bien antérieure à la sienne, il accompagnera d'ailleurs leur liaison de critiques et de conseils sur la production de Louise.

3.

Du labeur forcené à l'épreuve du succès (1846-1857)

Scénarios et plans avec Bouilhet, escapade bretonne et angevine avec Du Camp qui aboutiront à *Par les champs et par les grèves* (1847), récit de voyage à quatre mains alternées, non publié, Flaubert tâtonne à la recherche d'un grand projet d'écriture, vit dans une fièvre vite retombée la révolution de 1848, rompt provisoirement avec Louise Colet et engage, de mai 1848 au 12 septembre 1849, la rédaction de *La Tentation de saint*

Antoine. Après le rude coup que lui inflige le jugement négatif de ses amis sur son manuscrit, il ne faudra pas moins que le dépaysement du voyage en Orient, entrepris en octobre 1849 après avoir été longtemps rêvé, pour l'aider à renoncer à la veine lyrique de son écriture. Cette composante de sa nature littéraire se réfugiera dès lors, en alternance avec une rude gaillardise, dans les pages de sa correspondance. L'Égypte, la Palestine, l'Asie Mineure, la Grèce puis l'Italie accompagnent sa rêverie sur les œuvres à venir. S'il renoue avec Louise Colet, le mariage de son ami Ernest Chevalier en 1851, après celui, en 1846, d'Alfred Le Poittevin dont la mort prématurée l'affectera de façon définitive, creuse un vide autour de lui. Pendant la rude genèse de la Bovary qui « l'assomme », il rêve d'un « conte égyptien » mais s'enfonce dans l'ascèse créatrice, tenant Louise à distance tandis que sa mère, citée dans sa correspondance, lui déclare en 1855 : « La rage des phrases t'a desséché le cœur. » Préparant *La Légende de saint Julien l'Hospitalier,* qui sortira bien plus tard, après l'achèvement de *Madame Bovary,* Flaubert ne voit pas venir le procès, malgré sa querelle avec les directeurs de la *Revue de Paris* sur des coupures qu'il refuse. Acquitté malgré les réquisitions du procureur Pinard — qui n'a heureusement pas pu lire sa correspondance et ses scénarios, d'une crudité sans appel —, il est blâmé pour outrage aux bonnes mœurs par le tribunal qui condamnera Baudelaire, quelques mois plus tard, pour les mêmes motifs. En partie grâce à ce scandale, sa première œuvre publiée le consacre comme écrivain : tandis qu'il engage avec une lectrice fervente et lettrée, mademoiselle Leroyer de Chantepie qu'il ne rencontrera jamais, une correspondance où il se dévoilera beaucoup, des amitiés nouvelles se tissent avec les frères

Goncourt, Sainte-Beuve, Baudelaire et Gautier, introduisant durablement Flaubert dans le monde des gens de lettres.

4.

La maturité et la gloire (1858-1870)

Véritable antidote à la monotonie grisâtre qui imprègne l'encre de *Madame Bovary*, le cadre oriental de *Salammbô*, commencé en 1858 après un voyage en Algérie et à Carthage, ne rend pas plus facile l'épreuve de l'écriture qui exige… cinq ans, mais le succès l'accompagne aussitôt, d'autant plus que l'orientalisme est alors à la mode. Ami et complice de George Sand, malgré leurs divergences littéraires, invité régulier des soirées de la princesse Mathilde, cousine cultivée de Napoléon III, il se lie avec Ivan Tourgueniev. Après avoir hésité entre trois projets, dont *Bouvard et Pécuchet*, et une pièce de théâtre, il choisit en 1864 d'écrire le « roman parisien » qui deviendra *L'Éducation sentimentale*. Peu après le mariage de sa nièce Caroline et des repérages à Nogent et Montereau où se déroulera en partie le récit, il fait le plan avec Bouilhet, puis s'immerge à nouveau douloureusement, et pour cinq ans, dans la rédaction de son œuvre la plus personnelle, une histoire de « passion inactive ». Publié en 1869, le roman, pour la première fois, ne trouvera pas son public et cet échec affecte profondément Flaubert au moment où il perd son ami Louis Bouilhet, compagnon fidèle de son travail dont il cherchera obstinément à perpétuer la mémoire et les écrits.

5.

Les songeries d'un romancier solitaire (1870-1880)

Creusée par la chaîne des disparitions d'amis autour de lui, la solitude de Flaubert quinquagénaire, après la guerre de 1870 et la Commune, s'approfondit. Il a repris *La Tentation de saint Antoine* qui sera publié en 1874, sans grand succès. Sa mère meurt en 1872 au moment où il guide les premiers pas littéraires de Guy de Maupassant. Neveu de son ami Alfred Le Poittevin, le jeune homme entre dans sa vie et sa correspondance alors que, devenu le maître incontesté du roman, Flaubert ressort d'anciens projets de ses tiroirs et, notamment, ce *Bouvard et Pécuchet* conçu avec Alfred : il rédige le texte avec des pauses et des pannes à partir de 1874. Puis, confronté à de graves soucis financiers et domestiques après la ruine d'Ernest Commanville, le mari de sa nièce qu'il avait chargé de gérer sa fortune, il quitte son appartement parisien. George Sand meurt, après l'écriture de *La Légende de saint Julien l'Hospitalier*, mais avant de pouvoir lire *Un cœur simple* que Flaubert avait écrit pour elle. Avec *Hérodias* publié en 1877, se clôt le cycle des *Trois contes*. Constamment reprise puis abandonnée, la rédaction de *Bouvard et Pécuchet*, testament vengeur qui explore tous les recoins de la bêtise humaine, se poursuit difficilement : les chapitres IV à VII en 1878, les chapitres VIII et IX en 1879. Pendant que ses deux antihéros en quête de savoir s'abîment dans les méandres de la philosophie et de la religion, les contraintes de la vie matérielle s'acharnent sur leur créateur : obligé d'accepter une pension de Jules Ferry que ses amis lui ont obtenue pour compenser ses pertes financières, l'écrivain, diminué par une chute, meurt à la tâche en 1880 d'une attaque cérébrale, sans avoir eu le temps de mettre la dernière main à son roman ni de lui adjoindre, en appendice, le *Dictionnaire des idées reçues* écrit depuis fort longtemps. Au bord de sa tombe, au premier rang de ses héritiers littéraires, se trouve, aux côtés du groupe naturaliste, son fils spirituel, Guy de Maupassant, dont il vient de lire la nouvelle, *Boule de suif* : il lui aura transmis la double exigence de la vérité et du style, traçant par là la voie aux romanciers modernes qui, de Marcel Proust au très contemporain Jean Echenoz en passant, entre autres, par Nathalie Sarraute, ont toujours revendiqué son héritage.

Éléments pour une fiche de lecture

Regarder le tableau

- Observez la jeune femme portraiturée par Gustave Courbet. D'après vous, pourquoi a-t-on longtemps considéré qu'il s'agissait d'un portrait de Louise Colet ? Rédigez une description de l'interlocutrice de Flaubert en vous appuyant sur les caractéristiques que vous devinez à travers la correspondance.
- Cette amazone ressemble-t-elle à l'image que vous vous faites de madame Bovary à la lecture du roman ? Sur quels détails vous appuyez-vous ?
- Faites une recherche sur le peintre Gustave Courbet. Trouvez-vous que ce tableau ressemble à ses productions habituelles ? En quoi ?
- D'après vous Courbet et Flaubert ont-ils une conception de leur art voisine ou au contraire éloignée ? Expliquez.

La correspondance aux sources du roman

- Dans les extraits proposés, relevez et classez tous les éléments qui formulent l'art du roman tel que le conçoit Flaubert dans les trois domaines de la construction, du style et de la structuration des personnages. Analysez l'effet recherché sur le lecteur. Comparez les différentes formes adoptées par certains motifs récurrents : l'impersonnalité, le rôle et l'effet des descriptions, la vérité du détail.

- Dans les jugements émis par Flaubert sur les écrivains contemporains qu'il lit ou fait lire à Louise Colet (Balzac, Chateaubriand, Lamartine, etc.), définissez les influences qu'il a subies ainsi que sa manière particulière de se les approprier ou de les rejeter.
- Quelle représentation des écrits de Louise Colet et de ses contemporains les remarques de Flaubert nous suggèrent-elles ?
- Relevez dans l'ensemble des extraits proposés les contrastes de forme et de tons : verdeur, lyrisme, familiarité, emphase oratoire, ironie, métaphores... Quelle en est l'originalité par rapport au style de Flaubert romancier ?
- Flaubert moraliste : relevez dans l'ensemble des extraits, à travers le jugement émis par l'écrivain sur ses personnages et ses contemporains, le rôle moral qu'il assigne à la littérature.
- Pouvez-vous relever, notamment dans le traitement des quatre épisodes sélectionnés, des indices d'identification du romancier à ses personnages ? Lesquels ? Justifiez la pertinence de vos relevés.

De Flaubert épistolier à Flaubert romancier

- Étudiez les différences de ton entre les lettres à Louise Colet et aux quelques autres correspondants présents dans cet ensemble (Louis Bouilhet, Amélie Bosquet, Marie-Sophie Leroyer de Chantepie). Quel rôle assigne-t-il à chacun dans la genèse de l'œuvre ? Que révèlent-elles sur la relation entre l'homme privé et l'écrivain ?

- Comment, selon vous, Flaubert se représente-t-il le « lecteur modèle » de *Madame Bovary* ?
- Comment Flaubert au travail se met-il en scène lui-même dans la *Correspondance* : difficultés, réussite, méthode, rapport au temps et à l'espace, affects. Avec quelles ressources stylistiques ?
- Sélectionnez, en vue d'une explication de textes ou d'un commentaire composé, une des lettres qui, par son contenu, sa forme et son style, constitue en elle-même une œuvre littéraire radicalement différente du roman.

La confrontation des différents types de documents

- Étudiez attentivement les lettres proposées dans cette anthologie et les documents fournis par le site de l'université de Rouen.
- Dans les quatre arrêts sur image consacrés à la genèse de certains chapitres du roman, examinez pour les épisodes concernés :
  — les différences de formulation entre la correspondance et les scénarios et notamment le contraste entre les expressions modalisées et les raccourcis des scénarios ;
  — les écarts et/ou précisions observés entre la correspondance et les scénarios ainsi que les effets produits.
- Pour chacun des épisodes concernés, étudiez les variantes : sacrifices, ajouts, progression dans la structuration des épisodes et des caractères.

- Essayez de constituer à partir des trois types de documents proposés, lettres, scénarios, extraits du roman, la « fiche personnage » que Flaubert, contrairement à d'autres écrivains, ne nous a pas laissée : Emma jeune fille, Léon, Rodolphe, Charles.
- Étudiez dans les extraits proposés l'effet produit par les changements opérés dans les scénarios et la modification des noms patronymiques, des prénoms et des noms de lieux.
- En vous fondant sur tous les éléments dont vous disposez — lettres, indications de durée, scénarios, plans, notes, extraits du roman —, essayez de définir lequel des quatre épisodes étudiés a nécessité le plus de travail et de changements.

Sujet d'invention

Après avoir lu les lettres adressées par mademoiselle Leroyer de Chantepie, grande admiratrice du roman, à Flaubert, rédigez la lettre d'une lectrice qui, au contraire, ne se retrouve pas dans le personnage d'Emma et conteste, arguments à l'appui, la vision de la femme et du monde provincial véhiculée par Flaubert.

Sujet de réflexion

Dans une lettre à Louise Colet du 23 décembre 1853, Flaubert écrit, pendant qu'il rédige la « baisade » : « Aujourd'hui par exemple, homme et femme tout ensemble, amant et maîtresse à la fois, je me suis promené à cheval, par un après-midi d'automne, sous des feuilles jaunes et j'étais les chevaux, les feuilles, le vent, les paroles qu'ils se disaient et le soleil rouge qui faisait s'entrefermer leurs paupières noyées d'amour. » Les extraits que vous avez lus de la correspondance reflètent-ils, selon vous, le type de relation à son personnage que l'écrivain suggère dans cette phrase ?

Collège

La Bible (textes choisis) (49)

Fabliaux (textes choisis) (37)

La Farce de maître Pathelin (146)

Les Récits de voyage (anthologie) (144)

Mère et fille (Correspondances de Mme de Sévigné, George Sand, Sido et Colette) (anthologie) (112)

Jean ANOUILH, *Le Bal des voleurs* (113)

Honoré de BALZAC, *L'Élixir de longue vie* (153)

Henri BARBUSSE, *Le Feu* (91)

CHRÉTIEN DE TROYES, *Le Chevalier au Lion* (2)

CHRÉTIEN DE TROYES, *Lancelot ou le Chevalier de la Charrette* (133)

COLETTE, *Dialogues de bêtes* (36)

Joseph CONRAD, *L'Hôte secret* (135)

Pierre CORNEILLE, *Le Cid* (13)

Gustave FLAUBERT, *Trois contes* (6)

Jean GIONO, *L'Homme qui plantait des arbres* + Écrire la nature (anthologie) (134)

Wilhelm et Jacob GRIMM, *Contes* (textes choisis) (72)

HOMÈRE, *Odyssée* (18)

Victor HUGO, *Claude Gueux* suivi de *La Chute* (15)

Victor HUGO, *Jean Valjean (Un parcours autour des* Misérables*)* (117)

Thierry JONQUET, *La Vie de ma mère !* (106)

Joseph KESSEL, *Le Lion* (30)

Jean de LA FONTAINE, *Fables* (34)

J.-M. G. LE CLÉZIO, *Mondo et autres histoires* (67)

Lycée

Série Classiques

Écrire sur la peinture (anthologie) (68)
La poésie baroque (anthologie) (14)
Le sonnet (anthologie) (46)
L'Encyclopédie (textes choisis) (142)
Honoré de BALZAC, *La Peau de chagrin* (11)
Honoré de BALZAC, *La Duchesse de Langeais* (127)
René BARJAVEL, *Ravage* (95)
Charles BAUDELAIRE, *Les Fleurs du mal* (17)
BEAUMARCHAIS, *Le Mariage de Figaro* (128)
André BRETON, *Nadja* (107)
Albert CAMUS, *L'Étranger* (40)
Albert CAMUS, *La Peste* (119)
Albert CAMUS, *La Chute* (125)
CÉLINE, *Voyage au bout de la nuit* (60)
René CHAR, *Feuillets d'Hypnos* (99)
François René de CHATEAUBRIAND, *Mémoires d'outre-tombe* – « Livres IX à XII » (118)
Albert COHEN, *Le Livre de ma mère* (45)
Benjamin CONSTANT, *Adolphe* (92)
Pierre CORNEILLE, *Le Menteur* (57)
Marguerite DURAS, *Un barrage contre le Pacifique* (51)
Paul ÉLUARD, *Capitale de la douleur* (126)
Annie ERNAUX, *La place* (61)
Gustave FLAUBERT, *Madame Bovary* (33)
André GIDE, *Les Faux-Monnayeurs* (120)
André GIDE, *La Symphonie pastorale* (150)
Victor HUGO, *Hernani* (152)

DANS LA MÊME COLLECTION

Eugène IONESCO, *Rhinocéros* (73)
Sébastien JAPRISOT, *Un long dimanche de fiançailles* (27)
Charles JULIET, *Lambeaux* (48)
Eugène LABICHE, *L'Affaire de la rue de Lourcine* (98)
Jean de LA BRUYÈRE, *Les Caractères* (24)
Pierre Choderlos de LACLOS, *Les Liaisons dangereuses* (5)
Madame de LAFAYETTE, *La Princesse de Clèves* (39)
André MALRAUX, *La Condition humaine* (108)
MARIVAUX, *L'Île des esclaves* (19)
MARIVAUX, *La Fausse Suivante* (75)
Guy de MAUPASSANT, *Le Horla* (1)
Guy de MAUPASSANT, *Pierre et Jean* (43)
Patrick MODIANO, Louis MALLE, *Lacombe Lucien* (147)
MOLIÈRE, *L'École des femmes* (25)
MOLIÈRE, *Le Tartuffe* (35)
MOLIÈRE, *L'Impromptu de Versailles* (58)
MOLIÈRE, *Amphitryon* (101)
Michel de MONTAIGNE, *Des cannibales + La peur de l'autre* (anthologie) (143)
MONTESQUIEU, *Lettres persanes* (56)
Alfred de MUSSET, *Lorenzaccio* (8)
OVIDE, *Les Métamorphoses* (55)
Pierre PÉJU, *La petite Chartreuse* (76)
Daniel PENNAC, *La fée carabine* (102)
Luigi PIRANDELLO, *Six personnages en quête d'auteur* (71)
Raymond QUENEAU, *Zazie dans le métro* (62)
Raymond QUENEAU, *Exercices de style* (115)
François RABELAIS, *Gargantua* (21)

Jean RACINE, *Andromaque* (10)

Jean RACINE, *Britannicus* (23)

Jean RACINE, *Phèdre* (151)

Rainer Maria RILKE, *Lettres à un jeune poète* (59)

Edmond ROSTAND, *Cyrano de Bergerac* (70)

SAINT-SIMON, *Mémoires* (64)

Nathalie SARRAUTE, *Enfance* (28)

William SHAKESPEARE, *Hamlet* (54)

SOPHOCLE, *Antigone* (93)

STENDHAL, *La Chartreuse de Parme* (74)

Michel TOURNIER, *Vendredi ou les limbes du Pacifique* (132)

Vincent VAN GOGH, *Lettres à Théo* (52)

VOLTAIRE, *Candide* (7)

VOLTAIRE, *L'Ingénu* (31)

VOLTAIRE, *Micromégas* (69)

Émile ZOLA, *Thérèse Raquin* (16)

Émile ZOLA, *L'Assommoir* (140)

Série Philosophie

Notions d'esthétique (anthologie) (110)

ALAIN, *44 Propos sur le bonheur* (105)

Hannah ARENDT, *La Crise de l'éducation*, extrait de *La Crise de la culture* (89)

ARISTOTE, *Invitation à la philosophie (Protreptique)* (85)

Saint AUGUSTIN, *La création du monde et le temps* – « Livre XI, extrait des *Confessions* » (88)

Walter BENJAMIN, *L'œuvre d'art à l'époque de sa reproductibilité technique* (123)

DANS LA MÊME COLLECTION

Composition Interligne
Impression Novoprint
à Barcelone, le 26 février 2015
Dépôt légal : février 2015
1er dépôt légal : février 2009

ISBN 978-2-07-036504-3/ Imprimé en Espagne.

287421